LA SOÑADORA

LA SOÑADORA

Rosa Isabel Colón

iUniverse, Inc.
Bloomington

La Soñadora

iUniverse books may be ordered through booksellers or by contacting:

iUniverse
1663 Liberty Drive
Bloomington, IN 47403
www.iuniverse.com
1-800-Authors (1-800-288-4677)

ISBN: 978-1-4759-7811-7 (sc)
ISBN: 978-1-4759-7812-4 (hc)
ISBN: 978-1-4759-7813-1 (ebk)

Printed in the United States of America

iUniverse rev. date: 05/03/2013

Descripción del Libro

La Soñadora es la historia de amor de Rosa Isabell, una mujer valiente de un espíritu libre y su gran amor por Marco Antonio, su amigo de infancia. Su mundo alegre y salvo será interrumpido por la intriga, un corazón roto y desilusión. Cojera toda su determinación y coraje para ganar el corazón de Marco, y para lograrlo tiene que enfrentar los trucos sucios de Raúl, Chantal y los embrujos de la bruja Cando. Ven conmigo y experimenta el poder del amor de esta pareja y la verdadera amistad de estos tres amigos, una Goldie amorosa, un Grillo travieso y un honorable sapo llamado Coquí.

Tengo un mundo que conquistar, sueños que alcanzar, metas que lograr, todo para probar que los sueños si se hacen realidad.

El Sinopsis del Trabajo

En una pequeña isla del Caribe, un coquí (Sapito) les cuenta a sus nietos la aventura peligrosa que vivió con su compadre el Grillo y su amiga Coco.

Este paraíso con su verde vegetación y su rica esquema de colores tiene el nombre de Llebasi. Es tierra de mucho y tierra de nadie. Huele a tierra oscura y arena blanca. Sol que quema y sangre que arde. Lleno de música y mujeres sensuales. Estas son las historias que alimentan la imaginación de sus habitantes.

Más que una historia es el valor de Rosa Isabell, una mujer de espíritu libre, apasionado y fuerte, y su increíble amor por Marco Antonio a quien ella enseño a vivir la vida al máximo. La unión de sus pensamientos unidos al nacer será interrumpida por Chantal, una rica, hermosa y ambiciosa Americana que marco conoció en la gran ciudad. Su única intención es tener la fortuna de Marco. Así que se une con Raúl Valle y Madame Cando para separarlos.

Marco Antonio, un joven afectuoso, sensitivo y un hombre honorable, quien se compromete para casarse con Chantal, hasta que el destino se interpone y le arrebata a su amiga Rosa Isabell, pero no antes de ella besarlo y causar que el reconozca el verdadero y real sentimiento de su corazón.

Perdida y sin memoria, Rosa Isabell crea un futuro y reclama el verdadero amor de Marco Antonio el cual ella deseaba por mucho tiempo, pero será muy tarde? Una historia de intriga, pasión y confusión; de caña, rumba y son, que nos enseña que el odio nos destruye pero el amor nos redime.

Es una pieza mágica de la imaginación, donde las sorpresas vienen página tras página. Un encanto sublime de una historia de triunfo, mostrando que nada es imposible si se ama en realidad.

Reconocimiento

Quiero dar reconocimiento a algunas de las personas que me ayudaron hacer posible este libro. Gracias a Dios quien nos da la inspiración y sabiduría para escribir. A ***Ángel Varela*** por los consejos sabios y su ayuda. Mis hermanos ***María, José,*** y ***Eduardo Colon***, ***Sherryma Smith Chow*** quien lo organizarlo todo. A ***Eduardo Torres*** el hombre a quien volví loco en el transcurso de la entera creación del libro. A mi hija ***Xyomara A. Cruz*** por darme su serio y silencioso apoyo. Mi adorado tío ***Ángel Laureano*** por la edición de mi libro. Finalmente a ***Margarita Laureano*** mi madre quién me enseño a ser persistente y nunca rendirme.

El Índice

Dedicación

Quisiera dedicar este libro a mi hija Xyomara Ayleen Cruz, la luz de mis ojos, mi madre Margarita Laureano, mi familia y amigos y todos aquellos que de una manera u otra me inspiraron a escribir este libro.

Photos of Characters

Rosa Isabell Colón

Marco Antonio Vallardo

Jose & Maggie

Guillermo & Rebecca

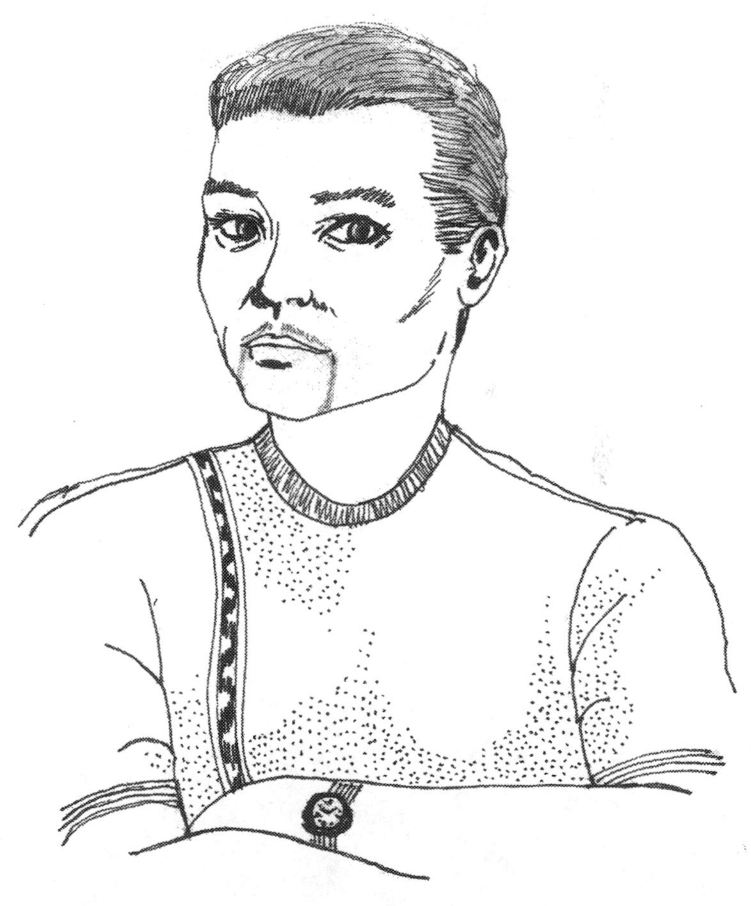

Raúl Valle

Chantal Clara Halt

Madame Cando

Kimbili Cumba Davis

Coquí /Cricket/Coco

Capítulo 1

El jardín de los sentidos

Marco Antonio se encontraba triste. Su única compañía en aquel entonces era el sonido del bosque y una piedra enorme. Sentado sobre ella y con la mirada perdida entre los hermosos paisajes, reflexionaba sobre su partida. Es un hermoso y aislado lugar, cerca de una inmensa cascada del espléndido Río Bambú, que pasa por todo el valle de Llebasi. Es un perfecto espacio romántico, donde la imperativa, encantadora e inocente naturaleza se manifiesta en todo su esplendor, a la vez que va esparciendo a lo largo de todo su recorrido aromas de jazmín y gardenias.

La tarde está cálida y húmeda, y se ven las hojas de las plantas sudar del calor, especialmente las que están más próximas a la cascada. Marco ha citado a Rosa Isabell para despedirse, pues pronto parte al extranjero a estudiar. Su rostro refleja la tristeza que lleva dentro puesto que no quiere marcharse, ya que ha vivido allí toda su vida. Tampoco quiere dejar atrás todos sus amigos y la gente que ama, en especial a su amiga Rosa Isabell.

Marco es el único heredero de la familia Vallardo, un joven rico, no sólo materialmente sino por su talento y es un genio si de matemáticas se trata. Posee además el arte de influir a la gente con sus palabras. Sus ojos son fulgurosos y de color verde; sus pestañas largas de color negro intenso, que resaltan en su piel clara, siendo la admiración de las chicas en Llebasi. Él siempre ha vivido orgulloso de su descendencia, y le llena de placer decir que es de pura raza Llebasileña. Tiene sentimientos, ideas y estilo Llebasileño, y como su abuelo, de quien heredo el nombre, el buen gusto. Caballeroso y galán por naturaleza, él lo tiene todo: elegancia, personalidad y el carisma que hace parar un salón entero. Marco Antonio Vallardo es un verdadero príncipe.

Marco viste una camisa clara de algodón a cuadros y pantalón caqui. Se ha quitado el sombrero buscando calmar la cercanía de calor con el frescor y las salpicadas de la cascada. Con la manga de su camisa limpia el sudor de su frente. Gracias a Dios que en esta temporada no hay insectos volando, ni mimes tratando de beber del sudor de las cejas. De repente y a la distancia, ve a Rosa llegar.

«¡Marco Antonio!..» Completamente desapercibida de su belleza Rosa Isabell grita desde lejos saludando. A ella le brillan los ojos de alegría, como sucede siempre y cuando se encuentra con él; la pasan tan bien haciéndose travesuras el uno al otro, ya que los dos son juguetones por naturaleza. A los dieciséis años, la belleza latina de los genes de Rosa y su forma penetrante al mirar, le hacen lucir tan misteriosa como una diosa del más encantado de los cuentos indígenas.»

«¡Rosa Isabell...aquí estoy!» - Marco Antonio contesta sonriendo y saludando con su mano. Con la mirada fija Marco disfruta la suavidad de su ritual, observándola detalladamente. Su traje rosado de flores provoca ternura al mirarla. El largo de su cabello ronda su diminuta cintura. Ella lleva el cabello suelto, es ondulado de color negro, como sus ojos y huele a flores silvestres como las que adornan su vestido. Rosa Isabell es de rostro delgado, piel bronceada y suave como seda, labios carnosos color carmesí y ojos que brillan con el resplandor del sol. Tiene figura de guitarra, caderas voluptuosas y sinuosas que son como palmas que se mecen al viento, y parecen bailar al caminar. Pero no todos que la conocen la conocen disfrutan de su cuerpo, gracia e inocente simpatía.

Las mujeres de la familia Rivera son conocidas por su gran belleza y Rosa Isabell no es la excepción; en el pueblo las mujeres la envidian por ser la mujer más codiciada entre todas. Ella es diferente a las chicas del barrio, sus pensamientos son tan puros y lindos como su alma. Siempre se ha dejado llevar por su instinto y su lógica; no quiere cambiar el mundo, pero sí alegrarlo. Tiene además un potencial envidiable; puede canalizar toda su energía creativa en todas las formas de expresión posibles: ya sea bailando, cantando o actuando.

Aunque ella es consentida desde niña por sus padres y hermanas y es feliz, su talento provoca envidia en otra gente. Nunca ha tenido amigas verdaderas, solo a Marco Antonio, pero ella conoce mucha gente, y es esa la razón por lo cual ella se entretiene cuando está sola. Aun así disfruta la particularidad de cada ser allegado, buscando en ellos belleza y pureza interna faltándole conexión. No es que sea antisocial, por el contrario ama a la gente, sólo que siempre está en otro mundo...su mundo.

Ella respira profundo «El verano ha llegado, puedo oler las flores.» Dice ella en voz alta. El sonido de una manada de aves blancas volando llama la atención de Rosa Isabell. Aunque ella está bien segura de su persona y se siente bien en su cuerpo, la mirada de Marco Antonio siempre la pone nerviosa. Me está mirando, piensa ella. Disimulando su fatiga por no estar en forma, Rosa Isabell se detiene. Aprovecha para coger aire, luego le señala una bandada de aves.

«¡Mira Marco Antonio, qué lindo! Las golondrinas se están marchando, migran hacia el sur. ¡Caray! ¡Cómo me gustaría volar así, caramba!»

El lugar donde Marco Antonio la espera es de altura elevada y con una cuesta extremadamente empinada. Una sonrisa reflejada en el rostro de Rosa Isabell lentamente se empezó a desaparecer mientras subía zigzagueando la cuesta. Sonriéndole casualmente va de lado a lado para que le sea más fácil llegar a la cima, algo que aprendió de los campesinos de la región. Al llegar a lo alto de la montaña se hubiera quedado sin aliento con el paisaje del lugar, si no fuera porque ya le faltaba el aire por haber subido la cuesta.

Marco la mira con admiración y la recibe con una amplia sonrisa y una rosa amarilla entre sus dedos; al mismo tiempo que extiende su mano y la ayuda a subir los pocos pasos que la separan de él. Ya cerca de Marco Antonio, Rosa Isabell recibe la flor con una sonrisa y le da un beso en la mejilla, bien cerca de la boca y suficientemente largo para recordarlo, luego suspira buscando aire. Este es su lugar de encuentro, el jardín de los sentidos. Es un paraje inigualable y acogedor. La historia se remonta a unos pies más empinados que el árbol más alto de Llebasi. Siendo este el comienzo de una nueva era, donde se entretejen las ilusiones, los deseos y la fantasía del amor.

«Es increíble... no deja de impresionarme este lugar.» - dice Rosa mientras se echa fresco con su abanico de seda Español. «Esta cuesta...niño cada día está más difícil de subir. Bueno llegue, vine lo más pronto posible, no me tienes que llamar dos veces.»

«Hola belleza... qué bueno que llegaste necesito uno esos día de bien soñadores como los que tú vives.» Marco suspira bajando su rostro y se recuesta de un árbol que está al lado de la piedra donde él estaba sentado antes de la llegada de ella.

«Ay... ¿Qué te sucede? Pregunta ella. ¿Por qué hablas así? ¿Estás deprimido? ¿Acaso creíste que no vendría? Desde los diez años venimos a éste lugar, nuestro escondite secreto.» Rosa mira a su alrededor sonriendo para ella misma, mientras que Marco se ve perturbado respirando de golpe, mira el paisaje deprimido y gimiendo por dentro.

«Voy a extrañar este sitio en verdad» - dice Marco Antonio, luego pausa y mira suavemente a los ojos entristecido de Rosa Isabell pero sonríe al verle los cachetes enrojecidos. «Tu cara está toda roja...» - le dice.

«Es el calor y la subidita que no está nada fácil.» - responde ella todavía abanicándose.

«¿Dime amiga de dónde vienes y qué has hecho? Tienes una amplia sonrisa.»

«Se nota verdad... Mi madre siempre dice que hablo con mis ojos. Te diré que estaba en una competencia de rima y adivinanza. Tuve que deletrear palabras, hacer rompecabezas. ¡Si supieras cuánto me divertí! ¡Nadie me pudo ganar!»

Marco Antonio aprieta una pequeña sonrisa disfrutando su excitamiento. «Eres tremenda mi amiga.» Marco Antonio frunce el ceño y baja la mirada recordando que tiene que despedirse de ella. Inmediatamente la mira con una ternura como nunca antes lo ha hecho, le acaricia el rostro y retira un pétalo de flor de su cabello.

«¿Qué jardín has deshojado hoy?»

«Ninguno... ¡Atrevido! Se te olvida que yo soy una rosa... Recuerda que esta es la temporada de otoño, me estoy renovando.»

«Ahí te equivocas, no eres una flor, sino un jardín en plena primavera.» Marco sonríe y de nuevo la mira con tristeza y sus ojos se humedecen casi al borde del llanto. No queriendo mostrar debilidad, marco aclara su garganta y cambia el tema.

«Hm.... Traes puesto un perfume fuerte.» dice Marco Antonio.

«Oh son las flores... Estaba recogiendo gardenias para llevarle a mami. Su fragancia es tan potente que tengo el aroma impregnado en mis manos.»

«Muchacha te huelen a leguas.» - dice Marco Antonio sacudiéndose el olor de su nariz.

«Hombre no seas malo...» - ella le golpea en el hombro y se ríe.

«Sabes Marco, hoy me levanté más temprano que de costumbre. Me fui a dar un paseo al otro lado de la cascada y descubrí una plantación de rosales blancos y amarillos debajo de una de las rocas del lado izquierdo. Para mi curiosidad las de color blanco se habían esparcido más lento que las de color amarillo. Estas tenían un cáliz y un pistilo más desarrollado y en el interior de sus pétalos se habían desarrollado unas destellantes figuritas que parecían haber sido de un cuento de hadas. No podría describirte exactamente a qué se asemejaban, si eran enanitos encantados, si eran liliputienses o simplemente el espectro de lo fueron seres vivientes alguna vez y ahora habían decidido esparcir en nuestro pueblo algo especial. ¿Marco Antonio tú crees que los ángeles pueden manifestarse a través de la naturaleza, en cualquier forma viviente? ¿Cómo las hadas madrinas?»

«Este...amiga no sé qué decirte pero todo es posible.» - contesta Marco Antonio riendo de su encantadora inocencia. Luego la coge por las manos.

La despedida

«Ven conmigo, quiero que veas algo. Acabo de esculpir tu nombre y el mío en este árbol: Marco Antonio y Rosa Isabell, amigos para siempre.»

«¡Ay, qué lindo Marco!...me gusta mucho...pero dime Marco Antonio ¿Para qué me citaste aquí? anda suelta el buche y dime...»

El mira asombrado.

«¿Rosa Isabell que manera de hablar es esa? No creo que a tus padres les guste oírte hablar así.»

«Siempre te alteras cuando hablo de esa manera, por eso lo hago. Me fascina ver tu cara de asombro, solo bromeaba. Pero ahora hablando en serio... ¿Para qué me citaste aquí? ¿Qué me tienes que decir?»

«¿Cómo sabes que tengo que decirte algo?» - pregunta el.

«Es que eso se cae de la mata, cuando tienes problemas o te preocupa algo, siempre vienes aquí. Especialmente los sábados después de ir a pescar con tus amigos. Siempre me he preguntado la razón por la cual vienes deprimido. Además, ¡se te olvida que puedo leer tu mente y saber lo que sientes!» Rosa suspira suavemente. Ya lo sé: por fin lo decidiste, te irás a estudiar lejos de aquí.»

«¡Cómo me conoces! No puedo esconder nada de ti... eso es peligroso.»

«¿Por qué vas a querer esconder algo de mí?» - pregunta Rosa con una sonrisa.

«Nena estoy hablando en serio. Pues sí, me convenció mi padre. Ya lo tengo todo preparado, mañana mismo parto de aquí. El viaje es de doce horas, un poco cansón, pero no podía irme sin despedirme de ti. Sé que es bueno para mí porvenir estudiar fuera, pero te voy a extrañar muchísimo. Si contara mí opinión haría mi carrera aquí en Llebasi. Sinceramente, no me quiero ir.»

«Marco yo creo que es maravilloso poder abrir tus horizontes, experimentar nuevas culturas, viajar a otras ciudades y conocer gente diferentes. Probar sus comidas y saber sus creencias, y yo... debería de estar contenta por ti y créeme que lo estoy, pero es que...son demasiadas cosas diferentes que vas a experimentar. Quizás te cambie la personalidad. Tengo miedo que cambies tanto que me dejes de querer.»

«Tú nunca debes de preocuparte por eso, porque eso nunca sucederá. Mi amor por ti es y siempre será igual, le afirma Marco Antonio.»

Rosa Isabell se acerca y lo abrazara aguándose sus ojos.

«Marco Antonio no me gusta esta separación. Siento mi corazón rompiéndose en pedazos. No sé cómo voy a sobre vivir sin ti.» Antes de que ella terminara la oración, las lágrimas corrían por sus mejillas pero Rosa sonríe reprimiendo sus sentimientos y secando sus lágrimas. «Lo siento..., Sé que te tienes que ir, no te preocupes Marcos yo te espero. Ella lo mira con seriedad. Te esperaría toda la vida. Por favor acaba y vete para que regreses rápido.»

«¿Qué dices chiquilla?» - Marco la mira sorprendido.

«¿Esperar por mí? De ninguna manera. ¡Mira nena, tú ve y diviértete me oyes! No esperes por mí ni nadie. Necesitas vivir tu vida. Además estaré tranquilo sabiendo que estás feliz y divirtiéndote.»

«¿Te ves sorprendido..., acaso dudas de mí fidelidad?»

«Bueno sí un poco.» - Luego tira una risita.

«¿Por qué te ríes?»

«Rosa Isabell, por favor, eres tan romántica y soñadora... estoy seguro que cuando yo vuelva estarás casada con niños o por lo menos con novio. Tienes tantos chicos locos detrás de ti. Cómo Raúl Valle por ejemplo... se muere por ti y tú no le haces caso. Sólo logra ponerte de mal humor siempre.»

«¿No es eso una señal valla que él no me gusta? Más claro no canta un gallo.» Dice ella virando los ojos.»

«Oye se te están pegando los refranes de Cotí. Te advierto que tienes que tener cuidado, algunos romances empiezan así de extraños.»

«¿Oh no, tú también... porqué todo mundo me dice lo mismo? Yo no lo quiero sabes...por lo menos así no. Él es solo un compañero de escuela.» - Rosa se separa perturbada de Marco, en su mente se sentía siendo empujada en los brazos de otro hombre por el mismo ser que ella amaba.

«Está bien, lo siento. ¡Mira... no necesitas mi permiso para tener un novio, pero si te hace sentir mejor, diles a todos que tiene que ser aprobado por mí! Está bien.» Los ojos de Marco reían aunque sus labios no.

«¿No voy a casarme ni quiero ser novia de nadie...está claro?» Sus palabras se enredaron entre un sofoco y un grito.

«Está bien... cálmate mama, solo bromeaba contigo. Yo tampoco quiero casarme.» Marco dice con seguridad.

«¿Y eso porque? Pregunta ella curiosa.

«Quiero viajar por todo el mundo y navegar el océano…creo que me tomara la vida entera para hacerlo.» - dice Marco riendo.

«Algún día tienes que regresar a tierra y yo estaré ahí esperando.»

«Marco ríe, se le acerca y le agarra las manos. La sonrisa se ha ido de sus rostros y están en pie frente a frente en silencio. Mi amiga, de veras que eres noble, no hay odio en tu corazón, nunca te quejas de las personas aunque estas te critiquen. No entiendo como lo haces.» - le dice con voz suave.

«Me gusta dar alago cada vez que puedo. Siempre encuentro algo bueno o hermoso en cada ser humano. Ya sea como habla, su sonrisa, sus ojos, su cabello, su piel, hasta la pasión con que hablan por lo que cree - contesta ella.»

«Rosa Isabell. ¿Sabes que tienes nombre de reina?» - Marco pregunta.

«Oh sí una reina de veraz, una reina sin trono, castillo ni rey. ¡Qué deprimente!»

«Eso no te ha impedido ser feliz. Esa es una de las tantas cosas que me gustan de ti. Siempre estás alegre y cantando.»

Con labios llenos de contentura, ella sonríe y sus ojos se tornan tan brillantes como la más fulgurante estrella, luego se retira unos pasos cortos de él.

«Hay mucha gente triste en este mundo. Además, yo nací para cantar, dice ella. Quiero vivir mi vida cantando y que el mundo entero oiga mi voz. ¿Marco, sabías que la música tiene poderes mágicos? Es que conmueve, trae esperanzas, y tiene la cualidad de unir a la gente. Es como amar y ser correspondida…tú sabes...»

Ella lo mira apasionadamente y empuja sus labios para recibir un beso. Marco se sorprende y se pone nervioso. Su garganta de repente se siente seca y traga con dificultad. Siente un calor rico dentro de su ser y en ese instante siente un extraño deseo de traerla junto a él y besarla, pero se controla peleando el impulso de emoción que le sobre cogió. Separándose unos pasos de ella y es él quién rompe el silencio.

«¿Sí, bueno que extraño? lo sé mi negra créeme. ¿Bueno pero dime por fin sabes que vas a estudiar?» - pregunta Marco.

Ella contesta animada y con seguridad. «Pues déjame decirte que sí, quiero hacer el máster en música, actuación y drama.»

«Eso no debe ser difícil para ti.» - dice Marco sonriendo.

Ella lo mira sorprendida. «¿Tú también...? No sé porque todo el mundo me dice lo mismo.»

«¿No sabes por qué? Drama, Rosita mucha drama. Eres un poco dramática mi amiga, pero es parte de tu encanto. Sin duda alguna creo que te ira muy bien.»

Rosa Isabell lo golpea con el ramo de flores, deshojándose algunos de sus exuberantes pétalos.

«¡Qué gracioso estás! ... tienes suerte que no quiero arruinar el resto de las flores.»

«Si por favor salven las flores...» Ha, ha, ha... los dos ríen descontroladamente.

«¿Dime Rosa los viejos están de acuerdo con tu decisión de ser cantante?»

«Bueno mi padre quiere que sea contadora pública, pero tú sabes lo mala que soy para las matemáticas. Vaya, si no hubiera sido por ti que me ayudaste todos estos años, no hubiera pasado la clase.»

Marco la mira con picardía y des perturbado.

«Yo soy todo lo contrario, a mí me fascinan los números, la gente se complica pero es fácil.»

«Sí... bien fácil...aja...»

Mi madre por otra parte mí quiere que sea doctora, pero tú sabes que cuando veo sangre tiendo a desmayarme, tremenda ayuda que voy a ser para los pacientes y el doctor si tienen que atenderme a mí primero. Personalmente Yo tengo muchos sueños. También quiero una casa grande con diez cuartos, cocina grande, un salón de baile enorme y una finca para tener muchos animales. Voy a tener una tienda para vender todos los vestidos que voy a diseñar. Creo que el cielo es el límite puedes alcanzar las estrellas. Solo tienes que creer.

Así es amiga nunca dejes de soñar. - sugiere Marco con firmeza.

Los dos intercambian sonrisas.

«Te entiendo mí amiga... pero tus padres son comprensivos y tú siempre has sabido manipularlos a tu antojo.

«Manipularlos no... Enamorarlos que es diferente.» Contesta ella.

«Te lo creo nena, pero la razón por la cual te pedí que vinieras es otra. Te tengo una sorpresa»

«¿Una sorpresa? ¡Es una sorpresa placentera! ¡Ay, me fascinan las sorpresas! Anda no sea malo dime... ¿qué es?» Rosa se acomoda el traje, arregla su cabello y se le acerca para prestarle más atención.

«Si te digo lo que es, deja de ser sorpresa. Pero espera, antes que abras el regalo, dime, ¿Qué nombre prefieres ahora mismito, Rosa o Isabell?».

«Bueno, tú sabes que yo respondo a diferentes nombres. Por ejemplo, en la escuela me llaman Rosa, en la casa Isa, y cuando mis padres me llaman por el nombre completo, ay...sé que me he metido en tremendo lío. Pero también me llaman Negra, Negrita, Muñeca, Gordita, Chávela o Isabelita. . .y yo respondo por todos. Aunque oficialmente me llamo...Rosa Isabell Colón Laureano Huertas Rivera de Vallardo. Le añadí Vallardo, porque me considero parte de tu familia». Rosa sonríe, estira las piernas y la cruza en las rodillas. Ella se ve increíblemente madura a pesar de su juventud e inexperiencia. Sonríe y se ve feliz.

«¿Entonces...Puedo abrir mi regalo ahora?» Pregunta ella mirando a Marco con alegría.

«Hm. . . ¡Está bien! Creo que tengo más información de la que necesito. Toma abre tu regalo, espero que te guste.» Él dice haciendo una mueca extraña de alegría con la boca.

Rosa toma el regalo en su mano, lo acerca al oído y le da una sacudida tratando de adivinar lo que trae dentro por el sonido, luego abre el paquete lentamente, tratando de no romper el papel, desesperando a Marco quien estaba loco por ver su reacción.

La cara de Rosa Isabell se alumbro de sorpresa al ver el contenido.

«¡Una sortija. . . qué hermosa!»

«Quiero que tengas algo muy valioso para mí dice Marco, así que te traje este anillo que tiene doce diamantes representando los doce pueblos de nuestra isla, Llebasi y una piedra tan negra como tus ojos. Esta sortija me la regalo mi abuela para dársela a una chica especial; tú ere esa chica. Le mandé a grabar tu nombre completo, Rosa Isabell, pero se equivocaron y sólo pusieron Isabell. Le dije que lo dejaran así, pues para mí quedó perfecto, ya que me gusta tanto el nombre de Isabell. Espero que te agrade».

Deslumbrada, ella se pone la sortija en su dedo índice, levanta la mano y la observa con admiración, al mismo tiempo que sonríe.

Una sortija es una promesa de amor. Me ama…pensó ella.

«¡Está tan bonita!» exclama Rosa con una sonrisa de oreja a oreja. «¡Marco, estoy tan impresionada! Nunca pensé que me darías esto, que es tan sagrado para ti. ¿Wau, pertenecía a tu abuela?»

«Sí, quién mejor que tú para llevarlo, que eres mi hermana y amiga.»

«Sí, por supuesto... hermana...y amiga... Hm…» Mientras Marco da la vuelta para sentarse con una arruga en la cara como un signo de interrogación, ella lo mira en silencio queriendo ahorcarlo por su comentario.

«¿Cómo es que no puede leer en mis ojos el amor que ciento por él caramba? Sabes, yo también te tengo una sorpresa.»

«¡Oh, oh! Isa tú sabes cuánto te quiero pero soy realista, tus sorpresas son peligrosas.» - dice Marco sonriendo.

Rosa Isabell abre la boca de asombrada de oír sus palabras y le golpea en el hombro, esta vez con el puño cerrado.

«¡No es verdad! ¿Por qué dices eso?»

«¡Oh no! ¿Acaso se te olvidó cuando me quisiste dar una sorpresa para mi cumpleaños y te subiste arriba del viñero y el mueble se cayó, rompiendo toda la colección de vinos de mi papá?» - los dos se ríen de buena gana.

«Ahí sí, ¡Cómo no me voy a acordar...si fue el único año que no nos celebraron el cumpleaños! Ave María, Don Guillermo estaba furioso... aunque, claro, eso fue un accidente.»

«Sí, aja. Accidente fue lo que tuve que pasar yo con mi padre por echarme la culpa.»

«Si, lo recuerdo, tú siempre protegiéndome... ¿Te acuerdas? Cómo cuando éramos pequeños y los niños se burlaban de mí por el lunar en el brazo... y por estar sobre peso, tú me defendías de ellos como una fiera. ¿Recuerdas lo que me decías?»

«Sí, tú no estás gorda, ellos están bajo peso.» - los dos lo dicen a dúo.

«¡Ah... y la vez qué me salvaste de ahogarme en la playa! Yo estaba aterrada. Y todo por culpa tuya.

¿Culpa mía?

«Sí, lo recuerdo bien claro, tú estabas con el grupo de chicas que vino del pueblo Esmeralda dos veranos pasados. Todas ellas sabían nadar menos Yo. Cuando me vi sola en la orilla y todo el grupo nadando a la distancia, me dio celos y quise estar con ustedes. No tuve ningún problema llegar donde estabas, pero al mirar a la orilla y verme tan lejos de ella me dio pánico y de inmediato me empecé a hundir. Sentí la presión del agua cómo dos manos enormes agarrándome, todo se puso oscuro creí que era mi final cuando sentí que alguien me halo por el cabello y al abrir los ojos estaba en la orilla de la playa y tú a mi lado. Tan lindo... mi héroe.

Ella le toma la mano izquierda y con la derecha le acaricia suavemente la mejilla.

«¿Lindo no...? Y la vez que te metiste debajo del cajón de los cubiertos y tuve que echarte agua y jabón para que resbalaras y poder sacarte...» - los dos ríen a carcajadas.

«¡Ha, ha, ha!...me divertí tanto contigo Marco...sólo ver tu cara fue pago suficiente».

Los músculos faciales de Marco se le contraen repentinamente, desapareciendo la sonrisa de su rostro, quedando quietos y en silencio unos minutos mirándose a los ojos mutuamente.

«Marco Antonio otra vez estás triste. Yo estoy tratando de ser fuerte y no pensar que te vas». - dijo ella.

Marcos corre los dedos por encima de su cabeza, arreglando su cabello negro y lacio. Respira profundo, pestañea, y con el reverso de su mano limpia sus grandes ojos verdes, tratando de disimular las lágrimas que comienzan a brotarle.

«Perdóname, es que nunca pensé que nos separaríamos.» - comenta Marco.

«Te imaginas Marco es la primera vez que vamos a estar distanciados uno del otro tanto tiempo, aunque sea por una buena causa.»

«Lo sé mama ten paciencia.» - le dice Marco.

«Bueno Marco dale…abre tu regalo. Cuando te sientas solo y me extrañes, recuéstalo cerca del corazón piénsame y será como estar en casa y a mi lado. Espero que te guste.»

«¡Qué bien, una medalla! Está muy bonita. ¿Guarda algún significado lo escrito?»

«No sé, era de mi abuela. De todas las prendas que recibí de ella, ésta fue la pieza que más me gustó. Sabes, cuando me la dio me dijo que un día esta medalla me podía salvar la vida. Bueno, así le dijo la gitana que se la regaló. Muy extraña, en verdad. Mira, tiene una inscripción:

De la tierra hasta el cielo se escuchó tu llanto
Inundando un mar de estrellas, para alumbrar tú paso
Doce luceros, tres lunas llenas, siete letras invertidas
Es un nombre y es un pueblo

«No sé qué significa, así que le inventé otro significado...escucha: Tiene la luna hecha de madreperla que simboliza el cielo y la galaxia. Un mundo compuesto de ámbar y un pez en carey que representan el mar. Enmarcado en níquel, que es un mineral fuerte y sólido, así como nuestro cariño. En fin, esta medalla simboliza el cielo, la tierra y el mar, lo que tú significas para mí...Todo.»

«Oye...ahora el que se ha quedado sin palabras, soy yo». Marcos se pone la medalla en el cuello conmovido. Con la medalla todavía en su mano Marco la recuesta en su pecho. «Gracias, la usaré siempre», dice apretando la joya.

«Yo jamás me quitaré este anillo, lo guardare con mucha alegría como todo lo que me has regalado». Susurro Rosa Isabell sin apartar sus ojos de su mirada.

Marcos le toma las manos y las lleva a su pecho; mira detalladamente todas las facciones de su rostro y sonríe. «Rosa eres hermosa en todo el sentido de la palabra. ¿Sabes que te admiro?»

«¿De veras, Marco Antonio? Yo también te admiro mucho. Te veo como un gallo de pelea picú».

«La sonrisa de Marco se cae. ¿Un gallo de pelea picú?»

«Sí, te veo tierno, duro, fuerte, con espuelas y agallas dispuesto a enfrentarlo todo.»

«¡Nena estoy hablando en serio!»

«¿Qué te hace pensar que yo no?» - contesta ella soltando una risita.

«Amiga siempre te he oído hablar de tus sueños y planes...y admiro la pasión con que haces todas tus cosas. Eres curiosa, aventurera y persistente, y yo...yo quisiera ser así, como tú, Te ves fuerte y segura acerca de todo y pareces no tenerle miedo a la vida, ni al fracaso.»

«Hay por favor Marcos, yo tengo miedo hasta de mi propia sombra, pero no me quedo estancada, ni permito que mi voz se ahogue en un mar de ruidos o dudas. Siempre me guío por lo que me dicta el corazón, y es la voz de mi conciencia la que me impulsa y me da fuerzas para luchar. A veces me siento fuerte como un gigante y tengo el valor de enfrentarlo todo, pero otras veces le tengo miedo hasta mi sombra. El río, por ejemplo, le tengo su respeto... mejor dicho terror. ¿Sabes que nunca aprendí a nadar? Más bien sólo sé flotar, y ya es bastante». - los dos se ríen. Estoy contemplando coger clases de natación este verano y conquistar este miedo.» - dice Rosa Isabell.

«Eso es lo que yo digo, me fascina la pasión con que haces todo, yo quisiera ser así.»

«¿Qué? ¿Quieres ser payaso?» - pregunta ella sonriendo.

«No necia solo como tú.»

«Bueno entonces cambiemos de cuerpo ya que a mí me fascinas tú. Me gustaría vivir la vida por un da en tus zapatos.» - dice Rosa.

«Estas hablando en serio…»

«Por supuesto Marco tu eres hombre, todo es más fácil para ti. Puedes hacer o ir donde quieres, sin que la educación de tus padres sea puesta en duda. Para las mujeres las reglas son diferentes. Encima de eso me caes bien, esa es la razón por la cual eres mi mejor amigo.» - Marco sonríe.

«Marco dime algo, nunca has definido lo que en verdad quieres hacer. ¿Piensa, que puedes hacer día y noche sin cansarte? Entonces, eso es lo que debes hacer. Así me siento yo con la música, tengo sueños grandes, bien grandes. . .y soñar no cuesta nada. Marco...y tú, ¿con qué sueñas?»

«Si supieras, siempre he soñado ser marinero y tener mi propia línea de barcos, me fascina el mar.»

Rosa esboza una sonrisa y le pregunta directamente, algo asombrado.

«¿Marinero y barcos dijiste? ¿Estás hablando en serio?» Marcos sonríe, moviendo su cabeza de lado a lado en resignación, luego baja su rostro. «Sí, ¿ves qué ridículo? Siendo hijo único, se espera que siga los pasos de mi padre y la tradición de encargarme de la hacienda y no lo quiero defraudar..., mira que contradicción. Vivo en el campo y me gusta el mar, mi padre nunca lo entendería.»

«¿Por qué no? Todo el mundo tiene derecho a ser feliz y a llevar una vida placentera libre de miedos. Acuérdate que es tu sueño y el cielo es el límite. Además, yo también puedo ver dentro de ti un gran gigante, dispuesto a luchar y a conseguir su sueño.»

«Este gran gigante se siente muy pequeñito ahora mismo. Lo único grande que llevo dentro es el cariño que siento por ti, Rosita.»

«¡Ah...qué lindo!». Con una mirada pícara y a la vez inocente ella le coquetea.

«Amiga tienes toda la razón, mantendré la fe para lograr mis sueños.»

«Vamos Marco hagamos algo loco antes que te vayas. Baila conmigo.»

«No tenemos música.» - Marco contesta.

«Tus padres nunca te enseñaron que la música está dentro del corazón, muéstrame lo que has aprendido en las clases de baile. Todo menos Lambada, te digo niño es un baile prohibido.»

«Quieres bailar conmigo en el medio del campo.»

«Si en el mismo lugar. Contesta ella sonriendo.

Marco la abraza murmurando una melodía en su oído mientras la mecía de lado a lado haciéndolo por un buen rato.

«Mi princesa ya tengo que despedirme, pórtate bien y no hagas travesuras. Te escribiré y te veré en Navidades y en las vacaciones, te lo prometo.»

«¿Cuánto tiempo vas a estar fuera?» - pregunta Rosa.

«No sé, pero el viaje solo son doce horas, luego tengo que registrarme, tomar unos cursos de agronomía y en medio de todo esto quiero aprender a navegar.»

Mientras él hablaba el rostro de Rosa Isabell se entristece; su mente ha bloqueado la voz de Marco, solo venía sus labios moverse sin oír palabra alguna. Pensaba en lo aburrido y largos que iban a ser los días sin él. Ella se pone pálida, como si la hubieran vaciado o drenado con algo apretándole el corazón.

«No te preocupes, el tiempo se va rápido y cuando menos lo esperes estaré de regreso.» - le asegura Marco.

«Será corto para ti, que te vas, pero para mí que me quedo atrás, será una eternidad.»

Marco levanta tiernamente el rostro de su amiga mostrándole una sonrisa de afecto.

«Hazme caso. Cuando me extrañes, acerca la sortija a tu corazón, cierra los ojos, llámame con tu mente y estaré a tu lado». Dice Marco.

«¿Pensarás en mí?».

Marco empieza a hablar y pausa. «Bueno tú sabes, estaré como un loco de fiesta en fiesta con chicas bonitas bailando, pá' arriba y pá' abajo, no sé si voy a tener tiempo de hablarte.»

«¿Que qué?» - pregunta Rosa en horror y Marco ríe descontrolado.

Marco lanza una estridente carcajada «¡Ha, ha, ha!...no, estoy bromeando. Por supuesto que voy a pensar en ti. Ven, abrázame, quiero que me des tu calorcito.»

El la atrae junto a sí envolviendo su cuerpo voluptuoso en su fornida musculatura. Respira profundo y huele su delicado perfume.

«¡Hm, me gusta tu olor!»

«Son las gardenias y también que me bañé hoy».

(Fingiendo asombro) exclama «¡Pero hoy no es sábado!»

«Lo sé; es que se me pasó el día, entonces, tuve que hacerlo hoy».

Sin poder dejar de mirarlo a los ojos Rosa muestra una sonrisa forzada.

«A mí también me gusta tu olor.» Dice Rosa suavemente.

Hm...Ese olor a madera fresca que brota de su piel me transforma en la mujer más romántica que existe sobre la tierra, pensó ella en silencio.

¿Qué perfume usas hoy?»

«Marco huele su brazo, tratando de acordarse de la fragancia. Brisas del Caribe, es mi colonia favorita. Me gusta por su olor suave y el buen fijador que tiene». Aun después de lavada se siente el aroma.

«Yo sé que es una fragancia fina y masculina, pero para mí huele a una mezcla de caramelo y chocolate con aroma de café.»

«Yo creo que lo que tú tienes es hambre». Un viento lleno de risa acaricia sus labios pero se va tan rápido como llega.

Increíble...mira la belleza a nuestro alrededor. La caída del sol tiene un color rojo naranja y nubes parecidas a algodón de formas extrañas. La temperatura ha bajado dándonos una briza fresca, el aroma de las flores y el sonido del canto de los pájaros...lo vez. Tú y yo parados aquí en este mundo maravilloso. Los dos tenemos dieciocho años de edad y pronto por ser separados sabrá Dios por cuánto tiempo. "Este momento en tiempo nunca se repetirá de nuevo, nunca.

Marco queda pensativo por unos momentos yo Rosa está en silencio. Mueve su cuerpo un poco hacia atrás, para verle mejor el rostro, súbitamente la joven inclina suavemente su barbilla hacia abajo y le rodea con más fuerza el pecho.

«Marco, por favor abrázame fuerte que me quiero llenar de ti, para que me dure hasta que tú regreses».

Abrazada a él, y en silencio, Rosa siente muchas emociones juntas. La boca del estómago se le revuelca como si tuviese muchas mariposas volando dentro. En los brazos robustos y fuertes de Marco Antonio se siente protegida, y el calor de su cuerpo, tocándole su piel, la llena de gozo y a la vez la entristece, sabiendo que él pronto estará lejos. Todo confirma lo que ya ella sabe muy bien, su gran amor por él.

Marcos la siente sollozar, y busca su rostro para acariciarlo. «No llores pequeña, quiero verte sonreír.» Con la yema del dedo pulgar, le retira suavemente las lágrimas de sus ojos. «A ver, a ver, muéstrame tus dientes.» Rosa no atina más que a reírse, mientras que Marcos, recostándola en su pecho, le acaricia el cabello.

«Así, quiero llevarme tu sonrisa en mi mente. ¿Amigos para siempre?».

«Para siempre». Contesta Rosa, y se quedan abrazados así, tiernamente, sin hablar. Sólo la esperanza de un pronto retorno.

Decir adiós es doloroso, pero las reuniones son maravillosas.

Capítulo 2

El principio

Es otra noche en la ciudad de Llebasi. La claridad del día le dio paso a una noche cerrada (noche oscura sin luna, como decían los nativos). La única iluminación en este paraíso que es Llebasi, son las estrellas que inundan el hermoso firmamento. Muy cerca de la orilla del Río Bambú, se encuentra el abuelo ranita Coquí con su compadre el Grillo llamado Rico y sus tres nietos. Las montañas emanan un fresco acariciador, lo cual aprovecha el grupo para refrescarse. Pasa un insecto por delante del Coquí y él lo agarra con la lengua, se lo come y eructa.

«Ay...abuelo, eso es grosero».

«Upa, perdón...Ay bendito, es que estoy panzudo y lleno de gases».

Rico, que estaba recostado medio dormido en una enorme hoja del rio no se pudo quedar callado.

«Seguro compa, si no está siguiendo la dieta. Lo que te acabas de comer está lleno de colesterol, tú sabes que tienes que comer bajo en grasa».

«La calle está dura mano, como yo lo veo... se come lo que puede». Compadre...estabas tan callado que te creía dormido.

«El polen está alborotado, las alergias me están matando; quiero mantenerme tranquilo en mi rincón.» - contesta el Grillo.

«Es lo único que parece tranquilizarte ¡ha, ha, ha...!» - dice el Coquí ahogándose en su saliva. «No es nada bueno este reguero en el aire.» - se queja el Grillo.

«¡Abuelito, abuelito... cuéntanos una de tus aventuras con Tío Rico!» Le ruega el más pequeño de sus nietos.

El Grillo interrumpe. «Niños por favor, tu abuelito no se acuerda ni lo que se comió ayer y hay muchas lagunas de su historia que no recuerda. ¡Eso le pasa por haberse quedado dormido en la playa, por poco muere bajo el sol impecable de Llebasi! Ahora está más ciego que un murciélago.»

«¡Pues te equivocas!» Yo no necesito tener una visión 20/20 para recordar.» Dice el abuelo sapito. Detrás de sus lentes bifocales, ojos grandes y almendrados, guarda un espíritu aventurero. Coquí sonríe, sacude su cuerpo y se levanta lentamente.

«¡Ay! Los achaques de viejo están acabando conmigo, caray, pero mi mente está afilada. A mí no se me olvida nada. A ver siéntense que les voy a contar una historia fascinante acerca del atrevimiento de dos de mis amigos, Coco y Rico y del valor feroz de un Coquí, ese soy yo y del amor fascinante de dos humanos. No encontraran dos corazones que latan igual en el mundo como estos dos. Un caso verídico, peligroso misterioso, y tan excitante como el mismito trópico».

Canción del Coquí – (Rosa I. Colón)

En cada isla hay un tiempo y un lugar, que se acerca a la perfección
Después del verano de calor y con sudor, de lluvias tornado o aflicción
Una historieta, Wau…
Esta trata de intriga y de poder, sueños luchas y metas que lograr
Nos enseña que al final y de contienda y de luchar el triunfo de seguro encontraras.
¿De veras? No lo dudes!

Disputa lio y confusión un cuento encantador
De coraje y seducción, de orgullo y posición
Sobre todo mucho amor
Un cuento encantador, adorable en verdad
Si encuentras similitud es pura casualidad
Pues no hay otra igual.

Dos pensamientos unidos al nacer
Dos corazones luchando tener
La dicha y claridad de así quererse
Un cuento encantador de bachata Plena y Son
Si te quieres divertir ven y ponme atención
Pues en Llebasi hay mucha acción
Un cuento encantador de café caña y sol
Al final siempre el amor es más fuerte
Que el odio codicia y ambición

Un cuento encantador

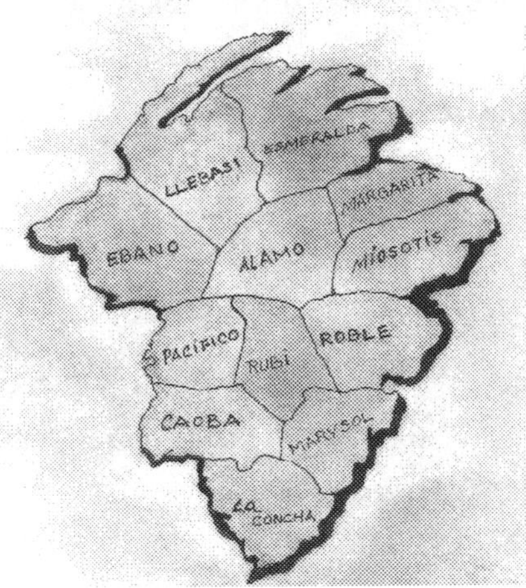

Corren los años cincuenta del siglo veinte. Por las islas y costas hermosas que abundan en el Caribe, se encuentra Llebasi. Una isla tropical de montañas altas de color verde brillante, tan hermosas que roban el aliento al mirarlas. Llebasi es un remanso de ríos de agua dulce, fría y transparente donde el sol brilla de día y de noche la luna se refleja en su claridad como si se tratase de un espejo. Esta bella geografía la componen además cuevas con playas seductoras de arena blanca cristalina y palmeras que bailan al vaivén del viento y el salpicar de sus olas. Un viento suave de mar mantiene un clima casi perfecto con temperaturas suaves todo el año. Un tiempo cerca de la perfección, donde todo es hermoso y encantador como el mismo trópico. Un lugar en donde vivir y sentirse a gusto de estar vivo.

Llebasi está dividida en doce pueblos, conservando su capital el mismo nombre. Mientras que el centro de la isla se encuentra dividido por una cordillera montañosa, lo cual provoca temperaturas variables.

Son los años de transición política, de gobiernos dictatoriales y pueblos que van adaptándose a los nuevos cambios sociales. Algunos sumidos en vestigios de épocas pasadas, viviendo aún en casuchas de pésimas condiciones por las costas de su mundo pesquero. En el interior de estos pueblos costeros, lo único que alimenta la esperanza de sus pobladores es la cosecha de café y caña. La gente vive de la pesca y del fruto de la siembra.

Llebasi está poblada por gente luchadora y soñadora, por mujeres hermosas que apasionan a los hombres, de tal manera que hasta darían la vida por ellas. Una mezcla de razas diferentes: de indios, negros, mulatos y blancos que vinieron de colonias formando un nuevo mundo, que como cristal transparente permite el clásico mestizaje latinoamericano.

Yo acababa de llegar a Llebasi y no tenía idea de lo que iba encontrar. Para mi sorpresa descubrí que los Llebasilenos son amantes de la paz y gozan de tranquilidad. Poseen una tierra muy fértil para los cultivos y fauna marítima que es el orgullo de sus habitantes. Son orgullosos del fruto de su trabajo y rápidos en sus quehaceres. Ellos tienden a ser bajos de estatura y de complexión gruesa. Sus atuendos son fabricados básicamente de ropa de algodón y colores pasteles, los cuales son perfectos para el clima tropical, en el cual viven. Son muy dados a la diversión, suelen reunirse para cantar, bailar y hacer chistes.

En estos mismos territorios se asienta la hacienda La Ponderosa, pero algo alejado del Pueblo, un poco más adentro, donde el color de la tierra se asemeja al de los indios nativos de la región.

En La Ponderosa vive una familia muy rica, dedicada al cultivo del café y de la caña. Sus propietarios son dueños de la hacienda y los cafetales más grandes de la isla: la familia Vallardo. Descendientes directos del feudalismo prexistente en Llebasi, son poderosos y de tez blanca. Poseen un corazón y una gentileza enorme que brindan calor y compasión a todos los que le rodean, ganando con ello la admiración y el respeto que resalta en el gentilicio Llebasileño. La familia Vallardo ha vivido en la hacienda desde que tengo memoria y la gente los considera respetables y de honra.

La Ponderosa es un regio palacio. Tiene once dormitorios, sala, comedor, cocina amplia y un salón de baile enorme, donde se celebran las fiestas del pueblo. La Casona está localizada en una loma, y desde cada una de las cuatro esquinas del palacete se divisa un diferente paisaje del lugar. Las mejores habitaciones están en el ala derecha, siendo las más frescas de la casa, ya que tienen las ventanas más amplias, y ni la salida ni la puesta del sol las sofocan, también poseen la vista al jardín y al prado verde limón, que desciende hasta el río. Gracias a la herencia de su padre,

Don Guillermo pudo construir su casa con lo último de la moda de París, siendo la propiedad más elegante de la zona. La levantó a su gusto y lo hizo con la idea de vivir tranquilo con su familia el resto de sus días.

Pero todo no es hermoso en Llebasi. A unas escazas millas se encuentra la comarca Demón. Debe su nombre a un brujo, casi un demonio que dicen apareció a fines del siglo dieciocho y de un solo soplo hizo desaparecer la cuarta parte de la comarca. Desde lejos se puede oler la peste de pollos muertos inciensos y azufre, aunque solo se percibe en el ambiente cuando el viento sostenido se cae, si no nunca te enteras del olor.

Demón a la diferencia de Llebasi carece de su hermosura. Las casas son todas de color gris, rojo y negro. Su tierra es dura y sin vegetación y ninguna posee rosales ni otras plantas que le den un toque alegre.

En ese lugar son muchos los personajes pintorescos y hasta caricaturescos, sobresaliendo entre ellos Madame Candó. Hace muchos años - cuentan los que conocen la historia - una señora rubia de cuerpo corpulento y carnes flácidas se enamoró perdidamente del abuelo de Don Guillermo. Este nunca se fijó en ella porque como hombre recto, honesto y enamorado su corazón se lo había entregado a otra mujer. A partir de ese día la vieja maléfica - quien estaba emparentada con el brujo Demón juró vengarse de todas las generaciones venideras de los Vallardo.

Para lograrlo necesitaba de la ayuda de varias personas. Fue así que, ofreciendo grandes sumas de dinero que había traído de Europa, pudo reclutar a unos cuantos desalmados. Los llamó Dí, Moni y Cito y los convirtió en más que sus sirvientes; sus esclavos. Estos tres personajillos carecían de toda ética humana y de un limpio corazón alimentándose de la violencia. En sus tiempos se prestaron para todo tipo de artimañas contra los pobladores de Llebasi. Perdiendo muchos de sus habitantes su fe y temiendo por sus almas. No había una persona en los alrededores que los amara, al contrario, eran despreciados por todos los que le conocían.

Un día, en que juró la vieja que destruiría la felicidad de los Vallardo, ocurrió algo inexplicable:

Se encontraban Dí, Moni y Cito en las afueras de la comarca Demón cuando pasó muy cerca de ellos una Águila negra de pico color azul. Volando bajó el ave se posó cercano a ellos en un palo de unos tres metros de altura.

Recorrió con una mirada escalofriante uno a uno de los hombres y mientras lo hacía de sus ojos broto un destellante líquido amarillo parecido a la lava de un volcán en erupción. Ese líquido que a veces se tornaba sanguíneo - cada vez más alcanzaba altos grados de temperatura, lo que hacía que el pajarraco convulsionara en repetidas ocasiones. En uno de esos momentos una gota inmensa salpicó a Dí, Moni y Cito que asombrados miraban al pájaro intrigados. Estos comenzaron a patalear incontroladamente y en cuestión de minutos se convirtieron en víboras humanas.

De momento el Águila se desplomó en la tierra y comenzó a agonizar. Los maléficos hombres transformados ya escaparon del lugar a contarle lo sucedido a la dueña del pueblo Demón.

Mientras, sucedió algo casi irreal, el Águila comenzó a mudar su horrible plumaje y le fue dando paso a unas alas carmelitas claras y blancas; su pico se recogió de forma tal que casi se le desapareció en la cabeza del ya hermoso animal y su cuerpo antes de grandes dimensiones se formó esta vez más pequeño; tal es así que casi pudiéramos decir que cabía en la palma de una mano.

De pronto el ave levantó vuelo hacia tierras desconocidas y años más tarde se supo, que un ángel había bendecido a aquel Águila negra y le había dado el don de rencarnar como una paloma con poder de transformar el mal en el bien.

Quizás por eso nunca pudieron las personas de corazón perverso adueñarse de las almas de los habitantes de Llebasi. Allí todo era paz, la hermandad y solidaridad de los Llebasilenos era conocida en todo el país. Cuando sonaba una guitarra o un tres, no se sabe de dónde salía un güiro o una maraca pero allí mismo se armaba la rumba. Dicen los que conocen de eso que de ahí llegan las buenas intenciones y buenos deseos a todos. Que aquella paloma carmelita y blanca esparció en el cielo de Llebasi estrellitas pequeñas de colores que tenían impreso dentro las palabras amor, lealtad y fe. Esas estrellitas al caer en la tierra de Llebasi crecerían años después en todos los sitios y se activarían con la lluvia y el sereno. Esa misma paloma se encarnó en el bien para hacer milagros y vivir para siempre en Llebasi y fuera una tierra pródiga en amor, alegría y esperanza.

El nacimiento

Cerca de la hacienda, en una vecindad de trabajadores, vive una familia de campesinos recogedores de café; los Rivera, que al igual que los Vallardo han permanecido toda su vida en estas tierras.

En esta brillante mañana, bañada con un sol radiante y un frescor poco común, en este rincón tropical han llegado al mundo dos niños a la misma hora; una niña en casa de los Rivera y un varón en casa de los Vallardo.

En La Ponderosa, Don Guillermo espera afuera del cuarto la llegada del bebé. Guille, como solo Rebeca lo llama, mide seis pies de altura, es de tez blanca y cachetes rosados, lleva el bigote largo y su cabello muestra señales de calvicie, algo que todos los hombres de su familia tienen en común. Desesperado, camina de lado a lado y pa'lante y pa'trás. Tiene el sombrero en su mano y juega con los pelos de su bigote, haciendo rollitos, mientras piensa en silencio.

A Guillermo no le gustan las sorpresas, tiene que estar siempre en control de lo que sucede a su alrededor, especialmente cuando de su familia se trata. Como buen hombre de negocios, todo tiene que estar fríamente calculado. Cada proyecto es un reto, lo cual disfruta a plenitud, y su mayor motivación es ser reconocido y respetado por sus logros. Guillermo, a los treinta años ha logrado lo que a otros le tomaría una vida entera; por supuesto que haber heredado la fortuna de sus padres le ayudó mucho, pero aun así merece la admiración y respeto de todos por su dedicación a los negocios. Su pasión es coleccionar caballos de paso fino y gallos picú, una nueva raza de gallos de pelea, diminutos en tamaño pero grandes en fortaleza. Los picú tienen el pico medio amarillento, cresta roja, espuelas largas y muchas agallas, y Guillermo los muestra con mucho orgullo. Guillermo tiene muchos proyectos en mente, pero la llegada de un hijo no había sido parte de sus planes inmediatos; pero sucedió.

«Buenos días, Señor Guillermo, ¿Desea tomar una taza de café?» Pegunta Cotí trayéndolo de nuevo a la realidad. Cotí es ama de llave y fiel amiga de la familia Vallardo. Ella es de baja estatura y cuello corto. Mide poco más de metro y medio, pesa 160 lb. Y tiene una risa estruendosa. Cotí siempre ha lucido igual, tal parece no envejecer. Ella es una mulata alegre, típica Llebasileña y quien ha dedicado su vida al cuidado de la familia Vallardo.

«¿Qué?– responde Guillermo. Ah, sí, buen día Cotí. Definitivamente es un buen día, pero no me pasaría cosa alguna por la boca. Estoy muy nervioso. ¿Será hembra o varón? ¿Qué será?...esta incertidumbre me desespera.» Ansioso por la larga espera su mente corría a cien millas por hora. ¡Un hijo! Espero que rompa la cadena de calvicie de la familia y tenga mucho cabello. Dios mío, ¿lograré criarlo como un hombre de honor? Y si es una hembra, tremendo problema cuando crezca y empiece a enamorarse. Desde hoy tengo que vigilar lo que digo, ya que tendré un imitador o una imitadora detrás de mí.

«Patrón, aquí le traigo un regalito para el bebé, una manita de azabache, como es tradición, para que lo proteja».

«Muchas gracias Cotí, a Rebeca le va a gustar.» Sus ojos verdes sólo miran la puerta de su recámara, esperando noticias de Rebeca y su criatura. Rebe, como sólo él la llama de cariño, lleva horas con dolor de parto. Sintiéndose impotente sin poder ayudar a su amada en este momento tan difícil. Guillermo toma asiento, con la cabeza baja y corriendo el sombrero entre sus dedos sigue soñando. Dios mío este es el día más feliz de mi vida y el más desesperante.

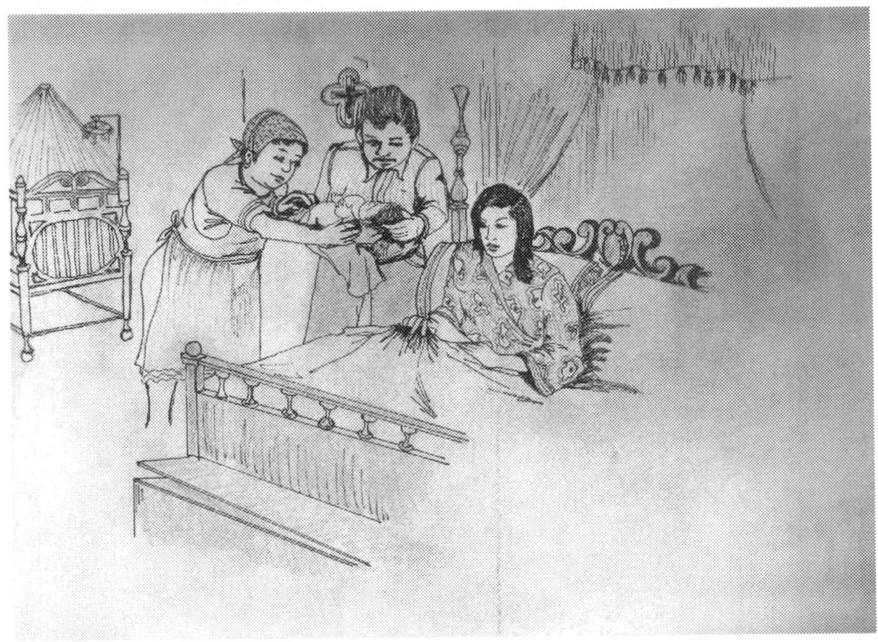

El rostro de Guillermo, blanco como porcelana se sonroja cuando por fin oye el llanto del bebé. Abre la puerta y ve a la comadrona con el bebé en brazos desnudo como Dios lo trajo al mundo.

«Don Guillermo, ¡es un varón! Tiene la piel blanquita y mucho cabello». Nota la comadrona.

Mientras Guillermo camina en dirección del niño, recoge de un sillón antiguo un pañal bordado con letras color oro que estaba puesto en la silla y arropa al recién nacido. Se acerca donde descansa Rebeca, deslumbrado por la belleza del infante, llora y ríe al mismo tiempo. Rebeca lo observa con agrado, ya que nunca lo ha visto tan emocionado.

Míralo, piensa Rebeca entre sí, parece un niño con un juguete nuevo. Con el niño en sus brazos Guillermo se sienta en la cama, mientras que ella sonríe, observándolo tan paternal.

«¿Cómo estás tesoro? Cotí te está preparando un sopón de gallina fresca para que renueves tus fuerzas. Concéntrate en recuperarte, que ahora vas a tener que cuidar dos niños, uno grande y otro pequeñito». Le sonríe suavemente, aún con el bebé en sus brazos; luego la mira con ternura. «Cariño, ¡qué feliz me has hecho hoy! No tengo palabras para expresar como me siento. Mira Rebe, tiene labios y piel rosada con ojos verdecitos, ojalá que no le cambien». Dice Guillermo todo derretido y emocionado en presencia de su hijo.

Rebeca está agotada pero su gozo es más grande que su cansancio. Ella nunca ha sido fuerte, pero se ha cuidado para que su hijo naciera saludable. Rebeca es de tez blanca, cabello rubio cenizo, cara redonda y ojos almendrados color miel. Con este embarazo, ha aumentado algunas libras, como es normal, pero ya lo tiene todo planificado para hacer un plan de ejercicios y dieta para volver a su peso normal. A sus veintitrés años y con sólo cinco pies de estatura, Rebeca no quiere aumentar más como es común en las mujeres de su familia. Exhausta, Rebeca se compone en la cama para sostener a su criatura que con mucho cuidado Guille pone en sus brazos.

«Toma cariño me da miedo agarrarlo así de pequeñito.» -dice Guillermo

Ella lo recuesta en su pecho y empieza hablarle al bebe con voz suave el lenguaje de bebé. No le va a suceder nada, ¿verdad bebe? Yo soy fuerte y todo un machito...Rebecca lo besa y lo huele mirando cada uno de los rasgos del primogénito, buscando similitud entre ellos.

«Hm...Qué sabroso, huele a nuevo. Mira Guille es tu mismo retrato. Tiene tus cejas anchas, las pestañas largas y el mismo remolino en el cabello. No puedes negarlo es una réplica tuya.»

«No pensaba hacerlo. Ay caray. Un heredero que continuara la descendencia Vallardo. ¡Hijo mío, bienvenido al mundo!» Rebeca acerca al bebé a su rostro y lo abraza tiernamente, mientras que Guille pensaba en su porvenir.

¡Qué momentos gratos nos esperan de hoy en adelante Rebe; la celebración todos los años de su cumpleaños; su primer dientecito... cuando pronuncie su primera palabra, que estoy seguro que será papá! ¿Verdad bebe...?.

No, no, no.... lo siento mucho querido, su primera palabra será mamá, yo me voy asegurar de eso, ¿verdad bebé?

«Ay cuando empiece a caminar, o monte a caballo por primera vez... por supuesto con sus buenas botas de vaquero. Caray, un hombrecito.

Lo educare bien, ya verás, vamos a ser un buen equipo.» - dice Guille orgulloso.

«Déjame disfrutar de su niñez primero, dice Rebecca a su esposo sonriendo.»

«Rebeca este niño nos une hoy más que nunca. Ha nacido hoy no sólo nuestro hijo, sino también el sentimiento más profundo que haya experimentado en mi vida. Tengo que ser fuerte ya que no solo tengo que probarle al mundo la clase de hombre que soy, también seré juzgado por como crio a mi hijo. Es difícil de explicar pero tengo el valor de enfrentarme al mundo entero y luchar contra todo por ustedes dos.»

«¿Rebeca, este niño tiene rasgos como tu padre, qué tú crees si lo llamamos Marco Antonio, como el?». Rebecca lo mira totalmente sorprendida de lo que acababa de proponer.

«¡Me parece muy buena idea!» Rebecca aun con el niño en sus brazos, lo besa tiernamente y juntos dan gracias a Dios por su hijo.

Mientras tanto a la distancia de media hora en caballo o una hora a pie, en casa de la familia Rivera, también se regocijan con el nacimiento de su hija. Allí en su paraíso privado José y Maggie Rivera han formado su hogar, lugar que les ha tomado años construir a su gusto. José es capataz en la "La Ponderosa", la finca que le pertenece a Don Guillermo. Él es un campesino musculoso y varonil. Un romántico empedernido, amante de la música y de la composición, es gentil y encantador. Un admirador de las mujeres, sin importarle su apariencia o edad. Le gusta disfrutar de las cosas buenas que la vida ofrece y su familia es lo principal para él. José lleva el cabello corto y bigote amplio muy bien arreglado. Su piel está tostada por el sol, sus manos fuertes y refulgentes están cuarteadas y secas por el machete, pero su mirada es cálida y su paso tan firme como su palabra. Un guajiro natural, con aroma a carbón del batey.

Maggie es una campesina típica de Llebasi, una mulata, dedicada al cuidado de su hogar. Fuerte y amorosa quien mira la vida de manera natural. Es mulata y descendiente de una tribu guerrera. Ella es valiente, segura de sí misma, apasionada en extremo y de un espíritu dulce. Con los rasgos de indígena bien marcados, no le teme a la oscuridad, ni a nadie, es fiel a sus creencias y amada por su gente. Maggie mide 5'7", lleva el cabello corto y adornado por el sol con destellos rojizos, contrario a las de su raza que son bajas de estatura y de pelo largo color negro azabache. A sus veinte años, se distingue por su estilo único en el uso de telas suaves con colores brillantes. Amante de la tierra y su fruto, Maggie tiene buena mano para la siembra. A ella le enseñaron de niña que los mejores remedios para cualquiera medicina provienen de la tierra y se ha dedicado a cultivar un jardín con matas para hacer té y medicina. A ella se le ha oído hablarle al viento y a las mismas plantas, ya que ella cree que las hace crecer más rápido. Su jardín de flores es el único que se asemeja al de la casa de Los Vallardo. Los frutos que da su huerto son tan bien habidos que llegan a pesar de una a dos libras, siendo necesario agarrarlos con las dos manos. Su casa no es nada en comparación a la casa de los Vallardo, pero para ellos es un palacio, ya que es propia, y no se la deben a nadie. Don Guillermo decidió regalarle un pedazo de tierra a José, por los años de fidelidad hacia él y su familia, pero José insistió en pagarle, ya que era la herencia de sus hijas y la mujer que amaba, y no quería que se dudara de su capacidad como padre y esposo. Empezaron con un cuarto pequeño de una sola pieza, de ahí pasaron a la cocina, la cual estaba dividida por una mesa de dos sillas, donde cabía una persona y media. En la pequeña sala en aquel entonces estaba sólo un sofá pequeño llamado asiento del amor, ya que sólo cabían dos personas.

Durante años sufrieron la incomodidad de no tener agua, ni servicio sanitario dentro. La letrina estaba afuera; era un hoyo hondo, dentro de una casita de una sola puerta, sin tubería alguna que desembocara en otro lado, sin espejo ni luz. Una mala experiencia entrar ahí si me preguntan.

Cerca de la casa había un pozo de agua dulce, la cual se usaba para cocinar y beber. Detrás de la casa, al lado de la pared, estaban los latones de aluminio, tratados contra el moho, que recogían el agua de lluvia que descendía del tejado de zinc a través de canalitos; era el agua para bañarse y limpiarlo todo, con excepción de la ropa. Maggie, como todas las mujeres de la vecindad, lavaba su ropa con jabón azul, raspándolo contra una tabla o a golpetazos limpios sobre las piedras lisas del río.

Desde el primer año de matrimonio, José, poco a poco, ha ido construyendo la casa de sus sueños. Con la llegada de cada una de las tres niñas se añadió una nueva habitación. José contaba con nueve meses de cada embarazo para terminar cada cuarto. Así construyó una casa de cuatro habitaciones, con las ventanas orientadas hacia el noreste que es como se hacen las ventanas en Llebasi si el constructor sabe lo que está haciendo. Ya que los indígenas descubrieron que los aires que atraen las buenas energías soplan de ese lado. Construyó la cocina amplia y puso instalaciones de agua potable, inodoro, lavadora de rolo y estufa de kerosén. Pero a Maggie aún le fascina cocinar fuera de la casa, al carbón y lavar en la orilla del río, ya que se divertía tanto oyendo los cuentos de las mujeres y los chismes del vecindario. El correo era visible desde el portón de la finca al igual todo el verde prado que solo lo dividían las matas de tamarindo y los palos de jobo.

La familia Rivera planificó este último embarazo con la esperanza que fuera varón. Todo lo habían comprado azul y blanco y su habitación era la más hermosa, por ser la última. Pero las ancianas de la tribu ya les habían dicho que era otra hembra, por la forma de su barriga. Y así fue...

«¡Otra chancleta!» dice José «¡Ah! Otra mujercita. ¡Qué va me doy por vencido! Tenía la esperanza que fuera un varón. No importa estoy rodeado de la criatura que más adoro: La mujer.»

«Qué hermosa es nuestra hija, José.» Maggie sonríe y examina minuciosamente el frágil cuerpecito de la niña. Hoy Maggie está radiante, como tarde en primavera, rendida físicamente pero con su mirada cálida y tierna. Acaba de experimentar el increíble milagro de dar vida a otro ser, sangre de su sangre y fruto de su amor. José se sienta a su lado, acaricia su rostro, y con un pañuelo limpia con delicadeza el sudor de la frente de su amada.

«¿Cómo te sientes mi vida? Quiero que estés tranquila y descanses, sin hacer ningún desarreglo. Ya limpié la casa y las niñas están bien, todo está bajo control; yo me he encargado personalmente. Afuera está lloviendo a cántaros, pero cuando escampe un poco, iré a buscarte una gallina fresca. Te voy a hacer una sopa que levanta muertos.»

«¿Tú cocinando y limpiando; cuándo aprendiste? Ay, Dios mío, mejor que me recupere pronto, si no, no voy a encontrar nada de mi hogar».

«! Ajá! solo porque no lo hago no significa que no lo sé hacer.» Los dos ríen...con la sonrisa aún en sus labios, José le susurra al oído, profundamente emocionado y con la misma ternura que sintió al verla vestida de novia.

«Maggie te estoy tan agradecido. Me has regalado otra flor, ésta es una rosa. Es bien hermosa nuestra hija mira, tiene los ojos negros azabache y la piel canela como tu madre, y un lunar en el brazo, herencia de la mía, interesante, ¿no? ¿Qué te parece si la llamamos Rosa Isabell, como sus dos abuelas?»

«Me gusta la idea, así será, demos gracias a Dios por nuestra niña.»

Maggie enciende una vela blanca, le enrosca una pulsera de semillas de frijoles y pepitas en el brazo de la niña y unge la frente de su bebé con aceite de rosas blancas y menta, preparado por ella para la buena suerte y para encaminar la vida de la niña recién nacida, como era su costumbre nativa. Luego le canta una canción indígena, dándole la bienvenida al alma de su hija.

Y así fue que Marco Antonio y Rosa Isabell crecieron, él con todos los cuidados de la casa grande y teniéndolo todo, mientras que ella creció careciendo de muchas cosas materiales, pero teniendo todo el amor de su familia. A pesar de su pobreza, sus padres siempre la hicieron sentirse la persona más importante del Universo.

De repente y al instante del nacimiento una tormenta intensa de relámpagos y truenos terroríficos estremeció la tierra. Del impacto, los recién nacidos abrieron los ojos al mismo tiempo y por una razón misteriosa quedaron unidos mentalmente. Su fe estaría ligada para siempre por un mágico suceso antiguo: El Amor.

El Cuarto De Princesa

Una mañana a la edad de siete años, Rosa y Marco juegan a las escondidas en la casa grande.

«Rosa, cuenta hasta cincuenta y yo me escondo, luego me buscas por toda la casa, ¿está bien?» - dice Marco Antonio.

«Bueno...uno, dos, tres...cincuenta, aquí voy. ¡Marco...! ¿Dónde estás?» - pregunta Rosa Isabell.

Rosa busca a Marcos por toda la propiedad, sin poder encontrarlo. Los criados siguen haciendo sus quehaceres como si ella no estuviese presente. Unos la miran seriamente, mientras que otros sólo les ríen las muchachadas.

«Marcos, te voy a encontrar.» Después de buscar por toda la sala, incluso debajo de los muebles, comedor y cocina, Rosa decide buscarlo en las recámaras. El pasillo para llegar a las recámaras es largo y las puertas son altas en extremo. Todos los cuartos están abiertos, con la excepción del que se encuentra al final del pasillo. Sigilosamente Rosa llega a la puerta, toca en ella como sus padres le instruyeron hacer siempre.

«¡Marco!, ¿estás aquí?» Abre la puerta de la recámara y se queda asombrada al ver la amplitud del cuarto y lo hermoso que está decorado.

«Hay, parece un cuarto de princesa, el que siempre he soñado tener.»

Un aire fresco con olor a gardenia le acarició el rostro, la misma fragancia que se siente por toda la casa, pero ahí se siente cien por ciento más fuerte. Mira al techo para ver de dónde viene la corriente de aire y observa un abanico blanco de aspas gigantes en forma de hojas de palma que gira lentamente. La habitación está forrada con papel claro y el diseño es brocado de flores color crema pálida y rosa viejo. Las cortinas son de seda y largas, la cama es alta y enorme, repleta de cojines grandotes con un estampado de líneas y flores en el mismo tono de la pared. Para más comodidad, a cada lado de la cama, se halla una silla amplia y una mesita de noche con gardenias frescas. En la cabecera de la cama hay una pintura de Doña Rebeca de una dimensión enorme y otra pequeña con Guillermo del día de su boda. Si no fuera que lo conozco personalmente diría que su pose declaraba arrogancia y tenía una mirada de un hombre que da órdenes. En la pintura grande ella está de pie y de medio lado, vistiendo un traje blanco largo y escotado. La luz enfocada a los ojos de Rebeca da la impresión de seguir cada movimiento de ella en la habitación. Al lado izquierdo del cuarto hay un espejo grande el cual hace que la recámara aparente ser más amplia. Como alfombra al pie de la cama, se halla la piel de un enorme tigre con los ojos abiertos en cuatro patas, como si hubiese sido aplastado por un enorme árbol de Llebasi. Rosa se acerca lentamente y con la punta de su zapato lo mueve para ver si está vivo.

«¡Que gato más lindo! - dice ella mientras confirma que la bestia no despertara. ¡Wau...! qué cama más grande, tengo que probarla». Rosa no puede resistir la tentación de encaramarse en ella. Mira para todos los lados con picardía y acerca hacia sí un pequeño banquito, el cual utiliza la Sra. Rebeca para descansar los pies. De un tirón se sube a la cama; y ya en la misma, se sienta en la punta que da hacia el sur, observa sus pies, los mueve de un lado a otro como si se estuviese balanceando en un columpio y sin pensarlo y con las manos extendidas hacia los lados, los ojos cerrados y una amplia sonrisa, deja caer su cuerpo para atrás.

«¡Ay que rico... es más cómoda de lo que me imagine!»

Como un bombón de altea su cuerpo se hunde en la suavidad del colchón y almohadón de rayas rosadas dejando escapar un suspiro de alivio quedándose profundamente dormida. Luego sueña que está en la selva y un enorme tigre la está persiguiendo. Logra subirse en un árbol, para luego sentirse perseguida por un pájaro loco que la ataca a picotazo limpio. Rosa abre los ojos, con la vista aún nublada por el sueño, ve un inmenso plumaje imagen del pájaro en su sueño, el cual le tocaba la cara. El roce de las plumas en su rostro le hace estornudar, como reflejo natural su mano empuja la presencia de la sombra del ave que sintió momentos antes. Brinca del susto y se echa a correr, tumbando barias almohadas al suelo cuando oye a sus espaldas la voz de Marco Antonio, el cual sentado encima de la cama con plumero en mano está riéndose a carcajadas

«¡No te asustes, Rosa! Soy yo, Marco, no pude resistir la tentación de asustarte, perdóname. ¡Ha, ha, ha! Fue muy gracioso."

Rosa llora, asustada en extremo. Marco al verla llorar, deja de reír y la abraza.

«Ya, fue solo un juego, cálmate Rosa, Marco le dice con compasión. Perdóname, no lo vuelvo a hacer.»

«¿Me lo prometes? dice ella sollozando.»

«¡Marco no sabes el susto que he pasado! Soñaba que una ave gigante me estaba hiriendo y me desperté y vi las plumas; Creí que era el ave que me había atrapado.»

«No puedes negar que mi tiempo fue preciso. Hubieras visto tu cara... lo siento pero no deja de ser gracioso.»

«Oye... ¿y dónde estabas escondido que no te vi?». - pregunta Rosa.

«Ah...estaba detrás de una de las sillas, te podía ver por el espejo. No fue fácil, tuve que aguantar las ganas de reírme para que no me encontraras, pero valió la pena. Reconócelo no me puedes ganar...soy demasiado bueno. Ven, vamos a jugar afuera.»

Aún sin soltarse de las manos los dos amiguitos abandonan la habitación, riéndose de lo sucedido.

La amistad es la unión, comprensión y afinidad entre dos personas, siendo una de las causas más puras y nobles del amor.

Capítulo 3

Recordando

Después de su partida al extranjero, pasaron años, y Marcos nunca volvió como prometió rompiendo así su promesa. Las cartas fueron espaciándose más y más creando un vacío en la mente de Rosa Isabell cuando pensaba en él, como si él ya no existiera.

En su añoranza de recordar a Marco Antonio, Rosa Isabell se acerca a la cascada, lugar donde siempre se encontraba con él. Aquí el paisaje es hermoso, relajante y acogedor. El aire es fresco y húmedo ya que se inhala puro oxígeno. El sonido de la caída del agua, como un bolero apasionado la embriaga con su nota. El no tener a Marco cerca se siente como una punzante picada de avispa en el corazón. Bajo la sombra de un árbol de tamarindo Rosa se sienta a elaborar un verso, toma una pluma en su mano y su libreta de redactar las cartas más elegantes y comienza a escribir: ''Marco, debes saber que a pesar de tu larga ausencia y la total incomunicación de tu parte, mi cariño sigue igual que antes. Por mí parte nada ha cambiado y espero con asías tu llegada. Sabes...la belleza de este lugar se amplifica de alguna manera contigo en mi pensamiento. Rosa se ríe en silencio.

El cerebro es un panal de fantasía y aquí donde te espero puedo dejar correr la imaginación. En mis momentos ocasionales de soledad, imagino conversaciones entre los dos y todo los ratos felices que hemos compartido. Ayer en el bosque buscando gardenias para mamá asuste una cotorra cuando le grite al viento mi amor por ti. Las nubes se cruzaron como fantasmas ante mis ojos y yo clamé una plegaria al inmenso Universo por ti. Considero una obligación mutua de amigos, contestar las cartas. Necesito saber de ti. Saber que estás bien. He sido fiel a la promesa de esperarte y anhelo con ansias tu regreso orando que todo vuelva a su normalidad, pues este silencio me está matando".

Rosa levanta el papel para escudriñarlo con su mejor ojo crítico.

«No me gusta para nada mi letra, por más que he tratado, nunca he podido perfeccionar el arte de la pluma fina y escribir con tan buena caligrafía como Marco. En vez de letras con arcos y líneas suaves, parecen bloques en ruinas. Me deben arrestar con esposas de paréntesis y encerrarme a vivir entre punto y coma.»

Se sonríe y estruja el papel deshaciéndose de él.

«¿Cómo puedo estar segura de que esta vez le llegará esta carta o si me contestara?» Se levanta, camina unos pasos, recoge una flor y empieza a deshojarla.

«Me quiere, no me quiere…»

Deshoja los pétalos de una amapola y suspira. Levanta su rostro al cielo y recuesta la sortija contra su pecho apretando fuertemente los párpados, aferrada con fuerza a cualquier foto mental de sus vivencias. El recuerdo de la imagen de Marco Antonio la hace sonreír. ¿Dónde estará? ¿Cómo le irá en los estudios? Ah...con lo inteligente que es, tiene que irle de maravilla, me lo imagino todo serio y atento. ¡Es tan galán! «¡Cómo te extraño, Marco Antonio amigo mío! ¿Por qué no puedo sentirte? ¿Con quién estás compartiendo tu corazón? Es como si hubieras desaparecido...»

Rosa no tiene nada en contra de la gente en el extranjero, hombre o mujer. Es de la creencia "vive y deja vivir". Todos somos de un solo mundo, una sola gente, un mismo ser; Pero ahora se siente clase aparte, y envidia a la gente de esas lejanas tierras, y la alta sociedad que rodea a Marco Antonio.

En ese mismo instante en el extranjero Marco Antonio sale de una fiesta con una esbelta chica americana llamada Chantal Clara Halt. Ella es de pelo corto y rubio, ojos grandes y azules, piel blanca, tersa y deseada. Su impresionante belleza sólo se equipara a su frivolidad y ambición. Con una mente afilada para los negocios ella siempre está estratificando ya que perdió todo el dinero que heredó en un trato anterior, usa sus encantos para cazar fortuna. A ella solo le atraen los hombres poderosos ya que son los que pueden ayudarla a resolver sus necesidades económicas y se siente en parte protegida. Egoísta al extremo ella piensa que hay poder en hacer que otros te hagan las cosas. Siempre necesita gente a su alrededor para jugar a su antojo ya que la gente no la cree capaz de hacer mal. Chantal no es totalmente inmune al mundo que la rodea si no que ha cerrado su corazón por un problema de infancia y lo disfruta a su manera. Es fanática de la lectura para así tener conocimiento y poder tener temas de conversación interesante cuando está en grupo. Su peor pesadilla es tener un trabajo de nueve a cinco o una relación controladora ya que ama su libertad y necesita su espacio. Su aparente seguridad es contagiosa y aunque es débil de espíritu no coge lucha con las cosas o sea que no se deprime. No le gusta usar su dinero sino la fortuna del hombre que la corteja. Viste ropa juvenil, sexi y exótica que la hacen ver inocente atrayendo a muchos hombres por su supuesta inocencia. A los hombres les gusta y quieren cuidarla, en especial los de mayor edad ya que los hace sentir jóvenes. Chantal no pide cosas por necesidad sino por capricho para aparentar y lucirse con sus amigas de lo que es capaz de conseguir con sus encantos. Cuando de Chantal se trata o la amas o la odias y a Marco Antonio le gusta muchísimo esta mujer. Su pensamiento y corazón están con ella, sin embargo sin saber por qué de momento Marco se pone distante. Chantal lo nota enseguida y busca información de inmediato.

«Marco, honey...what happen? de momento te fuiste lejos, ¿te pasa algo?»

«No, no pasa nada. Por un momento me acordé de una amiga, pero está bien lejos de aquí. No te preocupes ya estoy contigo.» - Sus palabras llaman la atención de Chantal.

«¿Tengo que estar celosa de esa girl?»

«¿Rosa Isabell? No, ella es como una hermana para mí y yo solo tengo ojos para ti» Contesta Marco inmediatamente.

«Hm…it better be…Más te vale, mira que cuando de ti se trata, soy muy celosa.»

«No tienes que estarlo.» Marco sonríe y la abraza. Veinte minutos más tarde llegan al apartamento de Chantal y Marcos la camina hasta la puerta.

«Marcos, me divertí muchísimo, dice ella abrazándolo. - Me fascina salir, bailar y gastar dinero, aún más si no es mío; puesto que yo estoy en austeridad familiar. Gracias a Dios que tú no lo estás, sino seríamos dos pobretones más buscando los especiales de la semana.» - los dos ríen.

Chantal lo mira con una ternura fingida, luego le acaricia el rostro. «You are so cute ¿Cariño a qué hora te veré mañana?» - pregunta ella.

«No sé todavía, yo te llamo.» - responde Marco. Le besa la mano y sonríe.

«Gracias por una velada tan linda. Yo también me divertí muchísimo y no me molesta gastar el dinero contigo, pues para eso fue hecho, para gastarse. Marco se aprieta el cuello y se queja de dolor. ¡Ay! No sé por qué estoy tan cansado, me siento débil y me duele todo el cuerpo. Tendré que tomar alguna vitamina o simplemente alimentarme mejor. Sí, creo que es falta de alimento. No he tenido apetito estos días, sabes.»

Chantal no interesada en los problemas de salud de Marco solo mira sus labios moverse sin escuchar una palabra de su boca mientras que en su mente recordaba una melodía.

«Ya tomaré algo en la casa.» Marco le besa la mano tiernamente - «Hasta mañana cariño, que descanses.»

Chantal entra a su casa y Marcos se marcha. Al cerrar la puerta, y todavía parada detrás de ella, Chantal borra toda expresión de alegría y ternura de su hermoso rostro.

«¡Ah! ¡Finally…qué flojo! ¿Quién será esa en quién él pensaba? ¡Que no se crea que me robará a Marco Antonio! Ni ella ni nadie me van a arruinar el plan de ser la heredera de la fortuna Vallardo. ¡Pronto tendré en mis manos todo ese dinero!»

Saca un billete de su cartera y lo huele. ¡Hm....me gusta el olor a dinero, es como el color verde primavera, con aroma a hierba de monte y tabaco… se me eriza la piel al pensarlo! - se estremece. Me dará mucho… ¡mucho poder! ¡Ha, ha, ha!... Chantal se ríe alto mostrando su sonrisa diabólica.

Los celos competitivos a veces son completamente justificados.

Capítulo 4

El plan de la fiesta

Mientras tanto en la casa grande, era una tradición celebrar las fiestas de Navidad y habían pasado ya tres años sin celebración. Rebeca y Guillermo están sentados en la sala de la casa. Guillermo lee un periódico, mientras Rebeca borda un tapete de color crema. Rebeca suelta el tejido y se quita los anteojos pensando en su hijo.

«Guille, tengo que confesarte algo. Extraño mucho a Marco Antonio... añoro tenerlo cerca. Lleva tanto tiempo afuera, que sinceramente me niego a pasar esta Navidad sin verlo. Tengo deseos de celebrar. Quiero cantar, bailar, cocinar nuestras comidas favoritas y pasar esta Navidad junto a toda la familia, obreros y amigos. Voy a preparar el salón grande para reunirlos a todos y compartir de la abundancia que Dios nos ha dado».

Guillermo la mira por un momento sin pronunciar palabra y sigue ido leyendo el periódico.

«Guille atiéndeme te estoy hablando cariño.» - le reprocha Rebeca.

«Lo siento mi vida estaba pensando en lo que acabas de decir y tienes razón mujer, hace mucho tiempo y yo también lo extraño. Pero hace más tiempo que tú y yo no bailamos una pachanguita pa' soltar el limo viejo de los huesos. Guille pone su mano en su cintura y se remenea, los dos ríen sanamente. Sabes tengo una buena idea, ¿por qué no vamos a verlo? Así sales de la rutina de la casa y a la vez me acompañas.»

«Me imagino que es una buena idea - dice ella. Pero si nosotros vamos a verlo entonces él no viene a la hacienda. Mira, tú encárgate de traerlo y no te preocupes que yo me encargaré de preparar todo lo de la fiesta. Además ya no encuentro qué excusa darle a Rosa Isabell de Marco Antonio, se alegrará mucho de verlo. Como en los viejos tiempos cuando eran niños,

Rosa y Marco los inseparables; así de una vez aprovechamos para celebrarle el cumpleaños a los dos juntos.» - Rebeca sonríe de la idea.

Guillermo suelta el periódico y la mira con ternura luego le acaricia la mano tiernamente.

«No tienes remedio sigues siendo la pachanguera de quien me enamore. No he conocido a nadie que le guste festejar más que tú. ¿Rebeca cuantos años hace que estamos juntos?» - le pregunta con picardía.

«¿Acaso se te olvido?» - contesta ella curiosa.

«No...Solo que me gusta oírte. - él contesta.

«Bueno en total tenemos como cuarenta años juntos...veinticuatro de casados, un año de compromiso, seis de noviazgo y nueve de amigos.» - Recuerda ella con una sonrisa en los labios.»

«Increíblemente cada día estas más linda.»

«Yo me siento de diescinueve, pero el espejo muestra esta otra persona que no conozco y que a veces no sabe cómo seducirte.» - dice Rebecca mirándolo a los ojos fijamente.

«Te encuentro encantadora como el primer día. ¡¡Y eso que pensaron que no íbamos a durar! Creo que le probamos lo contrario. Nunca entendieron nuestro amor. Yo me siento parte de ti y cada día aún más cerca.» - Guillermo dice con alegría.

«Gracias cariño por tu amor incondicional, Rebecca lo besa con afecto.»

«No; gracias a ti por todas las emociones que me has dado todos estos años y por las que nos faltan. Por eso no puedo negarte nada, ¡qué caray! si quieres fiesta y que tu hijo esté aquí contigo así será. Mañana mismo salgo a buscarlo.» - dice Guillermo.

Rebeca contenta sonríe y su rostro se sonroja de emoción, con el mismo gozo que siempre la caracterizó en su adolescencia. «Por eso te quiero tanto... eres tan bueno conmigo.»

«Cotí...prepara la casa, *le dice Rebecca a la nana...* Guille va a buscar a Marco Antonio y tendremos fiesta.»

«Si señora, ¡qué alegría! Por fin veré a mi niño, ahí voy hacer la lista para la fiesta.»

Cotí fue nana de Rebeca y por consiguiente de Marco Antonio. Su principal preocupación fue en aquel entonces que Marco comiera, ya que en esa época decían que un niño gordo era un niño sano, siempre y cuando fuera limpio y arreglado. Cotí le leía cuentos de noche cuando Rebeca no podía y era la encargada de que Marco se cepillara los dientes. Siendo Marco un niño inapetente, Cotí era la única que lograba que el niño probara bocado, ya fuera cantándole, haciéndole marionetas de avión con la cuchara, o probando la comida ella misma.

«Ahora sí que la cosa se va a poner buena, hay fiesta, desenfreno total. Mi niño vuelve a su casa. Vamos a ver la lista...arroz con gandules, fricasé de pollo, carne ripiá, ajo, cebolla, recadito... ¡Hm, esto me está dando un hambre...!»

Los preparativos comienzan en la casa grande para recibir a Marco Antonio, mientras que Guillermo viaja al extranjero para sorprender a su hijo y llevarlo de regreso a la hacienda. Guillermo llega al medio día y camina la corta distancia de la estación del tren hacia el apartamento de Marco.

Hm...Espero que esté en el apartamento. Vengo de tan lejos para darle una sorpresa y quizás la sorpresa me la lleve yo, si él no está. - Piensa él. Guillermo viste un suéter de lana blanca, con abrigo negro de estilo simple, botas de piel de cocodrilo negra y un sombrero elegante. Siempre proyecta un aire de patrón fuerte y dominante, aunque todo eso es por fuera, ya que por dentro es sólo un padre preocupado y extrañando a su hijo.

Pero aquí todo es tan diferente a lo que él está acostumbrado a ver. La temperatura está baja y el aire frío es agudo. El sol punzante parece estar enojado, ya que aún de día todo está gris. El aire lleva el mal olor de los pasillos y el ruido en las calles es pesado; se oyen los motores y las ruedas de las carros, que crujen sobre la escarcha de las calles, gente hablando en voz alta y con pasos fuertes al pasar por las rampas de madera que cruzan como puentes, de punta a punta conectando los edificios.

Es el furor de los días que preceden la Navidad. Hay una tensión maravillosa en el aire. La gente está de un lado a otro con paquetes entre sus brazos, y hay coros ensayando melodías festivas y las tiendas repletas con compras de última hora. Todo el mundo con los ánimos levantados por los días de fiesta por venir.

En unos días la excitación habrá pasado, los regalos abiertos, el dinero gastado y para los pobres, otro año de ahorros gastado. Pero todavía no ha pasado, la Navidad está por llegar. Para los niños, es la culminación de espera, y para los adultos, el final de compras, sorpresas y envolturas de regalos. Para los ausentes los recuerdos y sonrisas nostálgicas, recordando la niñez o sus seres queridos. Un tiempo en las memorias, y otras nuevas por nacer.

Paradas en la esquina del edificio en donde vive Marcos, están unas señoras con una campana y un cubo rojo grande pidiendo limosnas para la Cruz Roja.

«¡Caray! Son dignas de admiración, y están en todas partes.» - piensa Guillermo.

Se detiene y pone dinero en el cubo rojo y saluda con admiración.

«¡Thank you Sir, Merry Christmas!» - le dice alegre una de las mujeres.

Guillermo entra al edificio buscando el apartamento y se encuentra con gente de apariencia rara, oye niños llorando en la distancia, otros corriendo por el pasillo riendo a carcajadas, mientras que una pareja de adolecentes discutían a gritos sus problemas personales. Todo eso le hizo recordar la tranquilidad de su hogar en el campo. Camina por un pasillo largo de decoración moderna con cuadros de líneas de colores claros y oscuros fuertemente contrastantes, lo cual puede interpretarse como la furiosa rebeldía de un decorador de interiores en contra de una paleta de colores armónicos.

¿Y a esto le llaman arte? Ay, qué largo este pasillo, por tu madre. Ahí, por fin, el número doscientos diez. Guillermo nota que la puerta está seme abierta, pero aun así toca antes de entrar. Su hijo está sentado de espalda a la puerta, organizando unos papeles. Sin mirar, Marco lo invita a pasar.

«Adelante, esto no me cuadra, hoy estoy mal ¡Come in!»

«¿Marco Antonio? ¿Nunca miras a ver quién toca la puerta?» Marco, totalmente sorprendido de verlo, corre y lo abraza fuertemente.

«¡Papi, pero que alegría verte! El señor de mantenimiento acababa de salir, y yo creía que se le había olvidado algo.»

«¡Hijo, déjame verte! - Lo observa de arriba a abajo -¿Cómo te sientes? ¡Carajito, estás flaco! ¿Acaso no hay comida en este lugar?»

«Nunca como la de mi nana Cotí. No me creerás, Papi estoy tan ocupado que no tengo tiempo ni para comer.»

«Sí, te creo, ya veo lo flaco que estás. He venido a buscarte, tu madre y yo no aceptamos más excusas, queremos que pases las Navidades en la Hacienda con nosotros. Tú sabes cómo es tu madre...ella ordena y yo solo obedezco, y tú debes hacer lo mismo.»

«Si, yo sé las reglas, con Mami no se puede discutir, nunca ganas con ella, pero te me adelantaste. Estamos pensando igual tenía planificado ir a la Hacienda. ¡Qué bueno que llegaste!»

«Marco Antonio, mijo no sabes la falta que me haces en la Hacienda, y la alegría que tu juventud trae a la casa. Sin duda muchos de los trabajadores extrañan el desfile de jóvenes hermosas que pasaban por la hacienda tratando de conquistarte.»

«Ay caray esos eran buenos tiempos pasados. Sabes viejo, tienes que conocer a Chantal.» Guille sorprendido pregunta.

«¿Chantal? ¿Quién es Chantal?»

Marco Antonio fingiendo un aire dramático contesta «¡Si la vieras, es bellísima, es el amor de mi vida, la que perturba mis sueños y me tiene como un tonto! Quiero que todos conozcan a mi prometida.»

«¿Prometida? Guillermo pregunta sorprendido. ¿Estás hablando en serio? ¿Cómo es que no nos habías comentado nada de ella? ¿Dónde la conociste?»

«Es un poco reciente; la conocí en una reunión de la universidad. Ella estaba dando un discurso esa noche... Papá ella es estupenda, no pude dejar de mirarla y así empezó todo. La razón por la cual no les había dicho nada bueno estaba esperando llegar para darles la sorpresa.»

«¡Y qué sorpresa...!» Dice Guillermo mientras se sienta en una silla cerca de la ventana. Su semblante alegre ha cambiado a seriedad. Pensó en Rosa Isabell y del afán y cariño con el cual ella espera a Marco. Se siente incómodo y sin razón alguna se sentía culpable al aparecerse sin al menos averiguar los planes de Marco. Piensa en Rosa y en lo apesadumbrada que se pondrá al saber la noticia. Mira fijamente a su hijo y le pregunta

«Y Rosa, ¿qué va a pasar con ella?»

«Ahora mismo te iba a preguntar por ella. ¿Cómo está? ¿Todavía está a dieta? Pensé escribirle, pero mejor la sorprendo... Estoy loco por verla en verdad. Aunque debe estar molesta conmigo, ya que hace tiempo que no le escribo. Bueno ni a ella ni a nadie, a la vieja no más y por lo que es... Rosa Isabell se alegrará de mi llegada. ¡Y deja que conozca a Chantal! ¡Espero que se traten como amigas ya que son dos de las mujeres más importante en mi vida!»

«Hm, tanto como amiga no sé, pero cuando la veas no la vas a conocer. Se ha convertido en una bella doncella que tiene a todos los chicos del barrio locos. No tienes idea lo hermosa que se ha vuelto, es un embrujo de mujer.»

«¡Diablilla! Hm...ya me lo imagino, Rosa Isabell... ¡Padre por favor ponte cómodo...! ¿Quieres descansar primero?»

Guillermo se quita el sombrero y el abrigo pesado que por alguna razón se sentía apretado y estira el cuello y hombros aprovechando el calorcito del cuarto. Luego se sienta cómodo en un sofá marrón que Marco tiene cerca de su oficina. Sus cachetes están rojos y se siente un poco cansado.

«Si, solo me quiero calentar un poco primero y estirar mis piernas y cuello y estaré bien. Yo estoy bien, sólo dame algo de tomar.» dice Guillermo extenuado del viaje.

«Ay que tonto, perdóname. De la emoción al verte se me olvidaron los modales. Deja que pruebes este jugo de parcha que se consigue bien fresco, está riquísimo, bebe tranquilo y descansa que enseguida me cambio y te llevo para que conozcas a mi prometida.» Expresa con sabrosura Marco Antonio.

Horas más tarde, entre tiendas elegantes de gente exclusiva llegan a la boutique donde trabaja Chantal.

«¡Muy bonito este lugar! Dice Guillermo mirando a su alrededor. Tiene que costar una fortuna mantenerlo.»

«Sus padres tienen una gran fortuna, pero ella es muy eficiente para los negocios y le gusta ser independiente. Tiene amor por el arte y un gusto para la ropa fina. Por eso tiene una boutique aquí».

«Una mujer independiente y de negocios, tienes las manos llenas. ¿Estás seguro que puedes con todo eso?»

«No te preocupes, Papi. Todo está bajo control.» Dice Marco sonriéndose. Guillermo le golpea en el hombro orgulloso de su hijo.

Entran a la tienda y se encuentra frente a ella.

Chantal está vestida bien elegante. Lleva su cabello rubio elevado con flecos a los lados. Su maquillaje acentúa el tono de su tez blanca y larga de su cara. Aún más hermoso son sus pómulos altos, grandes y profundos ojos verdes que le combinan con su traje de seda color oliva y escotado que le queda a la perfección.

«Marco Antonio, ¿qué haces aquí a esta hora? ¿It's something wrong Honey?» - pregunta Chantal sorprendida.

«No; no sucede nada malo...te quiero presentar a alguien muy especial para mí, quien acaba de llegar de sorpresa.»

Asombrado por su belleza Guillermo se quita el sombrero y le besa la mano.

«Marco no en balde estás loco con ella, es muy hermosa. Chantal es un placer conocerla»

Chantal sonríe feliz.- «Es difícil de encontrar tanta galantería y buen gusto. ¿Tu hermano?»

«Vaya, ahora sí que le has hecho el día... Chantal él es mi padre.»

«¿You father? No way...cómo está señor, mucho gusto». Chantal dice sorprendida. «Solo llámame Guillermo, cuando me llaman Señor me siento viejo.» los tres ríen.

«Mis padres quieren que pasemos la Navidad con ellos. ¿Qué te parece, pasar Navidad en mi casa? Le dije que ya lo habíamos conversado. Sera todo perfecto, no hay nada mejor que Navidad en Llebasi, te va a gustar.» Dice Marco con orgullo.

«¡Marco! Finalmente veré donde naciste». Por fin veré la hacienda de los Vallardo -pensaba Chantal entre sí. Me está saliendo todo como lo había planeado.

«Sí, te hará bien el aire fresco de las montañas y el aroma del café tostado, que desde niño te ha gustado tanto. Creo que Chantal también lo disfrutará mucho. Pues adelante mientras más rápido salgamos mejor.» dice Guillermo entusiasmado.

Fueron a cenar esa noche. Marco poniéndose al día con los últimos acontecimientos en la Hacienda y Chantal robándose el show con sus encantos. Después de la cena todos se retiraron a su cuarto temprano. Marco había comprado algunos libros ese día de agricultura y se quedó dormido leyendo. Chantal se acostó tarde empacando y antes que la cabeza tocara su almohada Guillermo estaba dormido.

Después de días de compras, Marco, Chantal y Guillermo emprenden el camino hacia la hacienda.

Capítulo 5

El paseo de la tarde

De vuelta en Llebasi, la lluvia que amenazó con dañar el día ya ha pasado. A las dos de la tarde, el cielo está claro y la tierra casi seca. Hoy no se trabaja, pues es domingo, día de Dios y de compartir con la familia. Después de la misa, Rosa y sus hermanas, Mayra y Mary, cabalgan por el campo y deciden descansar un poco cerca del cafetal.

«Aquí podemos hacer una breve parada.» - le dice Rosa a sus hermanas.

Descienden de los caballos con la maestría que poseen los habitantes de Llebasi. Son jóvenes y hermosas, pero Rosa se destaca entre las cuatro. Despreocupadamente se dejan caer bajo un árbol frondoso, ubicando en una de las lomas más altas de la zona, y donde se puede apreciar toda la belleza de Llebasi.

La vista desde ese ángulo es paradisíaca. De ese lado del campo son pocas las casitas que adornan el paisaje de la región. Todas están distribuidas de manera tal que forman un abanico multicolor. Al lado derecho se divisa el pueblo con sus techos de color rojo vino y las casas pintadas de colores pasteles, verde limón y mostaza claro y casi todo el valle es propiedad de los Vallardo. Desde esa altura y a la distancia, los caminos serpentinos parecen vías que desembocan en el mar, ya que mirando a lo lejos y pasando el pueblo y el cultivo de café, se aprecian juntos el mar y el cielo por dos tonos de azul zafiro profundo. A su izquierda, pasando el Monte de los Socorros que es un cementerio, se halla la comarca Demón. Este cementerio fue construido en el mismo sitio donde años atrás tratando de escapar de la furia de un brujo, murió mucha gente. Irónicamente divide a Llebasi y la ciudad de los brujos-que es como el bien y el mal- luz y oscuridad – frio y calor- bueno...más o menos ya me entienden. Viéndolo de esa altura Demón parece estar en oscuridad y no ser parte de la geografía de Llebasi.

Mayra es quien rompe el silencio y comenta:

«Qué hermoso es este lugar. Es muy fácil perderse en sueños de niñas aquí.

«Ah, Hm...Simplemente un paraíso.» Responde Rosa Isabell.

Rosa suspira hondo, se recuesta al árbol y repasa la mirada de un lado al otro del cultivo. El prado verde de las matas bailando al sonido del viento parece una alfombra enorme. Sus pensamientos tan distantes, como una perla en el fondo del mar. Mayra le hace una seña a Mary para que observe lo ensimismada que Rosa está y ella no pierde tiempo en tirarle una mano de hojas secas.

«¡Oye nena, despierta! Estás lejos... ¿En qué piensas?». Pregunta Mayra intrigada.

«Pensaba en Marco y nuestros cumpleaños... Será otro año sin celebrarlos juntos. Me deprime que llegue ese día, ya que sin él no es igual. Ya lleva afuera tres años, nueve meses, veintisiete días, trece horas y cinco minutos... pero quién está contando... En su última carta, hace mucho tiempo atrás prometió que estaría pronto de regreso, pero no ha vuelto.»

«Isa...Yo sé que tú sólo te desmayas por el famoso Marco, pero si él no existiera, ¿cómo sería tu príncipe azul?» Mary pregunta con ojos soñadores.

Rosa titubea un momento, mira el cafetal y sonríe.

«Bueno, Hm...el hombre que yo busco tiene que ser...como el café.»

Mary y Mayra le preguntan al unísono: «¿Que, qué? ¿Cómo el café?»

Rosa sonríe y les canta una canción.

Café Café – (Rosa I. Colón)

Busco un hombre apasionado,
Que me pueda enamorar
Ese que tanto he soñado,
Por quien pueda suspirar

Busco un hombre muy sencillo como aroma del café
Que me trate con cariño como lluvia en el café.
Café, Café
Y beberte sorbo a sorbo
Café, Café
Con mis besos de café.
Café, Café
Y embriagarte poco a poco
Con aroma de café.

Quiero un hombre como el fuego
Que me entregue sus deseos
Yo no pido una locura, Solo quiero merecerlo.

Quiero el príncipe de un cuento
Alto bello y divertido,
Que me embriague con sus besos
Y con aire de misterio

Ella todavía cantaba cuando Mercy la mayor de las hermanas llega sofocada.

«Rosa, Mayra, Mary, ¿Oyeron la noticia?» Aguántense...y la sé de muy buena tinta.

«¿Que noticia?» Todas preguntan intrigadas.

«Les cuento queridas que me acabo de encontrar a Doña Rebeca y me dijo que Marco Antonio llega mañana por la tarde. Ya en la Ponderosa están haciendo todos los preparativos... ¡hay fiesta en la casa grande!» Mercy dice con regocijo, aunque sorprendida de no saber nada de la fiesta, siendo su padre el capataz de la hacienda.

«Como siempre, en casa del zapatero los zapatos están rotos.» Comenta Rosa Isabell.

«¿Qué dices?» Pregunta Mary.

«Es solo una expresión.» dice Isabell sonriendo. ¡Marco Antonio llega mañana!»

Ella suspira, cruza sus manos y las aprieta fuerte contra su pecho. Una luz de esperanza llena sus ojos, haciendo saltar su corazón. Emocionada y nerviosa al mismo tiempo siente todo su cuerpo estremecer y una extraña picazón le empezó en su garganta. Es como si todas las funciones de su cuerpo se hubiesen puesto de acuerdo para debilitarla. - «Ay Dios, tengo que arreglarme el cabello. ¿Cómo estará?...tantos años sin verle... ¿se acordará de mí?...si supiera que todavía guardo su pañuelo...» dice Rosa Isabell

«¿Su pañuelo?... ¿de veras?», pregunta Mary

«Sí, su pañuelo blanco con las iníciales M.A.V...Bordado por la misma Doña Rebeca, recuerdo cuando me lo dio. Teníamos unos quince años, corríamos por el cafetal, me caí y me raspé las rodillas. Él, como todo un caballero, sacó su pañuelo para limpiarme. Nunca pude devolvérselo... Bueno en realidad nunca quise».

«Ya vemos... dice Mayra. Bueno, vamos para la casa a darle la noticia a todos».

Recogieron sus pertenencias y juntaron sus caballos para partir. Mayra cabalga su caballo favorito de color caoba rojiza, da media vuelta en la montura de la bestia, observando a Rosa, quien se ha quedado petrificada, ida en su pensamiento sin atinar a mover uno solo de sus músculos.

«¡Isabell, vamos!» Le grita Mayra.

«Me voy a quedar un rato aquí, avancen ustedes, yo las alcanzo más tarde».

«Está bien pero no te quedes mucho tiempo le dice Mayra dándole un golpe con el pie al caballo para que se mueva y parte cabalgando con sus hermanas.

Rosa las ve alejarse a través del verde prado. Pensativa, Rosa desciende de la montaña, le acompaña Mero su inseparable perro, y su caballo favorito, nombrado Espuma, por su definido color blanco. El sol se está poniendo y su luz se va desvaneciendo rápidamente. Un aire frío sopla sobre el pasto todavía mojado por la fuerte lluvia mañanera. Rosa, emocionada por la noticia de la llegada de Marco Antonio empieza a practicar su declaración de amor. "Ella canta una canción."

«¡Vamos, Mero!» - dice excitada. Rosa está emocionada, azuza a su perro con alegría en su voz y lo convida a seguirla. «Tengo que tener todo listo para cuando llegue Marco Antonio.» Lleva los bajos del pantalón humedecidos y las botas enfangadas, de haber caminado por el bosque durante horas. De un salto atrapa a su caballo, demostrando que es tan buena jinete como la mejor y se encamina a su casa repitiendo las últimas estrofas de la canción.

Enamorarse envuelve, contradictoriamente, una mezcla de deseo, emociones, valores y un anhelo de acercamiento buscando nuestra propia identidad.

Capítulo 6

El bigote

Todo parece estar en su perfecto orden en casa de los Rivera. Maggie y José Rivera se encuentran sentados en el portal de su casa jugando cartas. Un viento fresco acaricia suavemente el rostro bronceado de Maggie, haciéndola sonreír.

«Tramposo...no juego más contigo, tú me haces trampa.» dice Maggie.

«¿Trampa yo? Vamos Maggie no seas injusta ni mala perdedora. Tienes mejor mano que yo en la siembra. Jineteando no hay quien te gane...te has ganado el respeto de todos y el cariño de tus hijas; y cada vez que te veo me robas el aliento. Deja algo para mí, por lo menos hay algo que puedo hacer mejor que tú.»

«Todavía pienso que haces trampa, me voy.» Dice Maggie bromeando.

José coge la guitarra y empieza a improvisar una canción.

Tú me haces llorar al decirme que te vas
Tú no sabes que en la vida sólo a ti yo he de amar.
Tú me haces falta en mis noches silenciosas
Y le pido a Dios que me de valor para no sufrir mas
Si de veras te vas, por favor no me olvides
Quiero que al regresar, volverme a encontrar
En tus brazos mi amor.

«Bueno si tanto te hace sufrir mi partida, mejor me quedo. No quiero sentirme culpable de tu desamor. Además cada vez que te cortas el cabello y te arreglas el bigote te vuelves irresistible.» Dice Maggie con ojos aguados.

«¿Oh sí, dime cariño por que te gusta tanto el bigote? A mí me fastidia, no sabes las veces que he querido afeitármelo completo.»

«No te atrevas...recuerdas lo que paso la última vez que hiciste eso.» Le pregunta ella.

«Como olvidarlo... tuve que esperar que me creciera el bigote completo para robarte un beso. Fuiste muy dura conmigo. Como sufrí esas dos semanas. Desde entonces solo lo llevo para complacerte.» responde José.

«Y estoy complacida. Para empezar el bigote me causa cosquilla y además tiene otros beneficios.» Maggie dice sonriendo.

«¿Beneficios...?»

«Sí, cuando me besas te quedas con mi olor.» *Maggie lo besa tiernamente.*

«Qué rico...estos son los momentos gratos que disfruto tanto contigo, además es bueno ganar. Siempre hay alguien que te de un beso.» Los dos ríen incontrolablemente.

El regreso.

La mañana siguiente, como todos los días, Maggie, afanada en la cocina, prepara con mucho cariño el desayuno de sus hijas.

«Isa...levántate. Tienes que llevarle el desayuno a tus hermanas.» Dice Maggie tocándole la puerta.

«Hm... ya voy». Rosa bosteza, estira los brazos y se virar hacia el otro lado, acomodándose entre sus almohadones de lienzo. Entre dormida y despierta susurra un nombre: Marco Antonio, Marco Antonio...Marco... De repente abre los ojos y se sacude las sábanas de encima, como si estuviera acostada en un montículo de hormigas bravas. Cualquier otro día Maggie tendría que sacarla prácticamente de la cama, pero hoy no, hoy llega Marco y la espera ha sido demasiado larga como para permanecer más tiempo acostada. Su habitación, lugar donde descansa y crea sus sueños, no se parece a las recámaras de la casa grande; pero es su espacio privado. Maggie lo pintó de varios matices de azul, nubes blancas en todas las paredes y estrellitas en el techo para que siempre viva soñando. Solo tiene una cama pequeña, pero es muy cómoda. A su derecha le colocó un caballito de madera color natural que le fabricó su padre cuando era niña siendo éste el único contraste en el cuarto. Los posters de sus artistas favoritos, Libertad Lamarque y Tongolele, estaban puestos frente a su espejo para darle la ilusión a ella de estar en el escenario con ellas.

Rosa mira por la ventana a su alrededor y sonríe; a pesar de no haber dormido bien, se ha despertado sintiéndose fresca. La abre e inhala con los ojos cerrados el residuo de la aurora, un aire fresco y frío que entra con los rayos del sol. El jardinero está afuera ocupado podando las gardenias. Ella observa como los animalitos juegan afuera del corral de su patio y los pajaritos vuelan cantando alegremente.

«¡Qué hermosa mañana...va a ser un día perfecto!». Se da la vuelta se baña y se prepara en sólo minutos. Antes de salir de su cuarto, se arrodilla y da gracias a Dios por un nuevo día, luego se dirige a sus dos ídolos y les hace reverencia como toda una princesa.

«Buenos días Libertad, hola Tongolele, que tengan un día Isaberísimo.»

¡Isaa…! ¡Ay esta niña! Antes que Maggie termine, Isabell está en la cocina y a su lado.

«Bendición Mami, estás muy hermosa hoy.» Le da un beso en la mejilla.

«¡Vaya! Esto sí es un milagro, vestida y lista a la primera llamada. Toma, te preparé los pastelillos de guayaba que tanto te gustan. Y un té de tilo, para que estés tranquila, cuando veas al famoso Marco Antonio. (Pausa) Pásame el colador, por favor.» Pide Maggie con contentura. Rosa le alcanza el colador con una amplia sonrisa.

«Ay Mami,...ni pastelitos, ni té, que no me pasa nada por la garganta. No quiero...sabes que a mí todo me asienta demasiado, además quiero sentirme flaca cuando vea a Marco. Sinceramente mami no tengo hambre.» Entonces observa un ramo de rosas rojas y una enorme caja de chocolates franceses en la mesa.

«Hm...Rosas y chocolate ¿cuál es la ocasión?» Curiosamente pregunta Rosa Isabell.

«Es la recompensa por perder ayer jugando cartas con tu padre.» Dice Maggie complacida.

«Si tú perdiste y te trajeron flores y chocolates, ¿qué le dieron al ganador?» Rosa Isabell intrigada.

«La satisfacción de ganarme en algo.» Contesta su mamá.

¿Ave María madre...otra vez dejaste que te ganara?

«Silencio...sabes lo sensible que es tu padre, él es un artista así como tú. Él trabaja mucho y sus manos se han puesto tan secas, pero fueron hechas para crear música y sus letras ilusión para el alma.» Afirma Maggie.

«Cómo artista y mujer de negocio que soy, tenemos que negociar mi silencio, lo cuál te va a costar dos o tres chocolates.»

«Cómo tu madre y dueña de los sabrosos chocolates, te regalo dos y vas en coche.»

«¿Y la dieta?» Pregunta Rosa Isabell.

«No te preocupes hija que aunque aumente algunas libras, es mi intención comerme la caja entera.»

«Ave María mami eres tan glotona para los dulces, me haces reír. Pero en serio mami. ¿Qué razón te dio de las flores?»

«Tú conoces a tu padre lo romántico y sentimental que es. Me dijo que vio las flores y se acordó de mí. No sé si fue por la belleza de sus pétalos, o por las espinas.»

«¿Mama que cosas dices? Las dos ríen.»

«Ay vieja, estoy muy emocionada que no pude dormir en toda la noche ¿Crees que veré a Marco Antonio en la marqueta ahora o tendré que esperar por la fiesta esta noche para verlo? ¿Dime vieja, cómo me veo? ¿Me encontrará más hermosa que cuando se fue?» Rosa Isabell pregunta con duda.

«Hay Mija son demasiadas preguntas a la vez, no sé, a lo mejor lo ves. Acuérdate que para ellos llegar a la casa grande, tienen que pasar por el mercado que está frente a ustedes, así que no dudes que lo verás pasar.» Con cara de preocupación Maggie pronuncia su nombre. «Rosa Isabell...»

«Oh, oh.... ¿qué hice, estoy en problema? Has dicho mi nombre completo. Solo me llamas por nombre completo cuando he hecho algo malo. Ella dice preocupada.

«Hija no sé cómo decirte esto, es un poco delicado.» Contesta Maggie.

«Madre me estas tomando el pelo.» dice Rosa Isabell.

Los Tres Reyes Magos, Santa Claus, El Cuco, toda tu vida he estado tomándote el pelo. Maggie dice riendo.

«¡Mami…!»

«Hija, tanta emoción me preocupa. ¿Estás segura que Marco Antonio siente lo mismo que tú? No quiero que tengas una desilusión.»

«No te preocupas vieja, sé que Marco Antonio me quiere... y deja que me vea bien arreglada con mis nuevos diseños de ropa, estaré irresistible. Isabell dice con gozo. ¿Acaso no crees que esté hermosa?»

«Sí, estás hermosa como siempre, solo quiero que estés preparada por si acaso no sale como lo tienes planificado. Tú sabes aunque nos traten como familia, somos diferentes a su familia. Casi siempre ellos buscan casarse entre su misma clase social. Dice Maggie.

«¿Madre qué dices? No te preocupes, todo va a salir bien, yo conozco a Marco Antonio.»

«Okey, acuérdate que en guerra avisada no muere gente.» Le advierte Maggie.

«Ay vieja tú y tus dichos...» dice Rosa Isabell riendo.

«Bueno ándale, que tus hermanas tienen que estar muertas de hambre. Toma no olvides la canasta con la comida.

Rosa sale de la casa con un pañuelo de estampado de tigresa puesto en su cabeza y gafas oscuras bien elegante y combinada, parece toda una estrella de Hollywood.

«Mami, tengo que decirte algo muy importante.» Le grita desde afuera.

«Sí, ya lo sé...me quieres mucho. Yo también te quiero.»

«¡Sí! Que no se te olvide...Vamos, Mero».

Su perro Mero puede sentir la gran emoción de su ama, mueve su rabo de un lado a otro en señal de alegría; corre y ladra al mismo tiempo mientras su dueña camina rumbo al mercado. Lo hace recordando cada esquina y cada lugar que visitó con Marco Antonio la última vez que se encontraron. No puede dejar de sonreír y murmura una melodía. De momento se detiene, arranca un clavel de un jardín ajeno y lo empieza a deshojar. Va de lado a lado dando pequeños saltitos en la punta de sus pies como si fuera una colegiada y el cielo se va tornando a azulado a su paso. Las hermosas curvas de su cuerpo se mueven al mismo ritmo de las ramas de los árboles.

«Me quiere, no me quiere, me quiere, ¡Ah....me quiere! Perdida en sus recuerdos ella sigue preguntándose entre sí. "Como le diré que me quiero ir de gira, cantar en diferentes sitios… ¿se enojará? ¿Me propondrá matrimonio de repente? Yo también quiero casarme, pero también deseo viajar". Rosa camina por las calles del pueblo en limbo, como si estuviera en piloto automático. Se detiene en la puerta de la repostería y saluda al panadero.

«Buenos días, Don Genaro». - dice ella.

«¡Pan de agua, pan sobao! ¡Cómprelo calientito, que se acaba ya! Genaro se vira y sonríe al ver a Rosa en el frente de su puerta. ¡Buenos días bella doncella, llegaste tú y salió el sol!» - Se quita el gorro blanco y hace una reverencia para halagarla - ella sonríe.

«Don Genaro, gracias, siempre tan galante.» Exclama Rosa y sigue su paso.

La Oferta

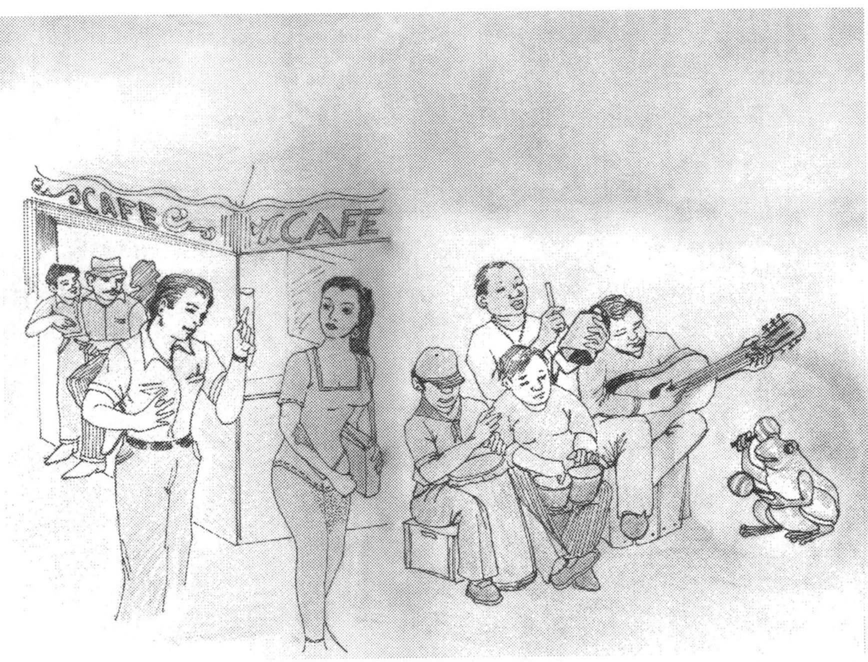

Al lado de la repostería, un grupo de trabajadores están tomando café. Junto a los campesinos se encuentra Raúl Valle, capataz de la hacienda La Ponderosa. El aroma del café acabado de colar y el pan caliente hacen una combinación irresistible.

«Buenos días señorita. Que hace una mujer tan hermosa como tu aquí sirviendo. Tu belleza me deslumbra. Tú naciste para ser servida. Raúl le dice a la mesera. Muñeca si tras de bella fueras tan amable de darme un poco de agua que estoy deshidratado. La mesera sonríe aunque apenada por sus palabras.

Raúl es de labios carnosos en forma de corazón; usa botas de piel color caoba, así como el color de sus ojos y cabello. Lleva un pañuelo en el cuello, camiseta blanca, pantalón negro y cinturón de cuero grueso ceñido al cuerpo. Muestra toda su musculatura, que sólo la sobrepasa su perfume de tabaco varonil. Él es un hombre de campo apasionado, quien no tiene ninguna dificultad para enamorar a una mujer con palabras bonitas y carisma, excepto cuando se trataba de Rosa Isabell. No es un chico malo, aunque se cree la última coca cola del desierto para las chicas de Llebasi. A Raúl le gusta la competencia, y es la razón por lo cual siempre reta a Marco Antonio, ya que él es lo único que reconoce como competencia. Se quita el pañuelo y limpia el sudor de su cara, luego mira hacia el cielo.

«Ave María, parece que va a llover. Es otro día aburrido en este campo. Odio los días de lluvia - dice Raúl en voz alta.

«Hombre no, está un poco nublado nada más. Contesta Juan, un hombre Dominicano. En mi país, desde que se nubla el cielo el sancocho está planeado.»

Pepe de Puerto Rico sonríe recordando. «Chacho, mano allá en la isla los días así nublados, la vieja hacía un sopón y era una buena excusa para no ir a la escuela ni trabajar y quedarse en la casa viendo el televisor.»

Al pasar Rosa los chicos le piropean y ella tímidamente baja la vista.

¡Ñoo...! Mira a esa jeba que está pasando, está como Santa Bárbara. Exclama Juan. Es mucho para mí corazoncito.

«Anda el diache, ¿Qué quieres decir con eso? Pregunta Pepe.

«Sí chico, Santa por delante y Bárbara por atrás.» Reafirma Juan riendo a carcajada.

«Vaya mami, que hermosa eres. Eres el mejor paisaje del día. Si cocinas como caminas me como hasta el pegáo». Continúa Pepe con piropos.

Carlos, un hombre Cubano parado a su lado inmediatamente interrumpe. «Oye...cuidado muchachote, esa jeba va a ser mi futura esposa, la suela de mi zapato, la velita aromática que me va a encender.»

«Esa vela tiene mucha mecha, es mucha mujer para ti. Aunque le reses a San Antonio o prendas una velita, no creo que la consigas. Yo por lo contrario soy el mejor candidato ideal para ella.» Les dice Raúl con el pecho parado como gallo fino.

Todos se ríen, mientras Raúl, alejándose de ellos, se acerca a Rosa caminando a la par con ella.

Mero le ladra a Raúl.

«Oye leal tranquilo…dice Raúl con temor. ¿Qué le pasa a tu perro?»El pregunta.

«Creo que no le caes bien.- dice Rosa sonriendo. Tranquilo tigre estoy bien. Rosa acaricia su perro.»

«Hola Rosita, tus pies tienen que estar cansados...»

«¿Mis pies cansados? ¿Por qué dices eso?» pregunta ella.

«Porque has estado corriéndome por la mente toda la noche. ¿Dime algo has pensado en mí hoy?»

«¡Han…deja ver! No; No creo.» Rosa Isabell contesta con rapidez.

«Caramba esa si es honestidad cruel.» dice él Raúl.

«¿Dime, no te da pena que estás tan chula y sola como yo? ¿Cuándo vas a decidir a aceptar mi propuesta de casarte conmigo? Estoy buscando una chica fuerte así como tú, para tener doce tigerasos, tan fuertes como yo. No sé por qué nunca me has hecho caso, soy guapo, no tengo ninguna cicatriz desfigurándome el rostro, ningún problema de hongo persistente, ningún hechizo que me convierta en sapo al besarte, ni tengo uñas inflamadas. Te he estado observando y creo que necesitas un hombre de dinero y con prestigio como yo...y yo tengo mucho, sabes....para comprarte cosas lindas, darte apoyo y representarte. Tengo tantas cualidades que todos estos hombres se quedan cortos.» dice

Rosa lo mira sorprendida de lo que acababa de escuchar. Aunque Raúl es joven y guapo, suele caer pesado, por su arrogante personalidad, su perfume fuerte y el olor a café y tierra de campo que sale de él.

«El hombre hizo el dinero, pero el dinero nunca ha hecho al hombre. Yo no necesito ningún hombre con dinero que me de apoyo pues para eso uso un sostén, además, tengo otros planes con mi vida. Por ahora estoy casada con la música. Contesta ella segura de sus sueños.

«Rosa...Rosa... ¿Cuándo te vas a bajar de la nube y ser realista? Piensa en tu futuro conmigo, yo puedo dártelo todo, enseñarte a vivir. No sé qué tienes, pero me enterneces, eres como un par de zapatos viejos gastados por el lado, que se sienten tan bien al usarlos.»

«Hm...Me fascina la comparación. Me haces sentir como un par de chancletas viejas. Raúl yo no soy tu premio de consolación. Gracias por la oferta, pero la dejaré pasar.» Dice Rosa riéndose mientras sigue su camino. Canción

Me Gustas – (Carlos Nuño)

Será tu forma de mirar o tal vez tú caminar, pero me gustas
O tus labios color miel que hasta sueño con tener, pero me gustas
Será la magia de tu voz que llego a mi corazón, pero me gustas
O esa forma de tocar tú cabello sin cesar, pero me gustas

Yo no sé lo cierto es que muero por ti
Aunque no sé cómo yo me enamore de ti
Ay amor como me gustas, y cada día un poco mas
Contigo sueño noche y día

Será tu cara de cristal o algún hechizo que me das, pero me gustas
Algo extraño hay en ti que controla mi emoción, pero me gustas
Sera el bronceado de tu pie, o tu forma de reír, pero me gustas
O tu cuerpo que al bailar, me seduce sin parar pero me gustas.

«Por eso me gustas tanto, eres la única que se resiste a mi encanto, pero yo siempre consigo lo que quiero, soy persistente y tengo mucha paciencia; además, yo solo conozco la palabra sí. ¿Entonces...? ¿Qué opinas de eso?

«Creo que necesitas enriquecer tu vocabulario y la palabra "No" va mano a mano con la palabra "Si", date por enterado.

Raúl la contempla irse mientras los chicos se burlan de él - Es una yegua salvaje, pero la domaré. Difícil pero no imposible ya verán, ella va a ser mía. Yo tengo una personalidad y encanto que crece en el corazón de las mujeres, no se podrá resistir.

Carlos el Cubano partido en dos de la risa le dice:

«Lo único que crece en las mujeres son los callos y se los cortan de raíz. Además, eres sólo un capataz pobretón, más mamado que un tetero de orfanato.» Todos ríen estruendosamente.

«Apretaste brother...apretaste...lo mataste con esa.» Pepe comenta.

«Raúl, ¿tú no sabes que ella solo tiene ojos para Marco Antonio Vallardo, el ricachón de la casa grande? Y tú estás más pelado que un chucho.»

«No es boba la nena. Entonces es la fortuna de Marcos lo que está buscando.» Pepe dice chismeando.

«¡Ay...pero que vaina! Por qué tiene que ser por el dinero. Quizás él es como yo, todas las jebas que consigo es por mi encanto, las vuelvo locas.» Comenta Raúl.

«Ayantozo, locas sí, pero no por tu encanto, sino por irse para no escuchar tanta bobada.» - dice Carlos y todos ríen estéricamente.

Ya lo veremos, si no es mía, no será de nadie. Yo sé su secreto. Será un arma que usare en el preciso momento. La voy a envolver de tal manera que no se dará cuenta que la golpeó.

El Mercado

Había pasado hora y media, cuando Rosa llega al mercado, donde están sus hermanas. En dicho mercado está el colmadito de la familia, se halla en el mismo centro del pueblo. La gente local trae sus cosechas y mercancías para vender e intercambiar productos. Los Rivera no son la excepción: café, caña, guarapo...Ah....y los riquísimos dulces de coco y guayaba, hechos por la misma Maggie, que están para chuparse los dedos: son algunas de las tantas delicias que se venden allí.

Rosa lleva un vestido de color rosado con flores rojas, está perfumada, maquillada y más bella que nunca. Está combinada de pies a cabeza, dispuesta a empezar un nuevo día con la misma emoción y anticipación del Día de Navidad. Solo que esta vez es sin arbolito, ni parrandas, ni regalos, sólo la recompensa, ver de nuevo a Marco Antonio.

«Hola Mayra, llegué. Rosa pone la canasta encima del mostrador. Les traje empanadas y guarapo. ¿Cómo está el día?»

«Malísimo, creí que nunca llegarías, tengo un hambre que estoy a punto del desmayo.» - dice Mayra y deja todo y empieza a comer.

«Lo siento, hermanita tuve que parar donde José el costurero para hacerme unas medidas y mira uno de mis modelos estaba listo, lo tengo puesto. ¿Qué te parece? Pregunta Rosa Isabell. ¿Te gusta? Tengo que estar bien bonita por si acaso veo pasar a Marco.»

«Nena te ves maravillosa.» Mayra comenta todavía comiendo.

«En el camino me encontré con Raúl Valle... ¡Ugh! Imagínate, tiene la osadía y el descaro de pedirme que me case con él y tener doce tigres como él...por favor, y para colmo me comparó con un par de chancletas viejas. Me molesta que sea tan insistente, me cae tan pesado. Ay bendito, sabes que me da pena. Hay momentos que lo encuentro encantador, en su manera arrogante de ser persistente. No es mala persona y tampoco es feo, sinceramente no sé por qué me molesta que me hable de cosas románticas.

«Está encaprichado contigo, pero no puedes culparlo por tener buen gusto, además, yo siendo tú tendría cuidado. ¡Así empezaron mamá y papá!» Mayra dice sonriendo.

«De que tiene buen gusto, lo tiene...le doy crédito por eso y nada más.» - dice Rosa con firmeza.

«¿Será porque tú te vuelves loca sólo por Marco Antonio? Sólo mencionar el nombre de Marco es razón para sacarte una sonrisita.» - dice Mayra.

«Eso no es verdad.» Discute Rosa con seriedad y las dos ríen fuertemente. Todavía reían cuando Mary llega toda excitada.

«¡Ya llegaron! Marco Antonio y Don Guillermo acaban de entrar al pueblo. Mira, ¡ahí viene la carroza!» dice Mayra

En la calle la gente mira tratando de averiguar quién llega en tan hermosa carroza. Unos saludan y otros observan en silencio.

«¿Quiénes son esa gente?» Preguntan unos turistas.

«Son los dueños de la casa grande.» Dice uno de los nativos.

«Míralo, míralo… ¡Marco...!» Mayra saluda, contenta de su llegada.

«¡Silencio! no, no lo llames.» susurra - Rosa Isabell.

Ahí están, Don Guillermo, Marcos y una mujer de cabello rubio. Hm...¿Quién será?

¿Nos podrán ver? Se pregunta Rosa con el corazón exaltado. Ella se separa de sus hermanas y se acerca a la orilla de la acera, pretendiendo cruzar. Su corazón ansioso pataleaba más fuerte que los pasos de los caballos que se acercaban, provocándole un calor inmenso en el pecho. Tranquila Rosa Isabell. Se habla a sí misma. Voy a hacer como si no sé quién es. Me verá y sentirá mi presencia como siempre.

El coche pasa y Marco y Rosa fijan la mirada cuando, de momento… ¡¡¡Blof!!! El coche pasa un charco de agua y fango cubriéndola de arriba abajo, dejándola totalmente embarrada. El blanco de sus ojos es el único contraste con el color del lodo marrón. Mientras Mayra y Mary mirando de lejos gritan de asombro.

«¡Ay, qué pena, la embarró completita! ¡Pobrecita! - le arruino su plan.»

Urja… purrú-j. Rosa se sacude como un perro mojado, quedando paralizada sin poder decir una palabra. Saca de su frente el cabello mojado que cubría sus ojos, baja la cabeza y observa su traje nuevo todo manchado.

«¡Detente Paco!» Marco le grita al cochero.

«Hijo no te preocupes yo me encargo...» - dijo su padre.

«No viejo tranquilo - luego se baja del coche y se dirige a la joven con gran pena y asombro. Caballerosamente le hace una pequeña reverencia y le dice: Señorita, disculpe, fue un accidente.» Marco le ofrece a Rosa su pañuelo blanco y ella sonríe, recordando el pañuelo anterior, otro para su colección pensó. Se limpia los ojos y lentamente alza la vista, mirándolo fijamente a los ojos quedando como una tonta emocionada en su presencia. Sin entender la razón, Marco siente la necesidad de ayudarla y protegerla.

«Mi nombre es Marco Antonio Vallardo. Me siento mal por haber arruinado su traje. Permítame mandar a limpiarlo, quedará como nuevo. Si no, le compro otro.»

«No se preocupe.» Contesta Rosa Isabell.

«Marco Antonio, cariño, ¿qué pasa? Vámonos.» le grita Chantal de adentro de la carroza.

«¡Si mi amor, ya nos vamos! ¿Quién eres? ¿Cómo te llamas? Tus ojos me parecen familiar... ¿No te conozco?»

«Yo...» - Con el agua sucia todavía chorreándoles el cabello y sus pestañas, Rosa queda petrificada, inmóvil, sin poder articular una frase más. Las palabras «mi amor», pronunciadas por Marco, retumban en sus oídos. No ha sido un «mi amor» de primo, ni de amigo, algo dentro de su ser le da a entender que es un amor como el que ella siente por él.

«Qué pena con usted señorita, mire, la invito a mi casa, a la Ponderosa que está en la loma. Esta noche tenemos fiesta, espero que pueda llegar.»

«Incomoda por su sucia apariencia, después de su plan de belleza para impresionar a Marco, Rosa Isabell apenada y sintiéndose extraña le devuelve el pañuelo, luego echa a correr, llorando.»

«Señorita espere. En verdad lo sentimos mucho, de veras...»

Marco Antonio aún con el pañuelo en la mano y con una extraña emoción se queda parado unos minutos viéndola partir, luego se monta en el coche. Vamos Paco, dale.

«¡Marco Antonio! ¿Quién era? ¿Acaso la conoces?» - pregunta Chantal curiosa.

«No, nunca la había visto, la pobre estaba abochornada.»

«Esa es la palabra, "pobre" Mi vida, no es bueno que trates a todo el mundo por igual, ésa no es de nuestro nivel social.»

«Chantal, aquí en Llebasi las cosas son diferente a los lugares donde has vivido.»

Chantal hace una mueca y vira los ojos. De repente al pasar un muro, nota el anuncio del circo. «¡Ay mira Marco, el circo está aquí! ¿Podemos venir luego?»

«Sí, claro, como quieras.» - sin decir nada más, siguen el viaje hacia la hacienda. Rosa está rodeada ahora por sus hermanas, se ha quedado triste, al no ser reconocida, así como niña sin nombre ni apellido.

«No me conoció, frente a frente me tocó y no me reconoció, ha cambiado tanto que no pudo sentirme. (Pausa) ¡Qué guapo está!...Y esa chica, ¿quién será? La llamó «mi amor»... ¿Cómo es qué no me reconoció? ¿Cómo es posible? Si yo reconozco a legua sus ojos y su voz.»

Sus hermanas sienten pena por ella y la consuelan.

Dormir todo el camino hacia la hacienda es lo esencial, aunque difícil, ya que dentro de la carreta se sienten todos los obstáculos del camino rocoso, que como una yegua salvaje los golpea lado a lado. Gracias a su juventud, Marco y Chantal resisten mejor el pésimo viaje. Pero el pobre Guillermo va a necesitar un masaje y un buen sobo.

Falta poco para llegar y Guille dormido, da cabezazos mientras Chantal mira a través de su ventana el paisaje, tratando de no pensar en los brincos del coche. Marco soñoliento y medio serio permanece pensativo guardando profundo silencio. Se había sentado derecho, pero poco a poco su cuerpo se ha ido deslizando hasta hundirse en el asiento. Marco ríe al ver a su padre, quien le enseñó buena postura, dormido y más recostado que él. Mira hacia afuera la siembra del cafetal y piensa en los ojos negros y misteriosos que acaba de dejar atrás.

«¿Quién era esa joven? – refiriéndose a Rosa Isabell. No supe su nombre, pobrecita. ¿Por qué estoy pensando en ella? Caramba...me recordó a Rosa Isabell. Alejado en su pensamiento, Marco siente la mirada curiosa y penetrante de su prometida Chantal, suspira profundo y vira su cara hacia la ventana. Después de una larga mirada sospechosa ella lo interroga.

«Estás lejos Marcos... ¿En qué piensas?» - pregunta Chantal.

Marco le sujeta la mano y esboza una sonrisa, borrando de su mirada cualquier duda que estuviera pensando.

Marco Antonio miraba el cañaveral, que corre de un extremo a otro y los trabajadores que cortan la caña. Se acomoda y empieza a recordar:

«Sabes Chantal, todo esto lo corrí cuando era pequeño, bueno Rosa Isabell y yo corrimos todo este lugar, éramos como dos gotas de agua. ¡Ha, ha!... Pensábamos igual y nos divertía lo mismo. Mira a mano derecha, esa es la cascada, mi lugar favorito. El agua corre por todo Llebasi ¡Qué bueno es estar en casa!»

Guille se estruja los ojos y luego se echa el cabello hacía atrás. Se pone la mano en la boca para sentir si tiene mal aliento.

«¡Ave María!, me quedé dormido.»

«No importa Papi, trata de descansar mientras llegamos.»

«Quiero descansar la vista nada más - dice Guillermo mientras Marco admite, debí haber venido antes viejo. Siento una inmensa alegría por dentro.»

«Te lo dije, te dije que te iba a hacer bien volver a la Hacienda.» - contesta su padre.

La llegada

Después de un largo y tortuoso trayecto (por lo difícil del camino), por fin llegan a la Hacienda. Emilio el criado les abre la puerta y les da la bienvenida.

«Buenos días don Guillermo, Señorito Marco Antonio que placer el verlo. Señorita, buenos días.»

«Gracias, Emilio, el placer es mío de estar de regreso.» Asegura Marco

«Emilio, por favor lleva las maletas de la joven a la casa de huéspedes.» Le sugiere Guillermo cuando Rebeca sale a recibirlos. Ella viste un traje largo de lino, de corte princesa y un suave color rosado. Su cabello largo está suelto y se ha puesto un mínimo de maquillaje. Con los brazos abiertos ella recibe a Marco – ese caluroso abrazo que de niño siempre le dio.

«¡Marco Antonio, hijo!»

«¡Mami! - Marco ríe llenándola de besos que sonaban fuerte. ¿Vieja, cómo estás?»

«¡Ay! No tan duro hijo, que estoy más vieja que antes.» Rebeca se pone las manos en la frente, medio mareada.

«¡Mami que vieja ni vieja, si estás igual que siempre! Los años te pasan por encima sin tocarte.» - de momento Marco se pone serio. «Mami, mira, te quiero presentar a alguien.» Agarra la mano de Chantal y juntándola con la suya se para frente a frente a Rebeca. «Mamá, esta es Chantal, mi prometida.»

«¿Tú qué, pero... que paso con?»

Guille le da un beso suave en los labios, frenándola de decir algo indebido y a la vez tratando de tapar la cara de asombro de Rebeca.

«¡Si mujer su prometida! yo estoy tan sorprendido como tú.»

«Bienvenida cariño, mucho gusto de conocerla.» - dice Rebecca. «Deben de estar agotados. ¿Por qué no descansan un poco antes de la fiesta de esta noche?»

En eso sale Cotí de la casa. Marco Antonio al verla sonríe con ternura ya que ella es como una segunda madre.

«Cotí cuanto te he extrañado... se le acerca y la besa mostrando su amor. También tus guisos, mira cómo estoy de flaco, espero que me hayas hecho algo rico».

«¡Claro mi niño, le he preparado todo lo que al señorito le gusta para su fiesta de bienvenida!»

De vuelta con Chantal, Marco continúa con las presentaciones.

«Chantal esta es Cotí mi Nana y segunda Madre.»

«Bienvenida Señorita, es un placer conocerla.»

«Cotí, por favor» le dice Rebeca «enséñale a Chantal su recámara». Chantal coge tu tiempo y ponte cómoda.»

«Cariño ve y descansa, te busco a las siete en punto para la fiesta de esta noche.

«Okay honey, estoy rendida, pero no te pierdas.» Chantal sonríe y le da un beso en la mejilla. «Gracias» dice Chantal a Rebecca, «es maravilloso estar aquí» mientras Cotí la dirige hacia su cuarto. Por aquí Señorita. - Emilio recoge las maletas y camina detrás de ellas a la recámara.

Rebeca espera que Chantal entre a la casa, mira a su hijo y le acaricia el rostro.

«¡Mijo, cuánto te he extrañado, me tenías abandonada, tuve que mandar a tu padre para que te trajera arrastrado!»

«Ay, lo siento, Mamucha, dice Marco, no tengo mucho tiempo libre, entre los estudios y el trabajo...»

«Y la novia.» Chismosea Guillermo.

«Hablando de novias, ¿Cómo es eso que tienes novia? ¿Qué pasó con Rosa Isabell?» Pregunta su madre.

«¿Qué, qué pasó con ella?»

«Marco para mi entender, y el de todos por acá, incluyendo la misma Rosa Isabel, cuando tú volvieras la ibas a pedir en matrimonio.»

«¿Qué? ¿Matrimonio yo? Yo nunca he dicho eso, hay una confusión...»

«Pues mira mijo, parece que la que está confundida es ella ya que se ha mantenido todo este tiempo esperándote y ha rechazado a cuanto muchacho ha pedido su mano.»

«¡No me digas! ¡Pero si sólo somos amigos! Ella es como una hermana para mí.»

«Creo que alguien va a llevarse una gran desilusión.» - murmura Rebeca.

«Yo hablaré con ella dice Marco. Eso fue un amor de niños, no hay por qué preocuparse, ya verán.»

«Así espero. ¡Qué pena por Rosa Isabell!» - suspira ella.

Guillermo tiene el sombrero en mano y está contento de estar en casa, Rebecca tiene una sonrisa de oreja a oreja abrazada a Marco Antonio llenándose de su energía. Todos entran a la casa, contentos de estar unidos.

Para bien o para mal, la distancia siempre crea cambios en las personas.

Capítulo 7

La Fiesta

Las campanas de la iglesia suenan fuerte. Todo el mundo ha llegado al gran fiestón que está a punto de comenzar. Los portones de la hacienda La Ponderosa están abiertos e iluminados. La luna esparce luz a través de Llebasi y el sonido de auténtica música tropical Llebasileña se oye desde lejos invitando a entrar. Hoy han tirado la casa por la ventana, no escatimaron gastos. Se celebra la Navidad y la llegada de Marco Antonio. Día también de dar gracias a la Madre Naturaleza, por la abundancia de la siega y por no haber huracanes ni tornados que son muy comunes por ese tiempo.

¡Es todo un manjar! Champaña, ron de caña, entremeses, dulces, comida criolla, pasteles de licor con frutas y nueces y ponche tropical; son algunas de las ricas golosinas servidas. A todos los invitados se les ha dado una botella de perfume, una caja de chocolate, y un pañuelo o un libro. Hoy los recogedores de café, los campesinos maltratados por el sol, agua, tierra y sereno, son servidos con toda la elegancia de los Vallardo.

El salón está espectacular, este año Rebeca decidió que la decoración Navideña fuera toda de cristal y plata. El adorno en la entrada de la Hacienda, es una hermosa guirnalda gigante en forma de herradura, llena de bombillitas brillantes, que parecen una manada de cocuyos atrapados en una enorme letra «U», tan real que parece estar viva.

De nuevo en casa de los Rivera, Mayra entra arreglada y perfumada al cuarto de Rosa Isabell.

«Isa, ¿ya estás? Estamos tarde como siempre, la fiesta hace media hora que empezó.» Se queja Mayra.

«Sólo me faltan los aretes. Bueno, ya estoy lista. ¿Cómo me veo?» - pregunta Rosa.

«Estás preciosa, hermana, pero dime, ¿no estás nerviosa?»

«Por supuesto, nerviosísima, no por la gente, sino porque Marco va a estar presente y me va a ver bailar por primera vez. Espero no equivocarme.»

«Te saldrá todo bien, dice Mayra, pero bueno vamos» Sin más retraso las dos salen para la fiesta. Donde la música cesa de repente. Don Guillermo sube a la tarima para decir unas palabras.

«Su atención por favor. Muy buenas noches, quiero aprovechar este momento para darles la bienvenida a todos. Gracias a la dedicación de ustedes y su mano de obra, hemos tenido un buen año de cosecha. Esta noche celebramos otro año sin problemas. ¡A comer y a bailar, que la noche es joven! ¡Que siga la música!»

Rosa y Mayra están afuera de los portones de la hacienda. Mercy está ya esperándolas en la entrada. «Me molesta llegar tarde y siempre estamos tarde por tu culpa.» - Se queja Mayra de nuevo.

«Lo siento hermanita pero tengo que estar impecable hoy. Además es bueno llegar último para llamar la atención.»

«Avancen chicas, es nuestro turno ahora.» - Mercy dice excitada.

«¿Ya los músicos están listos?» - pregunta Rosa Isabell.

«Todo está listo. - contesta Mercy. ¿Cuándo quieres empezar?»

¿Puedes ver a Marco Antonio?» - pregunta Rosa ansiosa.

«Allí está con sus padres y la chica esa que viene con ellos.» - murmura su hermana Mercy.

«¿Quién será? Bueno, pronto sabremos quién es. Hazle seña para que empiece la música, estoy lista.» - dice Rosa Isabell.

«Señoras y señores es un placer presentarles esta noche a Rosa Isabell y las triple ms, Mary, Mercy y Mayra.»

Rosa y sus hermanas aparecen en la tarima vestidas de *rumberas*. Tienen puesto frutas en la cabeza, aretes largos y con trajes de colores brillantes. Rosa toma el micrófono y habla en confianza a toda la gente presente.

«Buenas noches, quisiera dedicar esta canción a mi mejor amigo Marco Antonio Vallardo que está con nosotros de regreso. ¡Feliz cumpleaños amigo!»

Una melodía sabrosa empieza a resonar, siguiéndola una voz pura como agua de río, cristalina, caliente y acogedora como el medio día. Canción

Quisiera – (Rosa I. Colón)

Hay un chico que transforma mi emoción, Y no he podido llamar nunca su atención
Vive solo de recuerdos de su ayer, Memorias de un fracaso un desamor
Yo he tratado de mil formas sin lograr, conquistar su pobre corazón
Despertarlo de este sueño no he podido, y me tiene loca triste y sin sentido.

Yo, yo quiero darle todo, nuevas emociones verle sonreír
Poseer su mente solo para que sienta que hay dentro de mi
Yo quiero darle todo mi amor, todo mi cariño y mi corazón
Quiero darle amor besos y carisias que ella no le dio.

Yo me arreglo día y noche para él, visto fino me maquillo ¿Y para qué?
Está perdido en su mundo y en su ayer, como cuesta ser su amigo y no tenerle
Día y noche trato de adivinar, espiando cuando llega o se va
Se me acaban las escusas para hablarle y me quema este deseo de amarle.
Y yo...

Yo, yo quiero darle todo, nuevas emociones verle sonreír
Poseer su mente solo para que sienta que hay dentro de mi
Yo quiero darle todo mi amor, todo mi cariño y mi corazón
Quiero darle amor besos y carisias que ella no le dio.

Yo quiero darle todo mi amor, todo mi cariño y mi corazón
Todo todo te doy, todo ,todo, todo te lo doy

Yo quiero darle todo mi amor, todo mi cariño y mi corazón
Todo todo te doy, todo, todo, todo te lo doy.

De día y de y de madruga, de madruga.
Hey, go Bravo

Quiero darle todo mi amor, quiero darte todo
Quiero darte mi corazón todo
Quiero darte todo mi amor, quiero darte todo
Yo daría todo para ti, hasta el mismísimo cielo. Ay.

«¿Quién canta? ¿No me digas...esa es...?» - pregunta Marco.

«Si, esa es Rosa Isabell, la hija de los Rivera.» - contesta su padre.

«¿Rosa Isabell... mi pequeña Isabell?»

Marco Antonio queda sorprendido. Camina unos pasos hacia delante para verla mejor. Guillermo que va detrás de él se le acerca y le habla al oído:

«Como puedes ver, ya no es tan pequeña.»

Marco Antonio se ha quedado bobo, deslumbrado con su belleza. Sorprendido como un hombre prehistórico al ver el fuego por primera vez.

«Te dije que no la ibas a reconocer...» dice Rebecca.

«Se parece... ¡Ay, no! ¡Qué va! ¡Es la chica que vi en el mercado! ¿Cómo es que no la conocí? ¡No me lo va a perdonar! Los pensamientos corrían por la mente de Marco Antonio.

«¿Cuándo decidió cantar así? Está tremenda.»

«¿Marco...quién es ella?... Marcos..., Marcos...»

Chantal le habla, sin tener respuesta, ni reacción inmediata. Entre los silbidos y la música, se hace imposible conversar. Aún sin entender el entusiasmo de Marco, Chantal observa el cruce de mirada entre la chica que canta y él, despertando celo y el instinto femenino, un sexto sentido que casi nunca falla. Chantal no le gusta para nada cómo la mira, robándome toda su atención.

«¡Marco Antonio...!» Chantal lo golpea en el hombro sin tener la reacción deseada ya que es Rosa Isabell quién domina su pensamiento en aquel instante.

«Ay perdón cariño estoy sorprendido, que bonita está...bueno ella siempre fue bonita, pero ahora...a la verdad que está increíblemente hermosa.»

«Great! Esto está fabuloso.» dice Chantal.

Siguen los tambores. Rosa sonríe de alegría, está contenta con su actuación y con su mente le deja saber a Marco Antonio que ella sólo baila para él. Mientras tanto Chantal sigue buscando llamar la atención de Marco.

«¿De qué está vestida?»

«Chantal, ese es el traje típico Llebasileño, usualmente se usa en festivales o en ocasiones como hoy. Te cuento son vestidos provocativos y muy original.»

Aplausos, silbidos y gritos es todo lo que se escucha al terminar las chicas de cantar

«Gracias, muchas gracias.» Rosa y sus hermanas bajan la cabeza, dan gracias una y otra vez y luego se desaparecen.

Marco aun aplaudiendo levanta la cabeza buscando a su amiga, tratando de verla a través del gentío. «Estuvo estupendo, fabuloso. ¿A dónde se dirigió? Quiero ver a Rosa... ¿dónde está?»

«Marco, no te preocupes, ya la verás - dice Rebeca. Ven, vamos al salón, ahí estarán todos.» Casi arrastrado por Rebeca y aun mirando el escenario Marco y los demás pasan al otro lado de la casa.

El Encuentro

Al instante que Chantal se disculpa para ir al baño Rosa Isabell entra al salón. Bajo el arco parabólico del salón, ella luce glamorosa. Ha cambiado su vestido. Lleva ahora puesto un traje largo de color verde limón, corte princesa, escotado al frente y atrás con pequeños diamantes, que le hacen resaltar no sólo su piel bronceada y suave, sino también su atrayente figura que se distingue entre el resto de los invitados. Rosa busca con la mirada a Marco Antonio en el salón, siendo interrumpida por Raúl Valle.

«¡Hola Raúl!» - Saluda Rosa con una sonrisa enorme. Pensando que ni siquiera Raúl va a dañar su día hoy.

«¡Rosa Isabell...por fin te encuentro! Pareces estar de buen humor hoy y más hermosa que nunca. - Raúl da un paso atrás y la mira de arriba abajo. - ¿Me permites este baile...?

«Lo siento Raúl ahora no, quizá luego. Estoy buscando a Marco Antonio. ¿Porque no sacas a mi hermana Mercy, a ella le fascina bailar?» - Mientras con su mirada sigue buscando a Marco Antonio entre la gente que bailaba.

«Si no es contigo no quiero bailar...» - dice Raúl.

Rosa lo mira fijamente unos minutos sin decir palabra y sonríe.

«Disculpa Raúl.» - Rosa le acaricia el rostro y camina algunos pasos alejándose de él, dejándolo enojado por su rechazo y a su paso se encuentra con Marco Antonio y le toma un segundo reconocer quién está frente a ella.

«¡Marco Antonio!»

Nerviosa en su presencia Rosa Isabell queda inmóvil. Un calor ardiente, el cual parecía venir del mismo centro del diafragma le sube por el pecho y cuello hasta llegar al rostro, rompiendo una sonrisa y enrojeciéndolo de emoción. Arrebatando así todo intento de aparentar calmada.

Con los brazos abiertos y una sonrisa de alegría pintada, Marco recibe a su amiga. En su mente tiene mil excusas para explicar la falta de sus cartas. Mirándole a los ojos la saluda cortésmente y le besa la mano. Sin darle oportunidad para que haga un reproche la saca a bailar.

«¡Ay, Rosa Isabell! ¡Tanto tiempo sin verte, que alegría...! ¡Estás más bonita que nunca! Estoy seguro que estas cansada que los hombres te digan eso.»

«Nunca me canso de oír la verdad.» - ella responde con picardía.

«Se me olvidaba lo graciosa que eres.» - dice Marco sonriendo.

«¡Feliz cumple años Isa! Gracias por la canción. Es el mejor y más original regalo que he recibido. Estuviste increíble. Se me había olvidado lo lindo que cantas.» - Marco dice impresionado.

«Hace tanto tiempo que no me vez, imagino que hayas olvidado muchas cosas de mi. Marco Antonio creí que jamás te vería... ¿Acaso estoy soñando? ¡Cuánto tiempo deseaba tenerte cerca! Y hoy por fin estás frente a mí. Un poco más y ya no perteneces a Llebasi.»

Marco contesta con firmeza y seguridad. «No es dónde estamos, sino lo que somos...y yo soy de aquí.» - Rosa sonríe y lo admira.

«Buena contestación; Porque no entiendo es la razón por lo cual no contestabas mis cartas.»

Marco contesta inmediatamente: «Lo siento amiga, estuve tan ocupado, los estudios, el trabajo, casi no tenía tiempo ni de comer.»

Aunque ella quería mostrar su enojo no podía, el solo estar cerca de él se le ha olvidado los años de silencio. Las luces del salón de baile disminuyen; a media luz y abrazada a él, Rosa se siente cautivada, dejando expuestos sus sentimientos. Bajo la oscuridad del salón, sus ojos tienen un brillo diferente. Están raros y encantadores, como dos diamantes negros puestos en exhibición.

«No puedo dejar de mirarte... ¡estoy sorprendido, ay, cómo has cambiado!»

Ella sonríe suavemente. «Para mejor espero.»

«¡Por supuesto!» Marco contesta sin pensar, sintiéndose extrañamente atraído por el calor de su mirada, pero endereza su cuerpo y trata de entender la inexplicable y extraña sensación en su corazón.

Chantal viene de regreso al salón cuando se encuentra con Raúl Valle.

«¡Vaya! Hola mujer hermosa; No creo que tengas el honor de conocerme. Yo soy Raul Valle a su servicio.» - él dice besándole la mano.

«Hola yo soy Chantal, la prometida de Marco Antonio Vallardo.» - ella dice con orgullo.

«Bueno tengo que reconocer que definitivamente él tiene buen gusto para las mujeres.» - dice Raúl mirando a Chantal fijamente.

«¡Disculpe! ¿Está usted embriagado?»- pregunta ella.

«No con jugo de uva.» - Raúl se ríe. «Solo digo que eres hermosa y que estoy celoso que eres la novia de Marco Antonio y no la mía. Es solo un alago...»

«No lo entendería de ninguna otra manera.» - le contesta ella mientras sonríe y se aleja pensando; «Que interesante y encantador es el.»

«Me gusta esa mujer. Sería interesante conquistar esta mujer de la manera que Marco Antonio conquisto a Rosa Isabell.» Raúl la observa mientras ella se aleja.

Rosa sigue su coquetería con Marco. «Gracias yo pienso igual...aunque hay muchas cosas que ignoras de mí.»

Los dos ríen luego se miran en silencio, la mirada de él, serena, y la de ella brillante como un vidrio. Rosa no puede resistir el deseo de estar en sus brazos y se agarra de él como salvavidas en una tormenta. Por un momento nadie más existe en la fiesta, sólo ellos dos y el amor que ella siente. Sus labios se unen a cámara lenta, Ella lo besa suavemente y lo siente profundo. Marco siente los labios de ella derretirse debajo de los suyos, sintiendo su inocencia en sus huesos. Cómo un relámpago el beso hizo arder los labios de Marco, corriendo por todo su cuerpo el mismo fuego haciendo flaquear sus piernas. Marco reacciona y da un paso hacia atrás para coger aire. Rosa busca ser correspondida, pero siente como él desliza sus manos y se ve incómodo.

La pasión no es un animal pensante.

«**R**osa Isabell. No...»

Marco la mira a los ojos y ve la mirada de amor de la chica que siempre fue su amiga. ¿Cómo pasó esto? - Se pregunta a sí mismo.

Ella tiene los ojos nublados con lágrimas de gozo y él de confusión. Marco nervioso tiembla, extrañamente excitado, su manera de actuar es completamente inapropiada, y entrando en juicio, se separa con disimulo de ella.

«Rosa Isabell, tenemos que hablar.» - dice Marco. No fue el beso más largo o profundo que Marco haya experimentado, sino las manos tibias y el acercamiento del cuerpo de Rosa que lo hizo sentir como trapecista en una cuerda floja.

«¿Dime Marco que hay en tu mente?» - ella pregunta. Sus ojos brillan de alegría, y un extraño sentimiento embriaga su alma, sumiéndola en un éxtasis, hasta que una voz extraña e inoportuna la trae a la realidad.

«Marco Antonio... ¿Interrumpo?» Marco al ver a Chantal, se pone nervioso, mientras se produce el encuentro inesperado. Como loba celosa de su territorio, y con una mirada de fuego, Chantal confronta a Rosa Isabell. La seguridad de la hermosa y elegante rubia, de su posición como única mujer en los ojos de Marco se ve dudosa.

«¿Quién es ella, acaso no me vas a presentar?» - exige Chantal.

«Chantal, ésta es Rosa Isabell, ella es...»

Rosa no deja a Marco terminar de hablar. Con una sonrisa de oreja a oreja llena de inocencia y encanto y mirando a Marco a los ojos contesta como toda una colegiada.

«Yo soy el amor de su vida.»

Ante esta afirmación Marco deja salir una carcajada nerviosa y antes de ~~que~~ Rosa pronunciara otra palabra y Chantal se resintiera más, él la presenta.

«Rosa, esta es Chantal, mi prometida.»

«¿Tú qué? - Rosa titubea. ¿Qué dices?»

«Su prometida, oíste bien. ¿Qué parte no entendiste? - Chantal contesta agresiva.

Las palabras de Marco Antonio la cogieron de sorpresa pero ella reacciona inmediatamente. Rosa endereza su cuerpo y retrocede unos pasos, tratando de coger compostura y entender la situación incómoda en que se encontraba.

«Rosa Isabell...eso lo que iba a decirte. Estoy enamorado.»

Rosa deja de sonreír instantáneamente, hundiéndose en silencio. El color rosado de emoción de ver a Marco se desvanece de su rostro y se siente helada de repente, como si algo dañino hubiera entrado en el salón. Mira la puerta de salida y ve el camino lejos e interminable. Incomoda y desilusionada, dirige la mirada hacia él. Sus palabras han sido como un puñal en el pecho. Siente el corazón encogido y desgarrado, sus ojos se tornan vidriosos y le tiemblan las piernas. Ya casi sin poder sostenerse en pie, se sonríe, tratando de reprimir el llanto.

«Vaya, disculpa, no tenía idea...yo...yo...sinceramente Chantal la felicito, Marco siempre ha tenido buen gusto, debes ser alguien muy especial. Les deseo lo mejor.»

Chantal mira a Marco, ignorando a Rosa y sus palabras como si ella no estuviera presente.

«Marco, ¿acaso han dejado los corrales abiertos para que entren las zorras?»

«¡Chantal! ¿Qué dices...? ¡Ubícate! No le hables así, Ella es mi amiga.» Esta vez es Marco quién se enrojece de vergüenza y se queda sorprendido de las palabras de Chantal; Un pequeño hilo de sonrisa le pasa por la frente a Rosa haciendo alzar sus cejas.

«¿Me estás llamando zorra?» Le pregunta Rosa.

Chantal vira los ojos con aire de superioridad haciendo una mueca extraña con los labios y dice: «A quién le sirva el sayo que se lo ponga.»

Las palabras de Chantal le alteran el lugar cómodo en el cuál Rosa siempre se ha sentido con Marco Antonio, reconociendo la diferencia de su nivel social poniéndola incomoda.

«Yo no soy zorra, así como tú no eres perra.» - responde Rosa recibiendo una inundación de color rojo en su rostro

«Ahí..., igualada... ¿Acaso te crees igual que nosotros? Marcos, me acaba de llamar perra. ¿Le vas a permitir que me hable así?» - pregunta Chantal furiosa.

«¡Damas, por favor, ubíquense!» Marco sostiene el brazo de Rosa suave pero firmemente - «Rosa Isabell por favor tranquilízate mi amiga.»

«Marco, ella empezó...Pero está bien puedo ver tu preferencia. Discúlpame, me tengo que ir.»

«Rosa Isabell por favor espera no te vayas... ¿Rosa..., que acaba de pasar? Rosa...»

Desconsolada y herida, Rosa Isabell sale del salón de baile hacia el jardín sin mirar atrás. Aprieta las manos fuertemente, buscando fortaleza para las piernas, que parecen dos ramas movidas por el viento; el cisne hermoso se ha convertido en un patito feo de nuevo.

Marco baja la vista mientras Chantal aun, con aire de superioridad disimuladamente sonríe con deleite y tira una risita por dentro. Marco observa por primera vez en Chantal una actitud agresiva y fría, quedando confuso, incómodo y perturbado. La confusión de palabras no es nada comparado con la emoción que el beso de Rosa Isabell ha despertado en él. Siente pena y preocupación por su amiga. Por primera vez en su vida tiene su corazón dividido en dos direcciones opuestas.

Aprovechando que Marco esta distraído Chantal va en busca de Rosa Isabell y la encuentra llorando en el jardín quedando las dos frente a frente.

«Ah, qué bueno a ti misma buscaba… ¿Cómo es que te llamas? Oh, Rosa Isabell, más común no podías llamarte. ¿Acaso piensas que Marco Antonio te puede desear como mujer, una persona de tu posición? ¿Tú crees que puedes competir conmigo? Mira la realidad, eres muy poca cosa. La mira de arriba abajo lentamente…y susurra…perra flaca soñando con bistec. Yo vine para quedarme y no voy a permitir que tu ni nadie me robe mi lugar. ¿Entiendes lo que te digo?» - Chantal pregunta con autoridad.

«Lo entiendo bien claro, creo que me hablas español. No te preocupes Marco Antonio ya hiso su elección y yo no estaré en el medio. Ahora si me disculpas estaré fuera de su camino.» - Rosa Isabell entra de nuevo al salón buscando la salida principal.

Con cara de placer Chantal sonríe feliz por su primera victoria y piensa. . .No será difícil deshacerme de esa campesina...que sepa la tonta que ahora yo estoy aquí ¡Y nadie me va a quitar a Marco Antonio, nadie...!

El amor es el hijo del engaño y padre de la ilusión.

Raúl, que está observando todo el espectáculo, se alegra de su desencanto y se le cruza en el camino mientras Rosa está saliendo del salón.

«Yo nunca le hubiera permitido a nadie hablarte a así.» - le dice Raúl con voz delicada. - Te mereces alguien mejor que Marco Antonio, lo digo con toda sinceridad. No es mi intención molestarte más de lo que estás, pero un día vas a reconocer que no hay nadie que te quiera más que yo, y cuando lo hagas aquí estaré esperándote.»

Rosa se echa a llorar, luego corre y corre hasta llegar a su casa, estando está vacía ya que todos están en la fiesta. Entra a su habitación y cierra la puerta de un solo tirón, se tira en su cama boca abajo y sigue llorando; luego limpia sus ojos los cuales estaban nublados por el maquillaje regado y vuelve la vista hacia los póster de sus artistas favoritas que guarda, como todos sus sueños, y que se ven por primera vez en su vida, inalcanzables. La sencillez en la cual ha vivido, en el lugar donde siempre se ha sentido cómoda, ahora la entristece y se siente desolada.

Se cambia su ropa ya que todo lo que lleva puesto le quema la piel. Se suelta el cabello y estira la mano para alcanzar su abrigo rosado de seda que le gusta mucho. Deprimida y con dolor en el corazón siente falta de oxígeno en sus pulmones y sin pensarlo dos veces, sale de la casa con su perro Mero. Sus defensas están bajas y está vulnerable. La ilusión del amor de Marco en su vida, siempre ha hecho que las cargas mundanas de su diario vivir le resulten livianas. El sólo pensar de regresar a un mundo ordinario sola, se le hace inaguantable. Ella nunca ha sufrido una desilusión; por primera vez en su vida experimenta el trago amargo de un desengaño.

La noche está nublada pero serena. Los cucubanos están brillando por todos lados. El sonido fuerte de los grillos y sapos que usualmente molestan sorprendentemente se siente confortable.

Nubes mirando al norte, una luna arrebatadora y un impresionante mar de estrellas hacen la noche perfecta para una velada de despecho. Rosa camina sin pensar a dónde iba a dirigir sus pasos. Pasa caminos de piedras, cruza los jardines de la casa grande y parte del cafetal, hasta cansarse. Ya sin fuerzas y con el ánimo destrozado se sienta debajo de un árbol enorme. Su sangre todavía ardía en su cuerpo por el mal rato qué acababa de pasar, el rojo de sus cachetes se ha regado de oreja a oreja y tiene los ojos hinchados de tanto llorar.

«Comprometido, hay... ¡qué ridícula!...Marco Antonio, no lo entiendo, ¿cómo has sido capaz de hacerme esto? Qué desencanto… creí que me querías. Tanto tiempo esperando, cuidándome para él, ay que tonta he sido. Ella tan linda, elegante y sofisticada y yo tan humilde. No puedo competir con ella aunque quisiera. Todos me lo habían dicho, que mi amor era solo un sueño. Soy muy poca cosa para él. Pero sus ojos no; ellos no podían estar mintiendo... ¿Qué pasó? ¿Cómo se pudo olvidar de todas sus promesas? ¿O sólo fue mí imaginación? Siento mi corazón herido, partido en dos pedazos.» - murmuraba Rosa.

Un mar salado de dolor y cómo un torrente de agua picante, las lágrimas corrían por sus mejillas nublando su vista; cambiando así su semblante alegre, por uno de dolor. Canción

Calla Corazón – (Carlos Nuño)

Calla corazón ahora tienes que ser fuerte corazón
Él se ha ido y nunca volverá, pues ya tiene otro amor
Calla corazón tu quisiste amarlo tanto corazón
Te entregaste sin medida y sin control
Y ahora lloras por su amor

Calla corazón tienes que esconder tu llanto corazón
Tienes que tener cuidado que el amor también guarda algún dolor
Calla corazón ahora hay que empezar de nuevo corazón

Y aunque sé que estas sufriendo olvídalo que el a tí ya te olvido ya te olvido.

Calla corazón se valiente como tú eras corazón
Ya no dejes que te duela un mal amor fue un mal paso y nada más
Calla corazón que no es fácil que quieran como estas y la vida aunque te duela seguirá
Calla corazón.

Rosa encuentra más lágrimas este día que las que pueden producir un saco de cebolla.

Mero se le acerca y le lame el rostro humedecido de su ama. Al sentir su mascota, ella para de llorar, seca sus ojos y le da acaricia. Despechada y con la mirada lejos, sin creer todavía todo lo que acababa de ocurrirle, permanece en silencio. De inmediato, como una película en reverso repitiendo la misma escena, lleva su mente atrás a recordar lo sucedido. Automáticamente las lágrimas vuelven a correr por sus mejillas, como si en sus ojos fluyera directo un manantial de agua. Rosa encuentra un árbol enorme con raíces extendidas fuera de la tierra y se sienta encontrando comodidad.

En la casa grande, luego de la fiesta, Marco no logra conciliar el sueño, recordando todo lo sucedido. Inquieto y deseoso de que amanezca Marco sale a la terraza. Es una noche callada pero el siente la inmensa necesidad de ver a su amiga; ya que comparte su gran sufrimiento.

«¿Rosa Isabell, cómo estás? ¿Qué me has hecho? ¿Por qué me estremecieron tus besos? ¿De dónde salió este sentimiento?» - se pregunta pensando.

El beso de Rosa ha despertado en Marco una emoción fuerte y real, que no nunca había experimentado ni sabía que existía. Se rasca la cabeza fuertemente, buscando claridad para su mente nublada. La noche está tan extraña como él y de repente a lo lejos se escucha el susurro del viento. Luego como un ladrón por la casa, se sienten sus ráfagas de viento seguido de truenos retumbando la tierra y relámpagos alumbrando el cielo de Llebasi.

Marco presiente la inmensa tormenta. Entra a su aposento sin ánimo alguno. Pensando, no logra conseguir el sueño por el viento feroz y el ruido de la lluvia que caía en el techo de zinc. Sonaba como cien tambores Africanos en medio de un ritual. Con la mente y cuerpo rendido de cansancio, Marco por fin se queda dormido. Media hora más tarde lo despierta el sonido de las campanas de la iglesia que repicaban sin parar. Marco se levanta y cuando se estaba vistiendo para ver qué pasaba Cotí le toca la puerta. Al Marco abrirle en sus ojos hay miedo, sus chancletas están todas mojadas y temblaba de frio.

«Cotí estás toda mojada y temblando. ¿Qué sucede?» Pregunta Marco Antonio.

«Marco Antonio mi niño, tenemos mal tiempo, su padre quiere que todos bajen al salón familiar, ya que es el lugar más seguro de la casa.»

«¿Dónde está mi padre?» Pregunta Marco.

«El acaba de ir para el Establo asegurando los animales.» Responde Cotí.

«Gracias Cotí, por favor ve y busca a Chantal y por favor ponte ropa seca antes que cojas un refriado.»

«Está bien mi niño ya me cambio.»

Mientras la familia Vallardo está protegida y seca, Rosa peligra en las afueras de su casa. Inconscientemente, Rosa ha pasado el cafetal, llegando bosque adentro. En la oscuridad de la noche regresar a casa no es difícil, sino imposible.

Antes de ser golpeada inconsciente por el sueño, Rosa busca un rincón en el campo donde recostarse. El día fue largo, fue un día de preparación, actuaciones y su desilusión. Por suerte lo había dejado atrás y lo había enterrado en la tierra del espanto. Rendida, con los ojos hinchados y la vista nublada de tanto llorar, Rosa se queda dormida.

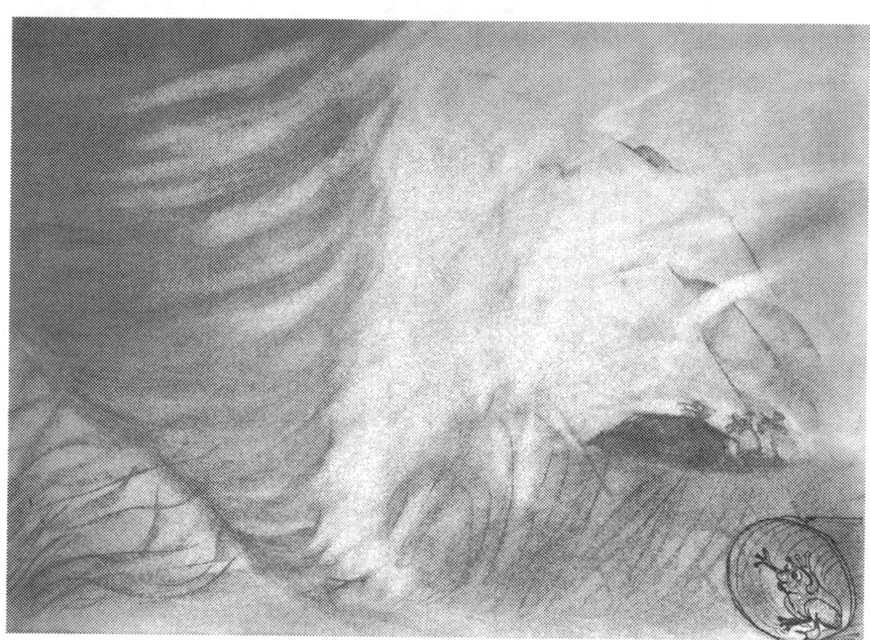

Rosa sueña que estaba sola en el cafetal recogiendo los granos. De momento la oscuridad se hace presente, llenando el cafetal con viento y lluvia fría. Un aguacero grande como esos entre abril y mayo que suelen desordenar la tranquilidad del campo. El estrepito del agua y el aullido del viento hacía de aquel abril raro la cuelga del diablo. En su pensamiento solo pensaba como salir ilesa.

Rosa recoge la canasta del suelo llena de café; al levantar la vista al cielo se queda inmóvil al enfrentarse a sólo millas del tornado más grande que en su vida había visto. Corre rápido y con todas sus fuerzas, para no ser alcanzada, pero es en vano. El tornado la envuelve, arrastrándola hacia dentro, sostenida por una fuerza sobrenatural, como si estuviera parada en un pedestal. Rosa puede ver vacas, árboles, vagones todos volando en círculo alrededor de ella. La presión del aire dándole en la cara que proviene de diferentes direcciones es aplastante cortándole la respiración.

En la fantasmal vivencia, Rosa ve el rostro de Chantal como una malvada bruja de cuentos de horror, que se burla y se ríe de ella. Junto a ella Marco, tratando de explicarle en forma jocosa que su amor se lo había entregado a otra mujer. Golpeada por una corriente de aire frío y el sonido fuerte del viento, se despierta.

«¡Oh Dios! ¿Qué está sucediendo? ¿Dónde estoy?» - se pregunta ella.

Qué difícil aceptar que un sueño se convierta en la más palpable realidad...

Desorientada, Rosa busca refugio debajo de un puente con su mascota, siendo empujada por el viento que sin poder controlarlo, le golpea la cara, le seca las lágrimas y le despeina el cabello. Había caminado algunos pasos cuando el golpe seco de un objeto contundente la lleva a la inconsciencia, postrada y profundamente dormida, así como la bella durmiente antes de ser besada.

Gozo y angustia es la mezcla del amor que continuará persiguiendo la imaginación humana.

Capítulo 8

La Devastación

Al otro día la experiencia de la devastación la registraron con sus propios ojos la gente de Llebasi al ver toda la Colonia en el piso. Tras su paso devastador el Tornado sólo dejó destrucción arrasando con todo a su paso. Se podía ver la caña aplastada por los vientos, las vacas y animales ahogados, techos rotos, y árboles caídos por todos lados. Ya ha amanecido, a las ocho de la mañana, todo está gris y frío. Aun después del mediodía, los rayos del sol se filtran, dando un poco de luz indirecta, suavizando la oscuridad que se esparce por la tierra. Así también, la expresión de confusión en los rostros de la gente de Llebasi.

Guillermo sale de su casa para ver los daños. Baja la escalera y desciende al lado derecho del patio, de donde siempre se puede apreciar una vista fenomenal de su propiedad, pero la neblina hace imposible ver la tierra. Levanta la vista al cielo y siente la frialdad del campo, toda la belleza de su tierra desparramada como un imperio caído después de un día de guerra. Solo un gallo desplumado y aún mojado por la lluvia se ve parado por encima del establo; está ronco por su edad vieja, su cacarear no más que un suspiro; pero por lo menos trata.

Guillermo lo mira en silencio.

«Patrón, de milagro estamos vivos - dice uno de los obreros que estaba a su lado. El tornado fue inesperado y las pérdidas fueron grandes. Es todo un desastre. Dicen que entró por el Álamo y anoche se desvió hacia nosotros. Arrasó con todo el cultivo de caña y café.» Le informa Juan el sirviente.

Guillermo se pone las manos en la cabeza todavía sin decir palabra. El lleva puestas botas negras de goma, una capa amarilla color pollito y un protector para la cabeza. Lo único que le falta es una manguera y un hacha para pertenecer al departamento de bomberos de la ciudad. Se dirige a su oficina y encuentra todo su escritorio lleno de agua y sus archivos dañados. El lado izquierdo de su casa está destrozado. Sacude su cabeza con un sentido trágico y recoge algunas de las cosas que todavía se podían usar.

«Ay Dios...todo se ha dañado, esto es increíble. Juan llámate a Cotí, que organice un grupo para que limpien este reguero. Va a ser difícil poner en orden de nuevo.»

«Sí Señor, como usted diga.» Juan responde con rapidez.

Saliendo Guille de la oficina se encuentra con Marco Antonio.

«Padre ¿cómo están las cosas?» Pregunta Marco.

«Marco Antonio, no son buenas. Esa tranquilidad extraña que había ayer era señal que se acercaba un tornado. Fíjate, con toda la emoción de la fiesta, no tomamos las precauciones para prevenir este desastre. Aparentemente toda la cosecha del café se perdió, no estoy seguro. Nos tomará un año y mucho trabajo para recuperarnos. Ven conmigo, ahora mismo buscaba a con Raúl, para hacer un recorrido por el plantío y para ver los daños.»

«Está bien, yo voy contigo.» - Contesta Marco caminando a su lado. Llegan al establo y Raúl los recibe.

«Guillermo, Marco Antonio, ¿cómo están?»

«He tenido días mejores, - contesta Guillermo. Dime, Raúl, ¿Cuáles son los danos?»

«Bueno, hasta ahora sólo ha habido algunos rasguños en algunos de los obreros, es más el daño material de las casas y la cosecha que aún se encuentran bajo el agua.»

«¿Qué de los animales? ¿Mi yegua Caramelo y su cría están bien?»

«Lo siento patrón caramelo no pudo sobre vivir el parto... estaba muy débil y por causa del tiempo el veterinario no pudo llegar.»

«No me digas...Guillermo habla con tristeza. ¿Qué paso con su cría?»

«La cría está bien hermosa, salió igualita a caramelo.» - contesta Raúl orgulloso.

«¿Dónde está ahora?» - Pregunta Guillermo preocupado.

«José Rivera la está atendiendo y todavía estamos esperando al veterinario.»

«Discúlpame voy a verlo.» - Guillermo se separa de ellos.

«Qué cosa. Anoche mismo celebrábamos un año sin tornados ni problemas en la cosecha y nos sorprende uno.» - dice Raúl.

«En verdad, hace años que no nos tocaba tan cerca.» - Reconoce Marco con cara de preocupación.

«Sí, la única tormenta que hemos tenido es Rosa Isabell Rivera. Se ha vuelto una leyenda aquí en Llebasi. ¿La oísteis cómo cantó anoche? Estuvo fenomenal. Ave María, cómo canta y se mueve...esa mulata tiene un tumbado que no se lo quita nadie.» - dice Raúl riendo. Pero...me pregunto ¿Qué le habrá pasado? Anoche la vi salir llorando de la fiesta. Esta mañana pasé por su casa y Maggie está bien preocupada ya que Rosa Isabell no llegó anoche de la fiesta y con eso del tornado teme que le haya pasado algo. Don José no sabe nada todavía. - Raúl continúa hablando con preocupación.

«¿Qué...qué? ¿José no lo sabe? Porque no le has dicho nada va a estar muy furioso. Marco habla angustiado.

«La señora Maggie me hiso prometerle no decirle ni una palabra a José.»

«Necesito saber que Rosa Isabell está bien.» - contesta Marco Antonio atormentado.

El Secreto

«¿Marco Antonio tu sabes que le paso en realidad a Rosa Isabell? - Raúl espera ansioso su respuesta y Marco se pregunta porque está siendo interrogado.

«Creo que se molestó al enterarse que Chantal y yo estábamos comprometidos.» - Marco baja la mirada y su mente se pierde en sus pensamientos.

«¿Así es la cosa? ¿Entonces tú no estás interesado en Rosa Isabell como mujer?» - pregunta Raúl con curiosidad.

«Ella es como una hermana para mí y yo le amo pero no de esa manera.»

«Marco Antonio qué alivio me das que digas eso. No me hubiera gustado tenerte como enemigo de amores. Sabes, me gusta esa mulata quiero pedirle la mano en matrimonio. Estoy tan contento que estas comprometido, ya que tú eras lo único que estaba entre Rosa Isabell y yo y ahora estas fuera del mapa.» - Raúl se acaricia el bigote sonriendo; sus palabras llamaron la atención a Marco Antonio.

«¿De veras? ¿Y tú crees que ella te acepte?»

Raúl sonríe y arregla su sombrero. Con el pecho elevado pone las manos en la cintura agarrando su correa con orgullo.

«¿Por qué no? Soy guapo, tengo estabilidad económica…cualquier chica haría lo que fuera por tenerme como marido.»

«Rosa Isabell no es cualquiera, ella no es fácil.» - Marco se recuesta en la verja.

«Ay, ella es sólo una mujer. Son todas unas tontas por el romanticismo, con decirles cosas lindas al oído y hacerle creer que las necesitas, son capaces de dar la vida por ti.» - dice Raúl riendo.

«No me gusta que hables así de las mujeres, mi madre es mujer y Rosa Isabell mi mejor amiga. Además si así piensas, no creo que seas muy popular con las chicas.»

«¡Ha, ha, ha, ha!...No te pongas bravo, así le digo a las chicas y usualmente tongo dos tipos de reacciones, o se ponen furiosas o les gusta. También espero que me besen los dedos de los pies, tener la delicadeza de no hablar mucho y tener por lo menos media docena de hijos.»

«Me imagino que tendrás una línea de mujeres buscándote, pero para lincharte.» - le dice Marco sonriendo.

«Bueno, algunas...» - Raúl contesta Ha, ha, a los dos ríen.

«No lo dudo.»

«Sabes algo Marco Antonio, sinceramente sólo me interesa Rosa Isabell, por sus cualidades, ¿Si sabes lo que digo...? Anoche soñé con ella, la tuve en la memoria con tal nitidez que hacía de ella lo que quería. Vaya hombre, te confieso que me roba el aliento. La veo tan sexi, brillante y llena de amor por la vida, Hm....ella es un encanto que despierta a los Dioses. Pero también tiene un aire de rebeldía y aventura que es un desafío a la razón. Puede atrapar un pez sin anzuelo ni carnada. Siempre he dicho que el hombre es un animal de cariño, se acostumbra a lo que le den...golpes o cariño. Hasta ahora la vida sólo me ha dado golpes, el cariño lo tengo que buscar yo. Aunque tenga que robármela, esa mulata va a ser para mí.» Afirma Raúl con seguridad.

«La manera ideal sería que te ganes su cariño.» - Dice Marco

«Quizás tengas razón aunque... se comenta un rumor por ahí de ella. Dicen por ahí que tiene un secreto en su vida.»

«¡Un secreto! ¿De qué hablas? ¿Qué clase de secreto? Rosa Isabell es una mujer impecable.»

«Bueno la gente habla...tú sabes, que tuvo un amor oculto con el cual se veía todos los días en la cascada. Bueno hasta lleva puesta una sortija de piedra negra con diamantes que él le regaló como compromiso y es por la misma razón que ella ha rechazado a cada joven que la ha pretendido incluyéndome a mí. Yo quisiera saber quién es...Tú pasabas mucho tiempo con ella. ¿Acaso tú sabes...? ¿Quizás es de ti de quién habla la gente?»

«No, no creo... pero dime Raúl ¿de dónde sacas tanta información?... es increíble.»

«Tú sabes lo que dicen, pueblo pequeño bochinchero hasta el perro.»

«Ya veo..., a la gente le fascina hablar de lo que no sabe.»

«Yo no creo que sea cierto; pero aunque fuera verdad, yo la perdono.» - dice Raúl Voy a hacerle olvidar a ese novio misterioso, vas a ver.»

Marcos se queda en silencio - pensando. Yo su amor secreto, eso me agrada.

Don Guillermo regresa. «Vamos Marco Antonio, ya dejé instrucciones para el potrero. Raúl, acompáñame para que sepas lo que quiero que hagas.»

Raúl se quita el sombrero. «Sí patrón, después de usted.»

Perdido en su pensamiento, Marco no podía dejar de pensar en su amiga Rosa Isabell y lo sucedido la noche anterior. «¿Qué estará pasando contigo? - se preguntaba.

Marco necesito que viajes al Álamo mañana con José Rivera. Hay que conseguir todo el dinero del seguro; ellos son muy listos y tú tienes que ser más que ellos. José el capataz tiene experiencia, y por eso quiero que vaya contigo. Ah, mira, ahí llega Maggie su esposa.

Maggie llega cabalgando un hermoso caballo, acompañada por su primo Soler, uno de los mejores rastreros que tiene Llebasi. Maggie se ve deprimida, lleva sobre sus hombros una nube negra de angustia por no saber dónde estaba Rosa Isabell. Maggie, conocida por su alegre simpatía, pero hoy es otra. La expresión de su rostro refleja su estado de ánimo. Como india de raza recia, como sus antepasados, Maggie es terca, rehusando quedarse en casa a esperar noticia de su hija; no hay quién la convenza de quedarse atrás. Como un perro cazador feroz y cerril, Maggie y Soler los guiaran en la búsqueda ya que nadie conoce la tierra de Llebasi mejor que ellos.

Guillermo camina unos pasos para recibir los.

«Buenos días Maggie, ¿cómo están en la vecindad? Espero que por allá no haya pasado nada. Lo siento Maggie pero tengo a José y todos los obreros trabajando desde anoche aquí encargados del potrero y de la Hacienda, pero todos tenían orden de asegurar su hogar primero.»

«La casa está bien...José la construyo muy bien, pero estoy muy angustiada por Rosa Isabell. ¿Acaso no la han visto por acá?»

«No, por aquí no ha estado dice Guillermo, pero no se preocupen. Como tu ella conoce bien el cafetal y sus alrededores; tiene que estar en algún lado.»

Enojado por la noticia José interroga a Maggie. «Cuando te hable anoche me aseguraste que todas estaban en casa,» - dice José.

«Creí que estaba en su cuarto.» - Maggie responde.

«¡Diablilla! ¿Dónde puede estar? Pedro, tráeme mi caballo. - le grita José a uno de los potreros.»

«José... personalmente les ayudaré a buscarla, no faltaba más,» - dice Marco.

«Yo no me puedo quedar atrás» - dice Raúl. «Yo también iré con ustedes.»

«Padre, estaré listo mañana para el viaje, ahora tengo que encontrar a Rosa Isabell".

«Muy bien hijo ve y buscarla, tendré todo listo para cuando vuelvas.»

«Hombre, en verdad agradecemos su ayuda.» - Comenta José.

«Síganme, dice en voz alta Marco Antonio, yo conozco un camino cerca de donde ella siempre le gusta estar.» Rápidamente montan los caballos, y antes que Guillermo entrara a la casa se desaparecieron de vista.

Maggie ora a los Dioses del viento y sol. Contaba un collar de pepitas, el mismo que le puso a su hija al nacer. De momento el tiempo ha mejorado; es como si Dios hubiera escuchado su oración.

Todavía el terreno continúa mojado, y hay áreas completamente inundadas de agua y salpicados de destrozos de hierro y madera, haciendo más difícil la búsqueda. Han pasado horas buscando por todos los lugares que Rosa frecuenta o sitios que su instinto de supervivencia y sentido común la hubieran impulsado a resguardarse.

El nivel del agua del Río Bambú está elevado y la corriente más enfurecida que nunca, como suele desordenarse entre Mayo y Abril. Hasta a unos expertos como Maggie y Soler les es imposible encontrar algún rastro en estas condiciones, ya que el agua ha borrado las huellas del camino.

Ya ha empezado a oscurecer rápidamente, todos presienten que con la obscuridad se harían casi nulas las expectativas de encontrar a la joven. Las condiciones climatológicas son deplorables y hasta temen por la seguridad de Rosa y por la de ellos mismos. En ese punto sus pensamientos están divididos.

Soler está frustrado...les ha sido imposible encontrar ningún rasgo

El instinto maternal y su confianza en la naturaleza, alimentan la fe de Magüe, quien cree a su hija viva.

José tratando de controlar sus lágrimas - sólo añora volver a su casa con su hija sana.

Por otra parte Marco, preocupado por el bienestar de su Rosa Isabell ora en silencio ansioso por encontrarla bien. Sintiéndose culpable, lamenta ser la razón de la desaparición de su amiga.

Raúl, aunque sinceramente preocupado, por su espíritu de competencia, quiere ser el primero en encontrarla. Queriendo probar así ser más hombre que Marco Antonio.

Mojados e impotentes frente a tan gran enemigo, nadie ha comido un bocado, excepto los caballos, que comen del trigo regado. Cansados, con los ánimos caídos y las manos vacías, regresan a casa.

El amor de los padres, es un amor incondicional, que da un sentido de protección, afecto y seguridad.

Capítulo 9

El Encuentro
En otro lado de Llebasi bosque adentro en el mundo animal, se encuentra sollozando a una Goldie llamada Cocó.

Amor Diferente – (Rosa I Colón)

Quisieras controlar todas mis emociones
Tratas de adivinar que me conmueve
No podrás doblegarme, yo tengo convicciones
No deja de girar el mundo por tenerte
Escondes tu sentir amar no te conviene
Juegas con mi amor, soy para ti un juguete
Pero esto termino, no estoy pá entretenerte
Piénsalo otra vez, métela en tu mente

Y es que yo
Necesito un amor diferente clase de amor
Que no quebrante mi espíritu mí me endurezca el corazón
Me canse de llorar de rogarte atención, ya no sufro ni sueño
Muero ni vivo por tu amor

Me llamas o me tocas la puerta a todas horas,
pero no te abriré prefiero estar sola
No te llamare, no vengas a buscarme,
de amores complicados ya he tenido bastante
La vida me ha ensenado a luchar no ser cobarde,

pero ya me canse de darte, darte y darte
Para esto funcionar tiene que haber un balance,
tu solo piensas en ti de mi ni te acordaste
Y es que yo

Busco un clase de amor
Que no quebrante mi espíritu mí me endurezca el corazón
Me canse de llorar de rogarte atención, ya no sufro ni sueño
Muero ni vivo por tu amor

Necesito un amor que me dé su calor que me excite me eleve, es lo que busco yo.
Me cansé de llorar, me cansé de rogar y ahora vivo ,vivo sin su tu amor
Diferente, diferente, diferente es lo que busco yo
Diferente, diferente, diferente es lo que busco yo

Necesito un amor que me dé su cariño que me dé du calor
Que me abrigue de noche pá sentir su calor, calientito así lo busco yo.
Diferente, diferente, diferente es lo que busco yo
Diferente, diferente, diferente es lo que busco yo.

Ella ha estado llorando lágrimas de locura. Recostada en una rama de un árbol, Cocó hacia sus afirmaciones diarias mientras deshojaba uno a uno los pétalos de una petunia que se ha encontrado. Soy hermosa... soy creativa...estoy en control...tengo paciencia... mucha paciencia...

Cocó es una Goldie Cubana, única en su clase, coqueta, romántica y soñadora. El color de los ojos le cambia según el estado de ánimo en que ella esté. Su mecanismo de defensa es la velocidad, como también su tamaño diminuto y la luz que irradia por la cola, la cual sirve como protección en contra de predadores. Por razón de seguridad abandonó Cuba en su juventud, quedándose sola. Cocó a menudo se deprime, como ella misma dice, «me entra el gorrión». A pesar que Llebasi ahora es su hogar y está cómoda, extraña a su gente y su tierra. Frecuentemente le dan unos arranques de superioridad, en cuanto a la calidad de todo lo procedente de Cuba, las propiedades que dejó atrás, sus amigos de infancia y demás. Ella añora sus frutas, como el jobo, el tamarindo, las toronjas y naranjas...y el olor del café tostado de las fábricas cerca de su nido, y las competencias volando con sus primos y hermanas. Pero más que nada extraña el árbol de flamboyán, lugar donde sus padres construyeron su primera casa. Pensaba en la variedad de rojo en los colores de las flores que da el monumental árbol, el cual la llenaba de alegría haciéndola sentirse sexi y con suerte. Cuando vivía en Cuba, Cocó vestía mucho de rojo y era popular en su vecindario, por sus labios color fresa y por ser extremadamente femenina. Aunque su casa en Llebasi está mejor construida y es fuerte, aquella había sido su primer amor.

¿Qué son Goldies?

Bueno, me imagino que hoy día necesitan un poco de descripción, ya que son raros y tímidos. Los Goldies son descendientes de los *cucullos,* una raza en extinción de tez bronceada y tamaño diminuto que les gusta volar y dar brillo.

Coco por ejemplo, tiene el cabello verde y largo con cuerpo humano de color canela. Posee una cola redonda capaz de producir una luz fría de onda larga amarillenta o verdosa, con una eficiencia de luz brillante hasta un 96%, y cuatro alas que le da gran velocidad. Es nocturna y se mantiene en áreas de sombras, fanática de la diversión, competitiva al extremo y amante de lugares frescos.

Cuentan que uno de sus antepasados tomó por esposa un hada madrina (por supuesto algo que nunca se pudo comprobar) y por eso esta generación de Goldies tienen mejores cualidades que los *cucullos.*

Los Goldies se alimentan del polen o néctar de las plantas y viven en árboles altos y encerados; el de cocó, por ejemplo, es uno de los más populares y hermosos, ya que fue el árbol que años atrás fuera estremecido por un rayo que movió la tierra de Llebasi. Está encerado por dentro y por fuera y tiene aberturas en círculos perfectos y puertas de bambú. Teniendo una estupenda localización, haciendo su hogar el más deseado de la vecindad.

«¿Oye Cocó, soy yo Rico, no hay monos en la costa?» Rico el grillo un buen amigo de ella se escondía entre los arbustos.

«¿Qué?»

«¿Niña que si estás sola? ¿Ves a alguien?» - pregunta el grillo.

Cocó mira a su alrededor...«No hay nadie estoy sola,» - responde ella. «¿Por qué estas murmurando? ¿De quién te estas escondiendo?»

Rico sale de los arbustos y se sacude las alas y patas.

«Me escondo de una damita.»

«Mijo, realmente no quiero saber.»

«¡Bueno mama llegué!»

«Negro estas tarde, dijiste que vendrías tres horas atrás.»

«¿Bueno mama que te puedo decir? Soy muy impuntual. ¿Pero qué hace este canto de hembra aquí, tan solita y con cara de arepa, haciendo muecas...que te pasa?» - pregunta el grillo. «Cariño cambia esa cara solo atraerás moscas, además es demasiado duro para mi pobre corazón.»

Rico es un grillo original de Santo Domingo. Desde joven ha sido flaco, prieto, alto, y zalamero. Tiene la piel oscura y suave. Ahora en sus veinte tiene piernas inquietas y agiles, su cuerpo ha alcanzado un grado de perfección. Es popular entre las chicas por su habilidad de brincar y camuflajearse en el monte. Es espontáneo y hablador, tan extrovertido e intenso que uno se siente como si estuviera siendo bombardeado con palabras. Vive saltando de mata en mata, a la orilla del río Bambú. A los veinticinco años está en su plena juventud y no se le conoce novia solo algunas amigas. Tiene dos amigos allegados Cocó y yo y disfruta mucho su compañía pues los hace reír. Él no tiene una alta educación ya que en el sexto grado, se salió de la Escuela para trabajar y ayudar a su familia, allá en Santo Domingo; pero tiene un buen grado de inteligencia, es rápido para contestar, es buena compañía, honorable y muy justo.

Por un minuto y con una media sonrisa, Cocó lo mira en silencio.

«Hola, mi Negro me siento como pulga hoy, lista para ser recogida con pala. Estoy haciendo afirmaciones positivas y contando petunias para ver si se me quita el coraje que tengo. Dicen que cuando uno tiene coraje debe pensar cosas agradables o contar hasta cien para tranquilizarse. Ya he contado doscientos y todavía estoy molesta. Rico, el peor defecto que un insecto puede tener es no tener palabra. Tú sabes lo que es, que rompo otros compromisos para poder estar disponible esta noche, y ya ves, me deja plantada. Tengo tanto coraje que si lo cojo no le van a sobrar piezas. Pero no te preocupes le voy hacer sufrir. Voy a decirle a todas las chicas que él es un insecto pegajoso.»

«¡Ay Virgen...! - así de furiosa debe estar Sherryma, la negra de Le june.»

«¿Quién es Sherryma?- pregunta Cocó. ¿Espera ni me digas, esa es la dama de quien te escondes?»

«¡Si! Ella es la grilla flaca que vive en la esquina de Lejune y la Calle Ocho. Anoche no la busque cómo prometí.»

«¿Por qué no?» - pregunta Cocó.

«Es que me quiere tanto que me asfixia. Ella es posesiva, celosa y habla más que yo, y mira que yo hablo. Ella es tan flaca que se sienta en la espalda, tu sabes no tiene nada de carne en su cuerpo, tiene la piel grasosa y siempre tiene un olor a calle. Tú sabes ese olor extraño que se pega a la piel y a la ropa cuando está húmedo afuera. Siempre he dicho que sudor y grajo no pega con sexi. ¿O Dios, tu sabes lo que hizo los otros días? Me pidió un besito y parecía que me estaba haciendo un chequeo dental. ¡Hombre por poco me devora!»

«¿Qué?»

«Otro día se pegó semillas en sus nalgas, brazos y piernas con cera de árbol para verse voluptuosa. Así como me gustan.»

«No me digas... ¿pobrecita y tú que hiciste?»

«Me quedé sin palabras...especialmente cuando una de las semillas de su nalga se cayó. Chica, ¿por qué sólo me persiguen las locas? Además es tan celosa que no puedo ni mirar para el lado cuando salgo con ella. Por qué no puede ser Xyomara Cruz... ah... esa mulata sí que está completa... nalgas, busto, piernas... exactamente cómo me la recetó el doctor; no tienes que alimentarla – ya viene con reservas. Hm... Tantas curvas y yo sin freno... "ay mama" Como me gustaría verla sin esa ropa.»

«¿Qué quieres decir Rico, la quieres ver desnuda?» Cocó pregunta asombrada.

«No chica la quiero ver vestida con las sabanas de mi cama.» - Rico contesta riendo.

«Bueno pero, ¿qué pasa con la galantería? Alguien en que puedas confiar que te haga sentir especial, es lo que usualmente hace un hombre.»

«Cocó eso es cosa de humanos... nosotros somos simplemente insectos. Somos brutales, no tenemos compasión y no cedemos; simplemente no puedes confiar en un insecto. En mi caso que soy negrito, tú no sabes lo que es estar en mí piel – todo es más difícil. Bueno para decirte que cuando quiero conseguir algo gratis me pongo la mejor sonrisa y me disfrazo de verde claro y me va mejor.» - explica Rico

«¿Cómo va hacer?» exclama Cocó.

«Muchacha eso está comprobado. Mi primo Ricardo nació albino, cuando íbamos a buscar trabajo, estando yo más cualificado que él siempre salía él con las mejores ofertas. El siempre bromeaba diciendo que contrario a mí él no tener color no podían ver sus defectos; y cuando se camuflagiaba, se desaparecía el condenado.»

«Rico no quiero hablar de todas las cosas injustas que te pasan. ¡Estamos hablando de mí y del plante...escúchame por favor! ¿Me puedes escuchar?»

«Si, está bien. ¡Caramba si yo fuera mujer estuviera llena de hijos; ya que no sé decir que no! ¿Dime Cocó qué compromisos tenías? Si nunca sales a ningún lao.»

«Eso es lo de menos, es todo lo que he tenido que hacer para ir a la fiesta. Para que te enteres, llevo meses trabajando de seguridad en el área del bosque. Tuve que salir más temprano del trabajo, o sea que perdí dinero. Fui al otro lado del campo buscando broncearme para verme espectacular con este traje verdoso, solo para un plante.»

«¡Ha, ha, ha!...Dime, amiga, ¿dónde era el bonche?» - pregunta Rico curioso.

«¿Dónde era qué?»

«Chica la fiesta...»

«Mariquita me iba a llevar al bosque central para ver un concierto, que rabia.

«¿Por qué estás tan molesta, tanto lo quieres?»

«No para nada, pero me habría llevado a un sitio donde hubiera podido conocer a alguien especial que me gustara.»

«¡Wau, Cocó!» - Rico se ahoga de la risa. «Niña sin comentarios.»

«Bueno como te decía esta es la segunda vez que me deja plantada (pausa para respirar) Te aseguro que no va a ver una tercera. Me he quedado vestida y con las hormonas alborotadas. Grillo, ya no sé qué hacer para llamar la atención de este Mariquita, lo he intentado todo, dándole celos, enojándome, hablándole suave, dejando que me gane cuando competimos volando, razonando con él; pero es en balde, nada funciona, mientras más trato peor es. No puedo provocarle ninguna reacción favorable... ¿Qué puedo hacer?»

«Cocó, las cosas forzadas no funcionan, si va a suceder algo entre ustedes dos, debe ser natural y viene solo por su cuenta. Cuando lo forzas, es como tratar de juntar dos imanes iguales, la fuerza entre ellos no los deja unirse. Concéntrate en mostrarle al mundo lo hermosa que eres y verás que el otro ser que busca lo mismo que tú, te encontrará. Además, de Mariquita no vas a conseguir que gaste ni un centavo. Él es un poco tacaño, tú sabes como dicen, hay que sobarle el pico y las dos alas. ¡Ha, ha, ha!...Hm...Rico raspa su garganta...Pero presiento que algo más te está molestando. - Rico se sienta, cruza las patas y le da toda su atención.»

«Sí, flaco, es que se me murió mi mascota Yoco; ella estuvo conmigo cuando quise tratar con otras especies, Hm...Recuerdo a Mariposa Azul... ¡Ay! Cómo me hizo volar...Ay...y con Mosca aprendí velocidad. Hm... Recuerdo a Avispita, ese me enseñó a pitar...Y con Tábano, bueno con Tábano ni hablar; era fenomenal...«con el sí que acabé'». Todavía están tapando los huecos que dejamos en muchos de los árboles...Ay, como ves, son muchos los recuerdos. ¡Ay, amigo! ¿Por qué se me va o se me muere todo lo que quiero? ¡No tengo suerte en el amor! Soy muy simple, tan simple que no me entienden. Quiero estar con mi propia raza. Estoy cansada de vivir en tensión, saliendo con otras especies. El solo pensar que su instinto animal se puede despertar y en vez de una velada romántica...yo sea su próxima cena, vaya...no es fácil.»

«Te entiendo así me siento a veces con Coquizón, gracias a Santa Alita que él es diabético y yo, muy dulce. Cocó, creo que las relaciones amorosas son ensayos que la vida te va dando, en forma de práctica, mientras llega tu alma gemela. Vas atando cabos sueltos y definiendo lo que en verdad te gusta o buscas en otro ser. Así que, relájate, sigue la corriente, y no luches en contra de la gravedad.»

«¿Chico que te puedo decir? Mi belleza es una maldición. Soy un lirio de agua; así me llamo yo misma. Ay insecto, este pecho no tiene chupón. Suena ridículo, ¿verdad?

«Nada suena idiota si está lo suficientemente mojado.» - responde el grillo con una sonrisa.

«¿Qué? Sabes quisiera ser vista por mi inteligencia y sentimientos así tal como soy y no por mi belleza. La belleza es temporal, superficial, y yo, yo busco algo más. Todas las noches mando mensajes de luz al cielo a ver si alguien de mi raza me contesta. Hasta ahora no parece estarle llegando a nadie. Toda mi sustancia luciferina se me está secando.» Cocó alumbra su luz varias veces.

«Sustancia luciferina…que rayo ¿Qué es eso? Suena como una de mis pastillas o algo diabólico.»

«Grillo deja explicarte, dice ella. Esa es la sustancia de donde proviene mi luz.»

«Oh, así que se llama luciferina. ¡Chévere!» El responde.

«¡Ay Pipo! Tal parece que nunca encontraré a nadie como yo, u otra especie decente que me guste y me pueda acoplar.» - Coco suspira triste.

«Espera un minuto ¿Tú no estabas casada? ¿Qué paso?» - pregunta Rico

«Lo dijiste estaba, cosa pasada. Su nombre era Pedro y estaba tan enamorado de mí que me prometió la luna y las estrellas. Me hacía reír y aunque yo no lo amaba al principio poco a poco empezó a crecer en mí, así que nos casamos y nos vinimos a vivir aquí.»

«¿Empezó a crecer en ti qué? ¿Acaso él era una semilla?» - pregunta Grillo con sarcasmo.

«¡Estas bien gracioso! Después de varios meses cambio. Se puso deprimido siempre estaba de mal humor y discutiendo. Escuché a alguien decir una vez: si no puedes estar con la persona que amas, ama la persona que tienes. Pero ya no podía más; yo quiero ser feliz.

«Pensar que mi verdadero amor Palmeri está en Cuba, nuestros amigos nos decían la palma y el coco. Tú sabes, palma, Palmeri…Cocó, el coco. Él fue mi primer novio y todos pensaron que nos casaríamos, y ese era mi sueño pero el de él no. Él quería viajar por el mundo e ir a estudiar así que nos fuimos por senderos separados. En momentos de silencio me pregunto cuan diferente hubiera sido mi vida si me hubiera casado con él. Grillo, yo estaba tan enamorada que recuerdo como me temblaban las rodillas y se me debilitaba mi luz solo de oír su voz, y cuando me miraba directo a los ojos me derretía. En las noches que mando mensajes al cielo pienso en él y cuando el viento del este sopla imagino su voz y mi corazón me arde. Me pasé toda ni juventud tratando de irme de Cuba y no ver a nadie y ahora que no estoy ahí lo extraño.» - Cocó pausa por un momento y de repente resurgió la Cocó que todos conocían; llena de esperanza y optimista.

«¿Qué estoy diciendo?...Seguro que encontraré mi raza, mi otra mitad. Pero la pregunta no es, si lo voy a encontrar sino si lo voy a reconocer, aunque no venga con un coro de ángeles y un letrero bien grande diciendo ¡Cucullo bueno! cójanlo ya. Trato de mantener la fe y ser consistente, pero es difícil, quizás me esté reuniendo con el grupo equivocado.» - de repente su cara entristeció.

«¡Oh! que digo, si ni siquiera me agrupo, es que cuando de chicos se trata soy inocente y me enredan fácilmente. Los encuentro guapos, románticos y simplemente encantadores, pero luego al conocerlos a fondo, me encanto y me desencanto, siempre les encuentro defectos. Mucha cola y poco brillo, o al revés, mucho brillo y poca cola, o no me gusta como come, como se ríe, en fin, una locura... Quiero que sea normal o sano, me encuentro cada loco…te puedo contar historias.»

«¿De veras Cocó? El desborde de la pasión. Dame un ejemplo. - dice Rico sonriendo.

"Mira Rico muchos se las echan de ser tan machos y al final resultan más femeninos que yo. Otros son tan frívolos y secos que no dejan ni huellas ni memorias. Una vez tuve un novio que quería que lo alimentara a él y sus amigos y luego coqueteaba con cada especie femenina sin excepción de categoría y al frente de los mismos amigos a quienes alimente faltándome el respeto así. Llega un punto donde haces cualquier cosa por no estar sola pero siempre he dicho que es preferible estar sola que mal acompañada." Como decía mi abuela…el hombre es como el perro, o lo castras o lo entrenas.

«Tienes tanta razón chiquita…pero tranquila, que todo llega a su tiempo.»

«Es muy difícil de saber cómo actuar. He oído decir que a los hombres les gusta la última manzana en el árbol.» - dice Cocó.

«Olvídate chica eso no es verdad, el hombre de hoy recoge hasta la manzana caída del árbol. Eso es algo que te dicen tus padres para que no metas las patas. Dime, amiga, ¿qué buscas en un compañero?» - Rico pregunta curioso.

Cocó saca una lista larga debajo de sus alas.

«Bueno...busco alguien alto, guapo, elegante, culto, sincero, hogareño y pachanguero; porque tampoco lo quiero metido pasmado en el nido diciéndome que tiene todo lo que busca en casa por no salir y gastar siendo tacaño. Alguien entrenado para hacer todos los quehaceres del hogar y fuerte para volar bien alto y que esté en sus cabales. Me he encontrado con tantos casos, que pá qué te cuento. Creo que con esas demandas me puedo manejar bien.»

«Amiguita...me da pena decirte, pero vas a tener que ajustar un poco tus demandas o te quedarás jamona pelando jobo. Cocó, en la vida he descubierto que para ser feliz tienes que dar y coger un poco, reír y llorar, ganar y perder. Esa es la historia del amor. El que tiene una, le falta otra, nadie es perfecto.»

«Bueno, yo me siento noventa y nueve punto nueve por ciento casi perfecta... Cocó suelta una carcajada. Aunque sabes, creo que tienes razón, voy a modificar un poco mis demandas. Hablando como animales locos Rico ¿Cómo es que tú nunca te has casado?»

«Noooo...el matrimonio no se hizo para mí, me siento incómodo con eso. Me gusta variar o me aburro y creo que enamorarse es un tormento y yo soy un aventurero. Además estoy fascinado con la libertad.»

«Sabes lo que es brincar y comer pasto todo el día, para ver la misma imagen al llegar al nido... No; no creo. Aunque te confieso, la última grillita era una delicia en crema, por poco me echo la soga al cuello; por ella sí daba mis dos alas y las cuatro patas.»

«Entonces... ¿qué pasó?»

«Bueno chica nos separó la fuerza de un huracán. Irónicamente puedo decir que fue un amor que el viento se llevó.»

«Tus palabras me hicieron recordar a mi prima Dalia. Como tú a ella también le gustaba la libertad y por esa razón se casó.»

«No entiendo, - dice Rico; porque hasta el día de su boda era una niña mandada por sus padres. Ahora va a ser una mujer mandada por su esposo; no es una buena razón para casarse.» - le dice entretenido con la conversación.

«Tú no conoces a mí prima...ella lleva los pantalones en su nido.»

«¡Pobrecito... no necesariamente su alma gemela!» - Comenta Rico

«¿Rico tú sí crees en un alma gemela?» - Pregunta Cocó intrigada por su comentario.

«Fíjate chica sí. Yo creo que hay un alma gemela para todo el mundo... el problema es que cuando encuentras a alguien que sientes que es tu alma gemela o está casada con otro, o el sentimiento no es recíproco; como puede suceder que estés afanado en otras cosas y no logres reconocer cuando el amor toca a tu puerta, ¡Que a veces sucede una sola vez!»

«Aun así creo que deberías casarte, porque el matrimonio se hizo en el cielo.»

«Sí, lo sé. También los rayos y los truenos, pero nadie habla de eso.»

«Cocó se ríe de su contesta, - amigo a veces pareces normal hasta que abres la boca. No sé de donde sacas tantos temas de conversación.»

«¡Hay mamacita yo mismo me asombro! ¿Pero hablando de todo un poco cómo los locos donde está tú familia?»

«Toda mi gente está en Cuba. Yo tuve que huir por razones de seguridad.»

«¡No! ¿Pero cómo lucecita, tú también eras rebelde?» - Pregunta Rico asombrado.

«No chico nada que ver. Sucedió que mi hermana mayor fue capturada por un grupo de hombres sin escrúpulos que estaban impresionados con la forma perfecta del tamaño de su trasero y la luz fría que radiaba de ella. No sé si sabes que no todos los Goldies producen luz, solo los nocturnos. Así que la encadenaron y fue puesta en un circo de exhibición donde la gente pagaba por ver la cola de la luciérnaga más grande del mundo. Supimos luego que murió de sufrimiento. Fue algo trágico, nunca nos superamos de su perdida.»

«¿Qué historia triste mi amiga... por eso te escapaste?» - Pregunta Rico.

«Sí así es... como verás yo nací con las mismas cualidades que ella pero también produzco luz infla roja y ultravioleta o sea soy más peligrosa y por esa razón la gente pagaría más dinero para verme…chico no me gusta trasero grande siempre atrae tanta atención. Todos los chicos del barrio aun las muchachas hablaban de mí y de mi cuerpo que me hicieron tan consciente que me apenaba.»

Esa atención es buena cariño…dice Rico. Coco el día que la gente no hable de ti entonces preocúpate mi amiga.

«Que cómico, mi madre decía lo mismo, es un dicho viejo. Bueno como te decía mi familia se sacrificó y me mandaron fuera en el primer huracán que paso y por miedo no quieren que vuelva. Pero no se puede exiliar a alguien que ama su patria. Por eso me deprimo a veces. La nostalgia es un sentimiento fértil y fructífero...también un poco enfermizo.»

«Nena atácate; eso sí es drama...»

En eso llega Coquí, el mejor amigo del Rico, (que soy yo). Coquí es un sapo Puertorriqueño adulto sutil y fino, pequeño en estatura con ojos grandes y saltones, con cuerpo de color verde y transparente. Este es honorable, curioso y conversador, o sea que no le gusta el chisme, pero lo entretiene. Opuesto al Rico, el Coquí es calmado, serio y educado, quien se altera cada vez que Rico dice un disparate. La educación, el respeto hacia los demás, los modales y buenos sentimientos son importantes para él, como el buen gusto. Puertorriqueño al fin, es optimista, vacilador y con buen apetito. Rico es su mejor amigo, al cual quiere como a un hijo aunque Rico es todo un reto, manteniendo al Coquí con los pies en la tierra. El Coquí, tal como el Rico cambia de color para protegerse. Calidad que las dos especies adoptaron al vivir en Llebasi.

«Hola... Rico, que bueno que te encuentro, tengo que hablarte. Hola pequeñita eres a la vista el paisaje más hermoso que he visto hoy.»

«¡Coquí, tu siempre tan caballeroso! Eres un sapo gentil. Me fascina cuando estas cerca de mí me levantas la moral.» - dice coco.

«¿Oye Coquí esos son tus espejuelos nuevos que estas usando?» - Grillo pregunta curioso.

«¡Sí! ¿Te gustan? Están un poco grandes; ¿Me hacen lucir como un tonto?»

«Bueno, te puedo decir que no lo esconden.»

«Ha, ya, ha...que gracioso estas. Échame la gracia en las patas y la saliva en el piso.»

Descubrimiento

Cocó camina unos pasos con su lista de demandas, separándose un poco de ellos, cuando escucha un quejido, tal suave sollozo y tropieza con el cuerpo de una joven. Había moscas zumbando y pájaros haciendo ecos a la distancia.

«¡Grillo! ¡Coquizón! ¡Vengan pronto, acabo de encontrar algo!»

Acostada boca arriba entre ramas y palos caídos, Coco encuentra a Rosa Isabell. Está mojada y su cuerpo se siente frio. Como muñeca de trapo arrastrada por un perro estaba desgreñada y sucia, pero aun así su gran belleza intacta. Los tres animalitos la rodean y por un momento la observan en silencio. Averiguar, preguntar, y opinar al momento era el estilo del Rico, así que habla primero:

«¡Mieeeercoles...! ¿Estará viva?» - Pregunta el grillo.

«No sé...» - Coquí curiosamente me acerque para examinarla.

«Hm...Tiene una mancha rosa en medio de la frente que Malca el punto de impacto. El moretón va a ser feo... Sus labios están un poco abiertos. Casi dan la impresión como si fuera a decir algo. ¿Cocó no ha dicho nada? ¿Tuvo algún gesto facial o corporal?» - le pregunte.

«No...Ella no se ha movido, pero le sale aire caliente por boca y nariz. ¡Creo que está viva!» - exclama Cocó.

«Quizá un rayo le dio un fuetazo y la tumbó...Pa mí que ella se ve cadavérica y extraña. A lo mejor el tornado la arrastró y la arrastró y fue tan grande el impacto que el corazón no pudo bombear la sangre rápidamente y la tiene toda coagula y está destroza por dentro, ¡aplastá como una carne ripia! Ella se ve extraña y hermosamente muertita para mí.» - comenta el Rico.

«¡Rico!»

«¿Qué...? Ay perdón, lo siento...yo sólo decía...»

En ese preciso momento la chica despierta temblando y gimiendo de dolor. Se toca la frente, mira a su alrededor y se ve rodeada de tres curiosos animalitos. Cierra los ojos lentamente retorciéndose de dolor.

Cocó le toca la frente. «Coquí, chico yo no la veo bien.»

«¿Ustedes saben quién es ella? - yo pregunto preocupado.»

«¡Sí!, Yo la conozco. - dice Cocó. Ella se llama Rosa Isabell, siempre está cerca de la Cascada con Marco Antonio, el joven de La Casa Grande.»

«¿Wau, porque no me sorprende? - por supuesto que la conoces, así como conoces a todos en Llebasi.» - dice Rico riéndose.

«¿Qué quieres decir? - Pregunta Cocó. ¿Por qué siempre me estas molestando?»

Rosa hace nuevamente el intento de levantarse. «¿Dónde estoy? - pregunta toda mareada.

«Chacho mano…no sabe ni en dónde está.»- le dije.

«¡Oh, oh, Mieeeercoles! ¿Tú crees que fue fácil? De milagro estamos vivos. Cada vez que viene un Tornado me preocupa que me coja fuera de la guarida - dice Rico, así fue como llegue a parar aquí. Estaba yo en la gozadera, era un viernes como a eso de las ocho de la noche. Estaba con los tigres del barrio y mi bebita guayando, con la música de Guaba band y Blanca arena, tomando mama Juana y entrando en confianza. ¡Épale...! Cuando de repente se oyó un ruido y de momento un silencio; como si hubiesen recogido toó el viento y no pasó mucho tiempo, cuando de momento sentimos un viento que nos quería llevar y definitivamente nos llevó. Yo vine a parar aquí en este paraíso extraño sólo, sin mi jeba que estaba tan bella, sin familia y todo arrancado. Me imagino haber salido en el periódico Caribe, en la lista de desaparecidos. ¡Hay caray! - ¡Cómo extraño mi tierra!

«Te entiendo mano, yo también allá en la isla de Borinquén eso era todas las noches.

Mi Tierra – (Rosa I. Colón)

Yo vengo de una tierra donde el sol nace brillar
De noches y de luna de belleza excepcional
Sueño y amanezco y brotan los recuerdos
Me busco y no me encuentro estoy lejos de mi hogar

Que grande y misterioso es el gemido de mi tierra
Nostálgico recuerdo, me hace suspirar
Lamento estar tan lejos, no me puedo olvidar
Como un rompe cabeza me trato de ubicar

Quisiera estar de nuevo en mi islita
Lugar que Dios me dio , me hace feliz
Un fuego arde en mi pecho
Es orgullo y sentimiento
De ser Puertoriqueña
Mi tierra mi raíz

Los años han pasado sin poder regresar
Siento que han robado parte de mi vida
Cambiaron mi destino, extraño paraíso
Que duro ha sido el precio de la superación

Mi tierra me acompaña, ella me da valor
Su gente su alegría, su llanto su calor
soy dueña ama y señora, cuando en mi tierra estoy
Y con todo el derecho, derecho de posesión.

Todo el mundo en la calle, cantaba el canto del Coquí, y déjame decirte que nosotros fuimos los primeros anfibio en tener sonido y no había allí quien cantara con más bríos que yo. En las fiestas patronales de Cataño, las parrandas Navideñas...chacho mano...celebramos hasta las octavitas, bien chévere. Bueno, que hasta los cucubanos se prendían de alegría al oírme cantar. Pero déjame decirte que yo no vine mojado, a mí me trajeron como mascota y luego me soltaron para que cogiera monte.

«¿Cómo sucedió eso?» - pregunta Rico.

«Bueno yo quería ser un sapo soltero y aventurero, así que busque pelearme con Ana iris, mi novia aquel entonces. Yo sabía que ella nunca me hablaba cuando se enojaba conmigo, así que me aproveche de eso para irme. En el camino del bosque fui capturado.»

«¿Ana iris? Coquí, no entiendo, ¿No es esa tu esposa ahora? Pregunta Cocó confusa.

«Si estaba sorprendido, yo no sabía ni donde estaba y ella me encontró. Ella es la única mujer que ha hecho eso. Así que me case con ella. Estoy contento que lo hice. Es tan difícil aquí sin alguien que realmente te quiera. Es tan diferente de la isla de Puerto Rico, de alguna manera se trabaja más fuerte aquí. Llegué con una maleta llena de sueños: hoy días casi todos se han esfumado.» -Yo dije.

«Yo sé, Coquí, yo tengo un hermano allá en la isla y dice lo mismo.»

«¿Qué dice? ¿Que lo trajeron como mascota o que vino mojado?»

«No compadre, le pintaron este lugar como la gloria y que la comida sobraba, pero cuando llegó, a la semana le dijeron que cogiera monte...y todo lo que tuvo que pasar para poder regresar. Hasta perdió la habilidad de producir sonido.»

«¿Qué? ¿De verdad?» - Pregunte curioso.

«Si, luego se mudó para Brazil y cambió. De alguna manera le crecieron cuernos, algo bien gracioso.

«¡Ay papá!» ¿Cómo que le crecieron cuernos?

«Así fue, su especie cambió según lo que le rodeaba y le salieron cuernos, algo gracioso. Pero aquí entre tú y yo, creo que él es medio vaguito. ¡Bueno, pero eso es otro cuento!»

«No es fácil, no...» - les dije.

Rosa Isabell oye el canto de una voz áspera, pájaros silbando y otros hablando por encima de su cabeza. Tenía frio y su cabeza retumbaba como un tambor.

«¿Estaré muerta?» - se preguntó. Pero no estaba segura ya que le dolía todo el cuerpo. Ella abre sus ojos para ver quien estaba cerca y reconoce las caritas de quienes había visto. Estaba ronca, tenía una toz horrible, su cabello con fango y algunas hojas pegadas. Sus ojos estaban irritados y parecía tener dificultad al respirar. Con su mano derecha impulsa su cuerpo hasta levantarse cuando un repentino y agudo dolor de cabeza la impulsa a tocarse la frente.

«¿Hola joven, te sientes bien?»

«¡Ay! ¿Con qué me he golpeado?» - pregunta Rosa suavemente.

«Bueno chica, aquí es muy popular la madera 2 x 4, pero creo que ese tablazo, fue un tronco entero, ¡ha, ha!» - contesta Rico haciéndose el gracioso

«Cocó le pellizca un ala a Rico ¡Caballero! Sé más condescendiente.»

«Ahuché, Sonríe.....chica, sólo bromeaba.» - le dice Rico, luego se va murmurando. «Esta generación no tiene sentíos de humor.»

«Rosa está algo turbada ¿Dónde es que estoy?» - pregunta ella.

«Estás en Llebasi. Yo soy Cocó y estos son mis amigos Rico y Coquí.»

«¿Llebasi...?» - pregunta ella. Rosa queda en silencio, su mente como una antena buscaba una señal que le ayudara encontrar sentido a su alrededor.

«¡Oh, oh…! Saltamontes bendito, esta niña está mal.» -dice Rico.

Una línea de carretas venía de frente hacia ellos. Las funciones del Circo habían concluido ligero en Llebasi por culpa del Tornado y ya iban rumo a otro pueblo. Javier Guzmán y Cristy su hermana menor, dueños del Circo Ilusión, dirigían la caravana de carretas. Junto a ellos treinta trabajadores y una huérfana llamada Tatiana Rybak, una hermosa mujer joven nacida en el Circo. Ella tiene piel tierna, cachetes rosados y ojos verdes que son para morir. Lleva el cabello suelto con rizos suaves, los ojos maquillados con colores oscuros, es flaca y alta pero con músculos definidos. Ella es la maquillista del Show y entrenadora de los caballos como lo era su madre antes de morir repentinamente. Tatiana lleva puesto una blusa de algodón fina color naranja que brilla con diamantitos, botas cortas y aretes largos. Una dama bien apasionada y muy territorial especialmente si se trataba de Javier Guzmán el hombre de sus sueños.

Como parabrisas en un gran diluvio, Rosa Isabell lucha por ponerse de pie.

«Pare, por favor deténgase.» - Rosa le grita.

Ooohh....frenan los caballos y se detiene la carroza.

Javier es un joven gitano guapísimo que mide seis con cuatro y es de cuerpo musculoso. Tiene piel trigueña, cabello oscuro y ojos azul celeste. Lleva puesto un pañuelo envuelto en la cabeza y tiene una argolla en la oreja izquierda. Viste camisa de algodón clara y pantalón marrón.

Cristy por lo contrario es de piel clara y ojos color miel, pero amante del sol. Su piel está bronceada seis veces más que su color natural y lleva el cabello castaño con destellos rubios largo y ondulado. Cristy viste una blusa azul marina, falda ancha con vuelo de flores, aretes y collares largos y un pañuelo blanco enrollado en su cabeza. Como una típica gitana, Cristy tira las cartas y predice el futuro. Tiene pensamientos nobles y es pura de corazón. Cristy nunca se casó y coge muy en serio la responsabilidad de cuidar de su hermano y Tatiana desde que sus padres murieron. Ella maneja todas las funciones del circo sabiamente. Ella es muy talentosa y de un carácter fuerte.

Los ojos de Javier son los primeros en chocar con la mirada de dolor que tenía Rosa Isabell, pero son Tatiana y Cristy quienes reaccionan primero.

«Hay Dios mío, ¿Está bien? - preguntan en dúo.

«No me siento bien... su contesta casi un murmullo.

«Por favor habla más fuerte. - dice Cristy.

Sus cachetes rosados están pálidos y tiembla de frío. Rosa Isabell puso una expresión de dolor y sus ojos negros profundos se cristalizaron, quedando débil frente de la carreta de Cristy, donde nuevamente se volvió a desmayar.

«Hombres por favor ayúdala.» - ordena Tatiana.

Javier y otro de los hombres bajan a auxiliarla, y la cargan; cual Cleopatra llevada por sus esclavos que con orgullo y delicadeza la montan en la carreta y se la llevan.

«Chicos yo me voy con ella para asegurarme de que esté bien.» Les digo yo a mis amigos Cocó y Rico.

«Yo también voy contigo compadre, replica Rico... no me quedo atrás ni por nada del mundo.»

«¡Yo también quiero ir!» - añade Cocó.

«Cocó, debes quedarte y cuidar nuestra área hasta que regresemos. Avísanos de cualquier cosa que suceda.»

«¿Por qué siempre tengo que quedarme? Yo también quiero aventurar.» - ella suspira.

El Coquí se para firme y saluda:

«¡Atención recluta! Su misión es tan importante como la nuestra.»

«¿Mi misión que quieres decir?»Coco pregunta emocionada.

«Escucha, necesito que cuides nuestra área y protejas nuestras casa hasta que podamos volver con Rosa Isabell. ¡Es mucha responsabilidad! ¿Crees que puedas hacerlo?»

Cocó asume una pose firme. Hace una reverencia jocosa para luego dramatizar un perfecto saludo militar.

«¡Okey, está bien, le reportaré cualquier cambio mi capitán!»

Se queda firme parada en el mismo lugar, mirando las carrozas del circo desfilar mientras partía. «Oye Coquizón cómo los voy a encontrar...» le grita Cocó.

«Sigue tu instinto de olfato animal y ve hacia el Norte.» - le contesto.

«¿Oh no, tu no acabas de decirle eso? ¿Sigue tu instinto de olfato animal? ¿Acaso crees que ella es una perra?» Rico pregunta riéndose.

«Rico no seas malo, ella sabe lo que yo quiero decir. Así sucedió, el Grillo y yo partimos con la Caravana y Cocó nos mira proceder.

Sin Recuerdos

Pasaron los días y Rosa permanecía inconsciente, en su estado de delirio pronunciaba sólo un nombre: Marco Antonio: Cristy y Tatiana se turnaban para cuidarla.

«¡Joven, despierta...!» - le susurra Cristy con voz suave.

Cristy le pone un paño mojado en la cabeza lleno de alcohol de grado 70. El olor seco y la frialdad del paño hacen que despierte aturdida y con la vista borrosa. Rosa Isabell pasa revista al cuarto con su mirada, tratando de reconocer dónde estaba ubicada, viendo solo caras extrañas.

El cuarto era pequeño y simple y la única ventilación que tenía era un viejo abanico eléctrico, y una sola cama, donde estaba ella acostada, una silla amplia y una mesa pequeña con servilletas blancas, vasos y una jarra de agua fría. Las paredes del cuarto están pintadas de un verde claro y bordes blancos, y un agradable olor a violetas frescas alimentaba el aire de la habitación. El cuarto se veía extremadamente limpio, como un pulcro hospital pero éste más acogedor.

«Hola...muchacha. ¿Cómo te sientes?» - pregunta Cristy.

«No sé... ¿dónde estoy? ¿Qué me pasó?» - pregunta Rosa Isabel confundida.

«Estás en el circo Ilusión y yo me llamo Cristy y esta es Tatiana la llamamos Tati de apodo,» Rosa Isabell contesta mientras sonríe.

«¿El circo? ¿Cómo llegué aquí?» Ella pregunta con curiosidad.

«Te recogimos en el camino, tal parece que sufriste un accidente, hemos llamado ya al doctor. ¿Dime muchacha, de dónde eres y cómo te llamas?»

En su aturdimiento mental, Rosa Isabell se queda pensando por un momento.

«No, no me acuerdo, no sé cómo me llamo...no sé quién soy.» En esos momentos tocan a la puerta.

«¡Adelante!» - contesta Cristy.

La puerta se abre y son Javier y el doctor Kimbili Cumba Davis, un doctor africano empleado del Circo, que por sobrenombre lo llamaban Kimbí. Este era amable y servicial en su manera de ser. Su voz era suave por naturaleza, cual bálsamo curativo así como su perfume. Vestía una camisa de algodón blanco y pantalones cortos de color caqui. Su cabello corto de rizo apretado, lo llevaba bien arreglado al igual que su bigote. Su piel azabache brillaba como su maletín de piel negra el cual llevaba con orgullo y su sonrisa era tan transparente como su alma.

«¿Qué sucedió aquí? - pregunta el doctor con voz animada, aunque puede ver que la joven está extremadamente perturbada.»

«No sabemos doctor. - contesta Tatiana. La encontramos en el camino herida y con fiebre alta y ahora parece no poder recordar nada

¿Hola señorita, me permite examinarla?

«Está bien doctor.» - le contesta Rosa Isabell.

«Por favor Javier sal un momento en lo que examino a la joven.»

«Si doctor. No se preocupe. Señorita, estaré afuera.

«Cristy o Tatiana una de ustedes quédese por favor.» - dice Kimbí.

El doctor sacó el estetoscopio, junto al equipo de medir la presión.

«Respire profundo por la boca y exhale poco a poco el aire. Ahora llene los pulmones lo más que pueda, abra su boca y diga Ahhh...Ahhh...

Kimbí le examina el pecho y la garganta. Luego le toma el pulso y la presión.

«Mi mayor preocupación es la fiebre y, gracias a Dios se ha bajado. Su corazón suena tan fuerte como un tambor Africano, lo cual es una buena señal. Todavía estás pálida y te ves mal nutrida, nada que un buen descanso y un sopón de pollo no pueda arreglar. Ahora esté golpe en la frente, hm... ¿Dígame señorita qué le pasó?»

«No sé doctor, no sé. No puedo recordar que me sucedió, lo único que sé, es que me duele todo, es como si me hubieran caído a palos.» Aaa... chu. - Rosa Isabell estornuda.

«También está resfriada, pero no se inquiete, es normal que se sienta un poco desequilibrada después del golpe que sufrió. Puede que no sea nada serio, pero le voy a mandar reposo absoluto, sólo para estar seguro que todo está bien, ya que el trastazo fue bastante duro.»

Rosa tenía un brillo opaco en sus ojos, reflejaba un gran dolor en su mirada. Cristy se acerca al doctor hablándole en voz baja...

«Doctor, cuando deliraba mencionaba el nombre de Marco Antonio. ¿Será él alguien de su familia?»

«Vamos a preguntarle. ¿Señorita, significa algo para usted el nombre de Marco Antonio? Mientras dormías lo llamabas en tu sueño.»

Marco Antonio, Hm....Marco... ella se queda pensativa. ¿No sé, debo saber quién es? Quizás lo conozco, siento algo extraño al mencionarlo. Rosa se pone las manos en la cara y aprieta fuertemente su sien.

«¡Mi mente está en blanco, - doctor!»

«Tranquila...» - dice Kimbí. El doctor le sostiene la mano, y observa que lleva un anillo.

«Bonito anillo. ¿Me permite verlo? Quizás la sortija tenga una inicial o tu nombre.»

Rosa se quita la sortija y se la entrega. El doctor se pone los anteojos para observar con detalle la prenda.

«Tiene el nombre de Isabell impreso.» - dice Kimbí.

¿Isabell, será mi nombre? Isabell, Isabell... repitió el nombre varias veces, Hm... Me siento cómoda con este nombre pero no sé.

Rosa está desconcertada, con hambre y aún sin memoria del pasado.

«¿Doctor qué va a pasar conmigo?» - pregunta ella. «¿Esto será pasajero?»

«¡No sé! - dice el doctor. Tal parece que estas padeciendo de amnesia.»

«¿Amnesia doctor, cómo es eso?»

«Por situaciones muy parecidas a la que le ocurrió a usted; una pérdida temporal de la memoria puede ocurrir. En esos casos la mente pasa a un estado de preservación, clínicamente se llama amnesia. Como le explicaba esto sucede cuando las personas pasan un disgusto grande o se dan un golpe fuerte en la cabeza, pero es temporero por supuesto. Todos sus recuerdos y lo vivido se esconden en el subconsciente, para no ver la realidad por ser esta dolorosa. Puede que recupere la memoria en unos días, como que le tome meses o años. Por ahora a cuidarse, siguiendo paso a paso mis instrucciones y verás que te recuperarás rápido. Mientras tanto, si no le molesta, le llamaremos Señorita Isabell.»

«¿Hm...Isabell? Está bien doctor, seguiré una a una sus instrucciones, ya que me quiero recuperar pronto.»

Javier toca la puerta y asoma la cara con una sonrisa de oreja a oreja.

«¿Se puede entrar?» - pregunta.

«Sí, Javier adelante por favor.» - Kimbí contesta.

«Quería saber... ¿Cómo sigue la bella durmiente?»

«Un poco delicada pero creo que se pondrá bien. Es solo el factor tiempo...necesita reposo.»

«Yo personalmente la cuidaré, afirma Javier sonriendo. ¡Yo la cuidare!»

Isabell apenada baja la mirada. «Muchas gracias, ustedes son muy amables. Yo...»

Javier no la deja terminar.

«No se preocupe y no diga una sola palabra, solo descanse. Mi hermana y yo la cuidaremos.»

Isabell se ve complacida con el comentario, era como estar con amigos de años, sintiéndose segura. Tatiana, por lo contrario, no le gustó para nada lo que Javier acababa de decir. Sentía una extraña emoción por dentro que no podía explicar, pero que la hacía sentirse triste y enojada a la vez.

«Bueno ya oíste a mi hermano, no tienes nada por qué preocuparte, te vamos a cuidar muy bien.» - dice Cristy.

El doctor Kimbí se despide, dejando instrucciones para seguir. Isabell se arropa hasta el cuello y recuesta su cabeza buscando aclarar su mente...

«Qué sensación extraña ciento, ¿quién me daría este anillo? ¿Qué misterio habrá detrás de él?»

Rosa se queda observando el anillo, Javier observándola a ella y Tatiana a ambos.

El misterio de lo desconocido siempre perseguirá a la mente humana.

Capítulo 10

De vuelta en el río...

«**A**buelito, Abuelito, pero entonces... ¿Qué pasó con Marco Antonio?»

«Paciencia mi niño a eso iba.» - le dije.

«¡Qué lento es este chico, caballero! - dice el Grillo. «Ay niño por tu madre...sigue contando que me gusta recordar.»

«Está bien, está bien.»

Marco, José, Maggie y Raúl regresan a la hacienda después de haber recorrido infructuosamente toda el área que Rosa Isabell frecuentaba visitar. Raúl se quita el sombrero y saca un pañuelo para limpiar el sudor de su frente.

«Don José, no sé qué decirle, hemos recorrido toda el área y no hemos encontrado ningún rastro de Rosa Isabell. ¿Es posible que esté en casa de una amiga?» - pregunta Raúl.

«No, esa es mi preocupación.» - dice José echando su sombrero hacia atrás. Ella siempre ha estado en la casa. Las niñas nunca se quedan fuera, por esa razón sé que algo anda mal. ¿Marco Antonio anoche pasó algo entre ustedes que la hubiera hecho sentirse mal? Te pregunto porque después de cantar, ella te estaba buscando. ¿Acaso ella llegó a hablar contigo?»

Marco Antonio angustiado baja la vista.

«Qué pena, Don José, anoche ella se fue llorando cuando se enteró que yo estaba comprometido, pero yo le aseguro, Don José, que yo a ella nunca le di ilusiones. ¡Ella es como una hermana para mí!»

«Ella siempre te miró con otros ojos. Siempre habla de ti como si fueras el último trago de agua en el desierto.»

«No sé qué decir... yo creí que era cosa de niño y que ella había pasado esa etapa. ¡Me siento mal! Nunca me perdonaría si le llegara a pasar algo.» - contesta Marco Antonio preocupado.

Raúl interrumpe la conversación «Bueno yo tengo que reportarme a trabajar, dice Raúl. Déjenme saber cualquier noticia que tengan o si me necesitan, estoy disponible a toda ahora.»

Da la vuelta, baja la cabeza levemente poniéndose el sombrero. Sale cabalgando con Rosa Isabel en su pensamiento. Él también se siente derrotado, había perdido no sólo a su eterna enamorada, sino que también su orgullo de hombre estaba siendo herido por Marco Antonio. – pensaba.

«Yo sí la encontrare y voy a hacer que se enamores de mí. Y será mía en gratitud porque yo seré su salvador y no el tipejo ese de Marco Antonio. Será una batalla que le ganare a Marco Antonio.»

«Marco Antonio, Maggie y yo nos vamos para la casa, a ver si hay alguna noticia de nuestra hija. - dice José. Ya te dejaré saber si hay algún cambio. Otra vez gracias por tu ayuda.»

«No lo mencione José, no descansaremos hasta encontrarla.»

Marco Antonio se regresa a la Hacienda, recordando la expresión de desilusión en los ojos de su amiga la noche anterior y toda las emociones extrañas que desde entonces está sintiendo. - «Rosa, dónde te has metido, siento tanto que estés sufriendo.» - Caminaba distraído, absorto en estos pensamientos cuando a lo lejos, oye un perro ladrar. Cerca del Río Bambú ve a Mero todo sucio y lastimado.

«¡Mero, estás vivo! No te preocupes estas en buenas manos amigo. ¿Dónde está Rosa Isabell? ¡Háblame!» Camino a la Hacienda Marco Antonio lleva el perrito a casa de los Rivera y es José el primero en verlo.

«Don José, encontré a Mero casi sin fuerzas cerca del río. Es un milagro que está vivo.»

«¿Encontraste alguna señal de mi bebé? - pregunta José.

«Lo siento José, solo encontré a Mero.»

«¡Mi niña dónde te has metido!» - grita José desconsolado.

Un grupo grande de la gente de los moradores de Llebasi se unen a Maggie y José en la búsqueda de su hija perdida.

Han pasado tres días, Marco Antonio, Raúl Valle y el sargento Alfredo visitan a la familia Rivera. Se bajan de sus caballos. Alfredo se quita el sombrero y lo sostiene firme entre sus manos buscando fuerza para darles la noticia.

«Don José...Señora Maggie, buenos días. ¿Cómo lo están pasando?»

«No tan buenos para nosotros Alfredo, pasando por toda esta angustia. Acabamos de llegar a la casa. No encontramos nada en el lado este. - responde José.

«Don José, hemos buscado por todos lados en el río y sus alrededores del rio Bamboo y por todo el cafetal. No hemos encontrado ni un solo indicio que nos lleve a la conclusión de que ella esté viva. Es muy difícil para mí decirles esto pero créame, hemos hecho todo lo que está a nuestro alcance para dar con su paradero. Además, la lluvia constante y las inundaciones, han hecho imposible encontrar alguna huella. Llevamos unos días buscando, sin ningún resultado. Lo siento, pero han decidido concluir la búsqueda. Necesitamos que pase por la comisaría y nos lleve una foto y cualquier otra información que nos pueda brindar para mandarla a otros pueblos, para ver si alguien la ha visto, pero oficialmente, la búsqueda ha concluido, lo siento mucho.»

Alfredo baja la cabeza, consciente del efecto tan desbastador que causan sus palabras.

«Déjenos saber en qué forma les podemos ayudar. Ya que no tienen un cuerpo no sé si quieren hacerle un velorio.»

«Muchas gracias por avisarnos personalmente Alfredo, pero no habrá ningún velorio ya que mi hija no está muerta. Yo sé que volverá...ella volverá.» - diciendo estas palabras Maggie entra a la casa y con pesadumbre Don José se despide de Marco Antonio, Raúl y el Comisario. Las pocas fuerzas que le quedaban parecieran haberlo abandonado. Recuesta su fornida espalda sobre una de las paredes exteriores de su hogar y aprieta sus ojos con fuerza, como queriendo ahuyentar esos fatídicos pensamientos que están agolpando su mente.

«¡No puede ser, no puede ser, mi hija tiene que estar viva!» Así permanece por varios segundos. Inhala un hilo del único aire disponible en sus pulmones y decide a enfrentar a su familia, no antes de volver la vista hacia los cafetales para lanzar una súplica venida desde su propio corazón.

«Por favor Diosito no me la abandones, protégemela como hiciste conmigo hace casi treinta años atrás.» Pronunciada la última palabra pasa rápidamente adentro de la casa.

Un padre preocupado siempre teme lo peor.

Capítulo 11

Decisión

Tarde en la noche el aullido de un viento recio se siente proveniente del Este. Tras el portazo, aparecen en el cielo destellos de diversos colores, era como la antesala de una nueva tormenta. El cielo está completamente gris y la tierra es bombardeada con agujas de lluvia que chocan contra la ventana del cuarto de Chantal, empañando la vista del campo, que puede apreciarse desde su recámara.

Entre las rajaduras de una de las paredes de la habitación, un grillo llama por cariño, poniendo a Chantal en vigilia toda la noche. Desvelada y cansada, siente su cuerpo cortado, como si se fuera a resfriar. Se pone una estola sobre su traje de seda blanco y sale de su cuarto. Aburrida y frustrada, se detiene en el portal de la casa grande, perdiéndose su mirada en el cafetal.

Las cosas no le estaban saliendo como ella lo había planeado.

Marco está tan extraño, anoche ni me miró, me inquieta su frialdad. Tengo que hacer algo urgente, que lo convenza de una vez por todas para que se case conmigo. Debo apresurarme si quiero que mi plan funcione. - piensa Chantal.

De repente deja de llover. Ella observa luz en el establo, camina hacia él y encuentra Marco Antonio cepillando un hermoso caballo blanco. Él es un hombre trabajador, guapo, fiel, divertido y de buenos sentimientos: ¡El sueño de cada mujer! Pero a Chantal sólo le importa la parte de la diversión, pues se aburre muy rápido. Este plan de trabajo y ahorro para recuperar la Hacienda es un fastidio.

«Hola mi vida, estás trabajando demasiadas horas y me siento solita sin ti. Las vacaciones de verano ya pronto terminan y no hemos disfrutado de nuestro tiempo libre. Estoy empezando a sentirme celosa de este hermoso animal.» - dice Chantal.

«¡No solo es hermoso también es muy especial!»

«¿Por qué? Pregunta ella. ¿Acaso es uno de los caballos de exhibición o es de una raza rara?»

«¡No...! Pertenecía a Rosa Isabell, este caballo es el único recuerdo vivo que tengo aparte de los de mi mente.» - contesta Marco.

Hm…Rosa Isabell, que fastidio, ella otra vez. - pensó Chantal. «Mi vida, no es bueno que estés tan triste, no te atormentes, no te hace bien.»

«Yo no importo, quien importaba era ella y ahora no está. ¿Me siento culpable por su desaparición, no lo entiendes?»

«¿Qué...todavía no la encuentran?» Pregunta con mucha inocencia.

«¡Qué bueno! Espero que se la haya llevado el viento, como el viento se lleva el polen de las margaritas. Decía entre sí. Marco, no debes sentirte culpable, no fue tu culpa.»

Chantal se le acerca y le acaricia la cara, pero él se mantiene sin ninguna expresión de afecto.

«Marcos, anda, no seas aguafiestas, llévame a pasear. Quiero ir al teatro o al circo, a un sitio divertido.»

Él separándose de ella. Voltea el rostro manteniendo la mirada baja.

«Chantal, lo siento mucho, pero estoy muy mal, no quiero ver a nadie, no lo tomes a mal. Entiéndeme, no es justo para ti, además no tiene nada que ver contigo, soy Yo. Necesito estar solo un tiempo. Tengo que aclarar mi mente y corazón. La pérdida de mi amiga ha sido un golpe duro para mí.»

«Tus palabras son las mismas que yo uso cuando no quiero ver a alguien. Marco la verdad es que yo no entiendo, la verdad es qué…

Marco no la deja pronunciar una palabra más.

«No me hagas preguntas, por favor. Ya tengo todo arreglado para que vuelvas a la cuidad. Yo me quedaré un tiempo por acá para ayudar a levantar la Hacienda, luego te alcanzo.»

Ella lo mira con tristeza e inmediatamente se echa a llorar.

«Me duele estar lejos de ti, cómo es que no lo entiendes, cada día en vez de un acercamiento, te encuentro más distante. ¡Pero si eso es lo que deseas, tu deseo es una orden para mí! Tómate los días que quieras para llorar a tu amiga, yo te espero allá.»

Él le toma las manos y la mira en silencio unos minutos.

«Gracias por entenderme. - le dice Marco. El la besa en el cachete y se marcha, dejando a Chantal atrás.»

«¡Estúpido, campesino idiota! Ahora me será más difícil conquistarlo, me va a atrasar esta separación.» - caliente de coraje, pisotea el trigo que está al lado del Establo, del cual los caballos se alimentan. Vira los jarrones de agua y miel y termina metiéndole puños a la pared hasta cansarse. «¡Zángano, idiota! ¡Ahhh!» - como perra rabiosa, Chantal se da la vuelta y va a recoger sus pertenencias.

La belleza física ciertamente inspira atracción, pero es la hermosura interna la que la logra mantener.

Como un avión que cae en turbulencia, así era el vacío en el corazón de Marco Antonio. Monta su caballo, y llega cerca de la cascada. La noche está clara y un inmenso mar de estrellas brilla en el oriente. El aire corre seco y el resplandor de una luna diamantina alumbra la tierra. La brisa en la cascada no tiene un solo aire, sino que está llena de diferentes corrientes con temperaturas variables, que le golpean la cara. Marco desmonta su caballo y sujeta contra su pecho la medalla que Rosa le dio. Su corazón está amarrado con sogas de tristeza. Aprieta la medalla fuertemente, cierra los ojos y surge en su mente el recuerdo de ella, ahogándole de sentimiento. Marco siente la presencia de Rosa Isabell viva en su pensamiento, pero al pasar de los días odia la soledad de su ausencia y el hecho de estar sin ella.

Marco pasaba la mayor parte del tiempo trabajando y en sus horas libres estaba en solitud. Las demandas de los eventos sociales qué tenía que atender con sus padres eran interesantes, pero cansones ya que mentalmente no estaba presente

«¿Rosa Isabell dónde estás?- pensaba Marco. Hm....su beso... (Se toca los labios) todavía puedo sentir levemente su beso en mi boca. Recordarla me aturde la mente y se me oprime el pecho. Cómo es posible...haberla visto como hermana toda mi vida y un simple beso, solo unos minutos cambió todo para luego perderla. ¡Tiene que estar viva! Algo bien adentro me dice que está viva. Rosa Isabell, vuelve a mí donde quiera que estés, regresa, estoy aquí esperándote.»

«¡Isaaa...!» - le grita Marco al viento, luego limpia las lágrimas de sus memorias y se va.

Mientras tanto en el Circo Isabell está hablando con Kimbí, cuando su semblante pasa de un estado alegre a uno de dolor.

«¿Qué pasa? ¿Te sientes mal?» - le pregunta preocupado Kimbí

«Estoy bien, tuve un presentimiento de alguien con un gran sufrimiento. No sé por qué me ha sobre cogido esa tristeza.»

«Ah, no te preocupes, esas son impresiones de arroz y habichuela.»

«Estoy hablando en serio de veras.» - dice ella sonriendo.

«Tranquila amiga así me gusta verte, sonriendo. Le diré a Cristy que haga un té de tilo para que te calmes.»

«Ay, no me gusta tomar té. Mi mamá siempre me lo daba cuando me enfermaba y no me gustaba.»

«¿Tu mamá dices? ¿Recuerdas su nombre?» - él le pregunta.

Isabell permanece en silencio unos minutos, se siente decepcionada al no poder recordar a su mamá.

«¡No!, Kimbí es muy frustrante el no poder recordar a mi madre, quien me cargó nueve meses y me alimentó. Me imagino que me enseñó a ser quien soy hoy y yo, yo no puedo recordarla. Aún los animales reconocen a los suyos. No sé si tengo hermanas, padre, hermanos, amigos cercanos, alguien. Es como si estuviera detrás de una pared, llena de humo y sombras sin poder ver toda la información de mi memoria.»

«Tranquila amiga, ten paciencia. - le dice Kimbí, poco a poco verás que recordarás todo. En cualquier momento esas sombras se pueden esfumar y tu memoria será tan lúcida como el primer día.»

«Ojalá, doctor. Así espero.»

Kimbí se lleva a Isabell a su oficina. Al entrar ella observa un pajarito muy curioso y pintoresco.

«¡Qué lindo este pajarito! - Isabell dice.

«¡Ah! Esa...tiene más vidas que un gato. La tengo aquí para distraerme un poco. Es lo único que me queda de mi familia y la única que ha sobrevivido a mi mala suerte con las mascotas.»

«¿Por qué dices eso?» - pregunta ella curiosa.

«Porque es verdad. Desde niño he tenido muchos animalitos y uno a uno los he perdido. Tuve dos conejos que escaparon monte adentro la primera vez que los saqué a jugar afuera. Después una perrita, Chao-Chao, famosa por morder las ruedas de las carrozas, hasta que un día el vecino no la vio y le paso por encima. Tuve dos pajaritos que se me escaparon de la jaula y un pez amarillito que con el calor del verano se cocinó. ¡Como ves, no he tenido mucha suerte…!»

¡Eres gracioso Kimbí! ¿Pero dime, cómo se llama este pajarito tan lindo?

«Se llama Lupita...Oyó ese nombre y no hubo quién la callara; así que se quedó Lupita.»

«Ese nombre suena Mexicano. ¿Cómo estás, Lupita?»

«¡Ah! ¡Qué ridículo! grita la cotorra, no me gusta que me llame Lupita. Soy del Trópico y Caribeña; cuando grito no es de alegría tonto, es que no me gusta, yo me llamo Poli de Paola como mi abuela.» - dijo el ave protestando.

«¡Ay perdón! No tienes que ponerte de mal humor.» - dice Isabell a la cotorra y luego vira su mirada hacia Kimbí. Creo que tu mascota necesita Tratamientos de Coraje; pero estoy tan sorprendida de lo claro que habla.»

«¿Quién, Lolita? Ella tiene sus momentos.» - dice Kimbí.

«La cotorra; ¿No la oíste? Dice que no la llames Lupita, sino Poli como su abuela.»

«¿La cotorra te dijo eso?»

«Sí, aja. También dice que prefiere semillas que galletas.»

«Isabell, en verdad, creo que perdiste la mente.»

«¡Ay por Dios no digas eso! - dice Isabell con cara de susto. Ella le acariciaba la cabeza a la cotorra como si fuera un gato cariñoso. Lolita se rinde y le permite a Isabell que juegue con sus plumas.

«¿Isabell, en verdad puedes escuchar lo que dice?» - pregunta Kimbí.

«Sí. ¿Acaso tú no la escuchas?» - Isabel sigue acariciando la cabecita de la cotorra.

Como un gato mimoso, Poli raspa su cabeza entre los dedos de Isabell una y otra vez.

«¡No!, yo no. Quizás el golpe despertó en ti otro sentido que no tenías, muy extraño...si me permites decirlo.»

«¡Sí!, quizás, ¿Pero dime amigo qué quiere decir tu nombre, Kimbí? ¿Y de dónde eres?

«Es una larga historia que algún día te contaré.»

Isabell se sienta y cruza las manos - «No pienso ir para ningún sitio ahora mismo.»

Kimbí sonríe - «Bueno..., te contaré que mi familia viene de África, un país seco y cálido. Mi madre vino en un viaje misionero al pueblo de Esmeralda, sin saber que tendría su bebé. Yo...por supuesto, antes de tiempo. Luego tuvo que irse, porque se le venció la Visa, dejándome atrás con el Pastor y los Misioneros. Ella se sacrificó para que yo tuviera un mejor porvenir y me llamo Kimbili Cumba Davis. Creo que es el nombre de un guerrero. Yo personalmente le agradezco su sacrificio, pero la extraño mucho a ella y a toda mi familia.»

«¿Has estado en África con ellos?» - pregunta Isabell?

«Sí, tuve la oportunidad de ir el año pasado y aunque no fue un viaje de placer me divertí mucho.»

«¿Qué pasó?»

«Mi sobrinito murió de mal nutrición, solo tenía meses. Es una tradición de enterrar los niños en los árboles ya que pertenecen a la Naturaleza. Los preservan y luego los sientan en las ramas de los árboles, a niños, guerreros y personas importantes. Luego por tres días comen, bailan y hacen ofrendas a los dioses por el alma del difunto. La idea o creencia es devolverle la energía del espíritu a la tierra con la fe de re-encarnar de nuevo en otro ser con tus genes. Ya que el individuo no cuenta sino sus genes y son de la creencia que si tus genes viven tu nunca mueres. Eso es si los buitres no te encuentran primero, sino lo que sobre de tus genes se lo llevará el viento o la lluvia y con ello el sueño de re-encarnación. Pero pude conocer toda mi familia, porque sabrás que tengo una familia bien grande. (Se ríe) No se necesita invitar gente cuando hacemos fiesta; con la familia sólo te arruinas. Cuando nos reunimos, mi abuela, mis hermanas y mamá preparan comidas muy distintas a lo que estamos acostumbrados acá; ya te imaginarás la escasez de alimentos...pero te digo algo asegúrate preguntar lo que está en tu plato antes de comértelo, no es fácil no. Nosotros tenemos muchas costumbres y las expresamos en muchas formas como la música, baile y arte, mi favorita y el instrumento más significante es el tambor Africano. Expresa el humor de la gente y provoca sus emociones. Otra de las tradiciones de la familia son las competencias de carrera; créeme, los africanos sabemos correr. Tú sabes cuánto hemos corrido detrás de los animales para poder comer, o delante de las panteras o leones para no ser comidos. ¡Ha, ha, ha!...es ridículo. - dice y luego baja la cabeza y se queda en silencio por un momento. Aquí estoy solo, pero cuando logre estar con ellos voy a estar feliz. De todos modos, ahora me dedico a ayudar a otras personas que me necesitan; por eso me hice doctor.»

«Kimbí que interesante..., pero dime ¿qué significa África para ti?»

El semblante de Kimbili Cumba cambia, sus ojos negros se aguan y su cara tiene una expresión de orgullo y a la vez de tristeza.

Africa

Qué puedo decir que ya no se haya dicho.
Qué te puedo mostrar, que tus ojos no hayan visto.
Sólo mis más íntimos secretos, nostalgia y sentimientos:
Sensación, que sólo África puede inspirar.
Desde su caluroso y húmedo clima,
Hasta las impredecibles arenas movedizas,
A junglas peligrosas y animales salvajes, como su hermosa tierra.
De áreas secas como el desierto
Y otras tan verdes como la esmeralda.
Un despliegue de paz y serenidad
Que sólo las noches estrelladas de África pueden brindar.

Pero ni el rugir del león, ni el sonido del viento puede moverme
Como lo hace el llanto o el hambre de un niño pequeño.
El sueño tronchado del joven por un porvenir mejor,
O el dolor de una madre por la muerte del fruto de su vientre.
Situaciones y casos profundos, misteriosos y peligrosos
Como el mismo Trópico.

«Impresionante...muy interesante, quizás logre ir algún día.» -dice Isabell.

«Sí, será una experiencia que no olvidaras. Cambiando el tema, mañana es la montura de la carpa y tenemos una fiesta en una de las tarimas en el Circo, le llaman «La Noche de Descarga y del Tumbaos». Ya están preparándolo todo.

«¿De Descarga y de Tumbaos? ¿Qué es eso?»

«Es la noche donde el Público tiene la oportunidad de montarse en la Tarima y tomar el micrófono para cantar o mostrar su talento bailando para ser una estrella por una noche. Sí chica, si supieras como se llena. La gente le gusta cantar y bailar, especialmente la gente mayor con sueños frustrados de ser artista. Creo que te gustará. ¿Quizás quieras participar? Es bien divertido.»

«Yo no soy una persona mayor con sueños frustrados pero iré a mirar. Además no hay nada más que hacer aquí.»

En ese mismo instante Cristy entra a la oficina de Kimbí con una grande sonrisa.

«¡Hola! ¿Cómo está nuestra niña?» -pregunta ella.

«Loca por estar bien y hacer algo. Llevo semanas descansando y ya me siento como parte de la cama, tensa y con todos mis músculos engarrotados.» - contesta Isabell.

«Es bueno que descanses para que te recuperes.» - le dice Cristy.

«Si, sí, sí.» Contesta Isabell.

«Oye Cristy, Isabell irá con nosotros mañana a ver el Show.» - dice Kimbí mostrando su entusiasmo.

«Buena idea, te vas a divertir mucho, pero hoy vamos a pasear en barco, vamos a bucear por todo el arrecife de coral, pescar, en fin, lo que tú quieras. Además, el aire fresco del mar te hará bien.»

«El mar me fascina, aunque le tengo un respeto...no sólo al agua del mar sino también al rio. También a los tiburones, no necesito recordar mi pasado para saber eso. Siempre he dicho que el tiburón que me quiera comer tiene que salir de la ducha, pues no voy a pisar su territorio. Puedo ir con ustedes, pero yo me quedo en el bote. Yo solo digo.»

«Está bien como quieras. (Comenta Cristy en voz baja) Sabes, mi hermano ira con nosotros, creo que tú le gustas... nunca lo había visto tan emocionado. La única que no está contenta es Tatiana quien esta locamente enamorada de mi hermano.»

«¿De veras, estás segura? No sé qué decir.»

«No tienes que decir nada. No te preocupes mi hermano es todo un caballero - Cristy mira a su hermano y sonríe - se ve medio extraño pero es buena gente.»

El Viaje

La mañana siguiente embarcan en la lancha y salen mar adentro. Isabell, Tatiana acompañada del Grillo y el Coquí, buscan un rincón en la proa del barco. El mar está en bonanza y un viento placentero acaricia el rostro de Isabell volándole el cabello como polen en primavera. El sabor a sal de mar en el paladar es evidente y un sol candente y abrasador tuesta su tierna piel. El aire fresco, que baila con las olas y que parece salir de debajo del mar, es refrescante, insaciable y a la vez nostálgico. Con cada respiro sus tensiones desaparecían.

Con gafitas oscuras, recostados cerca de las dos damas Rico y yo disfrutábamos del sol y el aire fresco. Era un día maravilloso.

«Ah...cogiendo sol, todo despatillado y con la juma que me está dando el vaivén del mar, ¡estoy por la maseta! ¡Coquí qué bufeo...! Estas son los momentos favorables que hacen de la vida todo un deleite. ¡Esto sí es vida compadre! - dice Rico sonriendo. Lo único que me hace falta es un poco de insecto frito con mofongo.

Me quite las gafas para verlo mejor. «Tú siempre estás hablando de comida.»

«No hay nada malo con eso. Esos son los placeres de la vida y de ser negro como yo.»

«¿Qué...?»

«Si a nosotros nos gusta la comida frita y te puedo mencionar el nombre de un hombre famoso que era negro... ¿Cuál era su nombre? Benjamín Franklin el hombre que invento la electricidad, era negro y fue por accidente que lo hiso. Él estaba buscando una manera más rápida de freír pollo.»

«¡Grillo tú estás loco! Benjamín Franklin era más blanco que la nieve. ¿Pero espérate me quieres decir que tú puedes decirme quien es blanco o negro dependiendo de lo que coma?»

«Así es...según lo que coma, baile, como hable o se vista y algunos como tú tienen maneras blancas y negras.» - Rico dice.

«No lo entiendo, le dije. Dame un ejemplo.»

«Cuando hablas elocuente usando palabras innecesarias las cuales tengo que ir al diccionario para saber su significado, es lo blanco en ti. Usando zapatos Stacy Adams de piel en tono azul...es lo negro.»

«¡Apretaste compadre! Te escucho...pero ahora solo quiero relajarme.» - le dije.

«Estoy de acuerdo contigo.» - contesta el Grillo, se ponen las gafas de nuevo y se recuestan en silencio.

Isabell mira a Tatiana y nota tristeza en sus ojos.

«¿Tatiana estas bien?» - has estado tan callada toda la mañana.»

«Tengo mucho en la mente.»

¿Quiere hablar de eso?

«No estoy bien gracias. Ella se queda callada por unos segundos. ¿Bueno Isabell te puedo hacer una pregunta personal?»

«¿Por supuesto, que tienes en mente?»

«¿Qué piensas de Javier?»

«¿Qué quieres decir? Creo que es un chico maravilloso, se ha portado muy bien conmigo como todos ustedes.»

«¿Lo sé, lo que quiero saber es cuáles son tus planes? ¿Piensas quedarte con nosotros, o vas a volver a tu casa tan pronto sepas quién eres para buscar a Marco Antonio el hombre que siempre llamas?»

«¿No se...porque me haces tantas preguntas?»

«Lo siento. Por favor olvida lo que te he preguntado.»

«¿Amas a Javier verdad? Puedo ver la manera en que lo miras y como cambias de humor cuando él está cerca. No te culpo, está guapísimo. No puedo recordar mi pasado pero no estoy ciega. ¿Él sabe lo que sientes por él?»

«¡No! Tatiana contesta triste.»

«Dame unos minutos y se enterara» - responde Isabell riendo.

Tatiana le dio un frenazo en seco...

«¡No, soy muy orgullosa! Además pienso que él debe ser quien del primer paso. ¡Primero muerta que desprestigiada! Llevo mucho tiempo cerca del, pero soy invisible. Yo nunca diría una palabra acerca de mis sentimientos, tengo mucho orgullo, no quiero que sepa él sepa lo que siento por él.»

«¡No sé qué decir!»

«No tienes que decir nada. Por favor no le digas a nadie lo que te acabo de preguntar. Luego camina separándose de ella.

«Tatiana...está bien no diré nada.»

Isabell la ve alejarse, luego mira al mar en silencio.

«Se ve enojada. Su voz cambió de una voz suave y amistosa a una postura dura. Yo creo que ella es bipolar.» - dice Rico

«Muchacho ella me acuerda a mamá Petra, le dije. Ella podía estar sonriéndote y hablando normal y cuando menos te lo esperabas te daba un bofetón por algo que habías hecho dos días antes.»

«¿Qué, ella era bipolar?» - pregunta el grillo curioso.

«No hombre Puertorriqueña.»

Silencio - dice Isabell ¿Chicos escucharon eso? En su delirio mental, Isabell siente un vientecillo proveniente del oeste, que llama su nombre: Isabell...Isabell...

Rico y yo hicimos silencio.

«¿Qué? Yo no escuché nada... ¿y tú, Rico?»

«Alguien me está llamando.» - dice Isabell.

Rico se quita las gafas y escucha en silencio mientras miraba a su alrededor.

«Nena estas tripea…toda la gente está dentro de la lancha comiendo. Estamos solos en la proa, a dos millas de distancia de la orilla, sobre doscientos pies de profundidad, en medio del océano. ¿Quién te podrá estar llamando? ¡Es un espejismo amiga!»

«Yo oí bien claro que alguien me llamaba" - dice Isabell y baja el rostro en tristeza, luego se queda mirando el mar en duda.

«No es concebible Isabell –dice Rico. Creo que debes ponerte bajo la sombra, ya has cogido mucho sol.»

Confesión

Afligida, buscando respuesta a su oscuridad mental, Isabell recuesta su cuerpo en el borde de la baranda del barco, hunde la quijada en su antebrazo y pierde cuenta del tiempo mirando el mar, hundiéndose en su alma.

Javier sale a proa buscando un acercamiento con Isabell, sonreía y mostrando alegría como siempre.

«Hola chavala aquí estás - dice Javier, te he buscado por todos lados.» - él estaba tratando de mantener el balance de las dos tasas que llevaba en sus manos. «Les traje café caliente, esto las calentara. ¿Y Tatiana dónde está?»

«Acaba de entrar en la cabina, gracias por el café Javier. – dice Isabell.

«¿Estás bien, Isabell? Te vez un poco roja, quizás debes ponerte bajo la sombra.»

«Me siento un poco débil y con frio, pero este café y el sol me calentaran.» - dice ella calentando sus manos con el calor de la taza.

«No puedes calentar la debilidad humana con el sol.» - dice Javier sonriendo.

«¿Qué quieres decir con eso?» - pregunta ella sorprendida.

«Significa que es tu alma la que necesita el calor.»

«Tienes razón Javier, pero siento una clase de tranquilidad en el vacío del mar y sus olas... Mi mente no puede evitar irse en blanco cuando lo miro. Es misterioso y desconocido, así como mi pasado. ¿Javier alguna vez has caminado sin saber en dónde estás? ¿Cambias de rumbo y luego te sientes confuso acerca de la dirección en que vas? ¡Así, estoy yo! No tengo memorias, solo la verdad del presente. No saber quién soy, de donde vengo o hacia donde voy me atormenta.

«No hay peor ciego que el que no quiere ver - dice Javier sonriendo - mi abuelo siempre decía eso. ¿Quizás yo te pueda ayudar?»

Ella lo mira en silencio por unos momentos. «¿Qué dices?»

«Bueno, supuestamente te llamas Isabell, salimos del puerto de Esmeralda y vamos rumbo mar adentro». Isabell hace una mueca con la boca, luego ríe levemente. «Por lo menos logre una sonrisa» - dice Javier. «Isabell no quiero que estés deprimida: sabes que te quiero mucho.»

«Yo también te quiero Javier y estoy bien agradecida de la manera que me has ayudado y me has cuidado desde que llegue aquí. Me has tratado como de la familia, nunca me voy a olvidar de eso. ¿Javier hablando de familia donde está el resto de tu familia?»

«Mi familia está alrededor del mundo donde se encuentre un gitano. Así decía siempre mi padre. En realidad solo somos mi hermana y yo. Después que mis padres murieron decidimos quedarnos juntos y llevar el acto del Circo en la calle. Tu sabes el dicho: la función tiene que continuar, y es lo que hemos jurado hacer.» - explica Javier

«Si lo sé - dice ella sonriendo. ¿Dime Javier, recuerdas algo de tu juventud?» - Javier la mira como si ella hubiera perdido la mente. - «Digo yo sé que eres un bebe, quise decir si te acordabas de tu niñez»

«Tengo algunas memorias… Recuerdo jugar con mi padre, chica… quería ser igual que él - Javier ríe. A veces nos bañábamos juntos y yo me enojaba porque él hacía mucha espuma en su pecho bigote y barba, hasta tiraba burbujas y yo no podía hacerlas ya que no tenía pelo; eso siempre lo hizo reír. Mi padre era bien guapo con un cuerpo muscular y seis paquetes de músculos en el abdomen. Las chicas coqueteaban con él todo el tiempo. Mi madre se ponía tan furiosa y celosa, pero él solo tenía ojos para ella y su familia. Mi padre siempre me inculco ser un hombre de honor y que el honor de un hombre es su palabra.»

«¿Qué de tu mamá, como era ella?» - pregunta Isabell curiosa.

«Mi jefita era un ángel, cariñosa y nos cuidaba como una fiera. A menudo se repetía pero siempre nos engreía a los dos, en especial a mí por ser el menor, lo cual causaba celos siempre con Cristy ya que quería toda la atención de mamá para ella. Tu sabes Isabell hay veces que tú me haces recordarme de ella.»

«¿De veras?»

«Si pero a pesar de todos su cuidos lo más que recuerdo es su comida. Recuerdo como le robaba los platanitos fritos de debajo de su nariz y el olor…el olor del fricase de pollo me volvía loco, casi no podía esperar que estuviera lista la comida para comer. Mi hermana es la que cocina ahora pero no es igual.»

«Bueno por lo menos ella trata.» - contesta Isabell.

«Eso sí es verdad no me puedo quejar.» - dice él riendo, pero inmediatamente se pone serio y mira a Isabell con ternura. - ¿Isabell... te puedo confesar algo? Te parecerá extraño lo que te voy a decir pero… la mera verdad, me alegro que te hubieras accidentado.»

Las palabras de Javier llamaron la atención de Rico y Coquizón quienes escuchan atentamente sus palabras.

«¡Miércoles! Este nene está confundido…» - dijo Rico.

«Mira loco, el muerto al hoyo y el vivo al retoño, él lo que está es fajado.» -le contesté.

«¿Javier cómo puedes decir eso?» Pregunta Isabell.

«No lo tomes a mal, si no hubiera sido así no te hubiera conocido.» - Javier la toma de las manos.

«Sabes qué siento una alegría inmensas cuando estoy contigo. Hacía tiempo no me sentía de esta manera. Isabell sé que quizás es muy ligero y no quiero presionarte, solo quiero la oportunidad de conocerte mejor y quizás pueda lograr que te enamores de mí. Tu sabes que soñar nunca ha matado a nadie.» - dice él.

«No pero tortura el corazón» - le contesta ella.

«¿No la quiere presionar y qué tu llamas eso...?» pregunta el Grillo.

«Tienes que tratar de diferentes maneras para ganar el corazón de una mujer. Eso es lo que yo llamo ir al grano, a veces ser directo paga, y ganas su amor del primer intento. Si no, intentas de nuevo. Por lo menos orgullosamente así decía mi padre.» - le dije.

«A mí me enseñaron diferente. Si del primer intento no eres afortunado, borra toda evidencia que trataste.» - lo mire sorprendido de lo que acababa de escuchar sin poder controlar mi risa - ¡Silencio compadre escucha! Vamos a ver qué pasa.»

«Javier a mí también me agrada tu compañía pero ahora mismo no sé quién soy, ni lo que siento. No es justo para ninguno de los dos.» - dice Isabell tristemente.

«Solo quiero que sepas lo que siento y me consideres para ser algo más que un amigo. Yo soy paciente y sabré esperar el tiempo que sea necesario. Por ahora sabes que tienes un amigo incondicional a tu lado.»

«Gracias Javier, gracias por tu cariño y por entenderme.» - dice ella.

«Me gusta este chico, le dije. - Es como yo, no está con rodeos, vamos justo al grano.»

«Ahora sí que Marco Antonio tiene que ponerse las pilas, la competencia se está poniendo regia compadre. Y me pregunto ¿De qué nacionalidad será Javier?» - pregunta Rico.

«Creo que oí decir que es Mexicano al igual que Cristy.» - le conteste.

«¿Él es Mexicano...? ¡Un güero... no sapo no puede ser! Él no tiene nada de Mexicano, no viste como los cholitos que conozco, ni habla como los chicos del barrio, es gitano y por el amor de Dios mide 6'4" de estatura.»

«Hombre eso es un estereotipo, en México ay de todas clases de personas, de diferente estaturas, tamaños y colores. – le dije firmemente.

«No te confundas a mí me gustan los Mexicanos… ¿Quien más puede hacerme un buen trabajo y cobrarme bien barato?»

«¿Qué?»

¿Tú recuerdas a Noé en la Biblia?

«¡Sí! ¿Por qué preguntas?» - le pregunte curioso.

«Él era mexicano.»

«¿Porque tú crees que era Mexicano?»

«Porque el mexicano y su familia, ya sea en barco en carrosa va siempre bien cargado.»

«¡Estas mal!» Le dije.

«Ave María Santísima... yo sé por qué los defiendes tanto Los Mexicanos como los Puertorriqueños están cómo el arroz blanco.»

«¿Qué quieres decir con eso?» Le pregunte curioso.

«Sí chico están por todos lados... arroz blanco… todos lados… ¿entiendes?»

«Me reí a carcajada...ahora eso si me da risa» – le dije.

A pesar de su desequilibrio mental Isabell pasó una tarde agradable. Acompañada por sus amigos y de Javier que no se le despegó de su lado.

Capítulo 12

La Carpa

Al siguiente día en el circo, Isabell escucha el gemido de un elefante, muy cerca del cuarto donde está. Abre la ventana y observa una de las partes más importantes del show, la montura de la carpa.

¡Qué bien, que puedo ver esto!

Es todo un espectáculo, todo el personal del Circo está afuera trabajando. Primero abren la carpa en la grama, a lo largo de su amplitud luego todos los empleados del circo unánimes rodean la carpa. Unos estiraban las sogas firmemente, mientras otros la sostenían. En el mismo centro de ésta, se va levantando un pilar ancho y pesado, necesitando la ayuda de uno de los elefantes para alzarlo y la rapidez de los hombres para amarrarlo. Entre gritos, alones de sogas y estirones de la lona, la carpa se va montando. Se necesita el resto de la tarde para instalar las luces, los asientos, los columpios de los trapecistas, etc. Como hormigas trabajadoras todos juntos y sincronizados, hombres y animales hacen su parte para la abertura del Show.

A las seis de la tarde, Isabell, ya arreglada y aburrida de estar encerrada, siente un aceleramiento de curiosidad y sale para familiarizarse con el lugar. Observándolo todo, Isabell camina cuidadosamente por los alrededores, sin salirse de las barandas que separan a los empleados del Público.

¡Ay - qué inmenso es este lugar...! - de repente el rugido de un león la asusto. Ella pasa cerca de la jaula de los leones, parando al instante. Puede sentir la pena de ellos por estar enjaulados; entristeciéndola en extremo.

«Así me siento yo a veces...» - les dice Isabell.

Alrededor de las jaulas, derramado por el piso, hay residuos de trigo y miel, junto a un olor penetrante selvático de estiércol y pasto. Pero sobre todo le sobrepasa el ruido del compresor que como un avión viejo le lastima el oído, este lo usaban para alumbrar y mantener los abanicos enormes, dentro y detrás de la carpa. El escenario por donde Isabell camina está oscuro, excepto por la luz que sale de los camerinos. Cables negros serpentinos, gruesos y finos, se hallan por todo el piso entrelazados como telarañas, desapareciendo por toda la pared y debajo de la cortina de la carpa. Payasos, trapecistas y bailarines corren como en pista de carrera, entrando y saliendo al escenario, creando conciencia a los presentes de estar alertas y de no meterse en el medio.

La carpa estaba llena de gente. Empieza la música, avisando el inicio de la función. Isabel busca una esquina en donde pararse y no estorbar – quedando asombrada con lo que ve. Encima de la tarima se hallaba Kimbí muy elegantísimo, vistiendo un saco negro, camisa blanca y sombrero de copa. Como Maestro de Ceremonia y bien distinguido Kimbí abre el espectáculo con una canción.

«Su atención por favor...señoras y señores...niños y jovencitos...es con mucho gusto y gran placer, que el circo Ilusión tiene el honor de presentar esta noche, un gran espectáculo. ¡Con ustedes y para ustedes...Noche de Carnaval!»

Noche de Carnaval

Les invito a estar conmigo y esta noche disfrutar
De gran música de baile y también verán cantar.
Animales adiestrados, el león feroz verán
Los boletos están baratos, vengan compren, compren ya.
Con orgullo nos complace el poderles alegrar.
Habrá risa, habrá payasos y mucho más.
Vengan a disfrutar, Noche de Carnaval, vamos a bailar, a cantar
y a gozar...

Las rositas de maíz, nos invitan a comprar;
Su aroma es exquisito, se nos agua el paladar.
Ya está todo organizado, la función va a comenzar.

Habrá chistes, habrá magia, será todo felicidad
No habrá nadie amargado, tenso, rígido, estirado...
La tristeza no cabe en este lugar,
Y es que ya va empezar: ¡La Noche de Carnaval!
Vamos a bailar, a cantar y a gozar...»
La vida es un caso, hay que vivirla en relajo,
Pensar en el futuro, olvidar el cruel pasado.
Es nuestro anhelo hacerles disfrutar y olvidar y olvidar.
A cantar y a bailar, a reír sin poder más,
La alegría es contagiosa y todos se reirán
Y es que ya va a empezar: ¡La Noche de Carnaval!
Vamos a bailar, a cantar y a gozar...

Después de la introducción del show, Isabell camina por los alrededores, maravillada con el lugar. La parte del show a seguir, de descarga y de tumbado, está por comenzar. Se abre el telón, mostrando a La Sonora Matancera, una orquesta de música tropical. Todos visten saco negro y camisa blanca. Y Celia, una cantante cubana de una voz inigualable está a cargo del programa. Celia viste un traje típico de rumba, color blanco, largo y escotado, con vuelo ancho en las mangas y en el ruedo del vestido. Lleva puesto flores blancas en el cabello, un maquillaje estupendo y tiene tal carisma y encanto que Isabell no puede dejar de mirarla. Su show es muy popular, ya que le da la oportunidad a todo el mundo con sueños de ser cantante, una oportunidad de estar en el escenario, cantar con Celia y ser acompañado por la orquesta. Isabell ríe y observa cómo escogen al azar gente del público. Unos cantan bien, otros hacen el ridículo; pero todos se divierten. Isabell siente el micrófono muy cerca y disimuladamente sale del bullicio.

Media hora después...

«¡Cuidado!» - Javier la agarra del brazo - Isabell no ve dos enanitos que pasan vestidos de payasos.

«¡Opa! Perdón, no los vi pasar...Ay...disculpen.»

«Tienes que mirar para abajo o tendrás muchos pequeños tropiezos, sí sabes lo que digo.» - dice Javier.

De repente Cristy que venía hablando con Kimbí los interrumpe.

«¡Javier, hermano, tenemos un problema!»

«¿Qué sucede, Cristy?»

«Celia la rumbera se cayó y se torció el tobillo. No va a poder terminar el show.»

«¡Dios mío, eso sí es un problema!» - dice Javier. No hay quien la remplace a última hora. Espera un minuto, tengo una idea. ¿Isabell tú crees que quizás tú puedas terminar el show?»

«Oh Noooo...ni lo pienses...» - ella contesta sin titubear.

«¿Tú tienes que saber alguna canción?»

«Yo no sé sus canciones. – contesta Isabell. - Además no he practicado con la orquesta… no sé nada.»

«Solo canta algo que sepas. Créeme, cualquier cosa que hagas es mejor que nada. El Público nos va a tumbar la carpa si no hacemos algo rápido.» - dice Cristy.

«¿Por qué no lo haces tú o Tatiana?» - pregunta Isabell

«¿Estás loca? Yo ni canto ni bailo, Isabell, yo tengo dos pies izquierdos y terror al escenario...sinceramente, no lo puedo hacer. Por favor, ayudamos... ¿sí?»

«Pero... ¿hoy no es el día de descarga y de tumbado?»

«Sí, pero antes siempre tenemos un espectáculo.»

«Les quisiera ayudar pero no tengo un vestido para usar.» -dice Isabell cruzando los brazos.

«¿Sabes dónde estás? En el Circo Ilusión...aquí todo es posible. Tenemos toda una carroza llena de ropa de escenario, algún traje tiene que servirte. Vestuario, por favor…» grita Javier.

«¡Si acaso se puede encontrar algo que le sirvan a esas caderas!» Murmura Tatiana.

Hay tanto para escoger...Isabell se sorprende. Sale del cuarto vestida de Rumbera viéndose de maravilla. El traje parecía haber sido hecha para ella. Los ojos de Javier brillan como dos bolitas de cristal al verla.

«¿Que poder tiene esta mujer que todo mi cuerpo esta entumecido con su presencia?» - se pregunta inquieto Javier. «¡Estas hermosas! - dice Javier.

«Muchas gracias, eres tan amables.»

«Ese vestido nunca se vio tan hermoso.» - dice Kimbí.

«No es nada del otro mundo, se ve regular.» - dice Tatiana. «No lo puedo creer. Aun envuelta en un trapo se ve bien. Odio que se vea tan hermosa. Bueno quizás haga el ridículo cantando. Sera divertido mirar.»

«Isabell ya los músicos están listos. ¿Cómo te presento?» - Pregunta Kimbí.

«Con decir simplemente Isabell basta.» - le dice sonriendo… Oh mi Dios... estoy bien nerviosa. Ansiosa y nerviosa Isabell sube al escenario.

Detrás de la cortina y contentos por el estreno de nuestra amiga, estamos Rico y yo y le pitamos.

«¡Psis…Isabell, que te rompas una pata!» - le grité. - Rico me mete un codazo.

«Oye, como dices eso…es lo que le pasó a Celia.»

«¡Tonto! eso es sólo un dicho; es una expresión de buena suerte.»

«No me diga, si rompérsele una pata es buena suerte, no quiero saber la mala.»

«¡Ah! Rico del Cibao - le dije - tú no sabes nada.»

«Señoras y señores, anuncia Kimbí Celia no estará con nosotros, pues se ha lastimado una pierna. (El público empieza a protestar). Pero no se preocupen, en unos días estará con nosotros de nuevo. En su lugar esta noche le hemos traído una sorpresa, de tierras lejanas; con mucha rumba y sabor, unamos nuestras manos para recibir a simplemente, Isabell.»

Empieza la música y las luces enfocan una bella doncella. El público queda en silencio...Isabell está pintada de negra, lleva una canasta llena de frutas en la cabeza, lleva puesto aretes largos, una blusa escotada y falda corte A, abierta de lado hasta la cadera, con pliegues en los bordes del ruedo. Ella empieza la canción.

A mí me llaman la Negrita del Batey
Porque el trabajo para mí es un enemigo
El trabajar yo se lo dejo todo al buey
Porque el trabajo lo hiso Dios como castigo

A mí me gusta el merengue apambichao
Para bailar con una negrito muy buen mozo
A mí me gusta bailar de medio lado
Bailar bien apretá con un negrito bien sabroso.

Mientras canta, Isabell observa cómo la gente la mira.

«Dios mío, ¿será que no les gusta mi voz?»

Emociones diferentes se reflejan en los rostros del público. Ella no puede interpretar si las expresiones son de curiosidad, agrado o disgusto. No que sea difícil de entender, sino que su percepción está un poco nublada por el temor y una inundación de adrenalina que le sobrecoge al estar en el escenario, haciendo que su corazón se sienta más grande que su pecho. Ella sigue cantando, cuando de momento observa que la gente le abre paso a alguien que viene directamente hacia ella. ¿Oh no me sacará del escenario? Cuando el hombre llega a donde ella, saca un billete y se lo pone en la mano. Isabell baja la cabeza dándole las gracias....y enseguida uno detrás de otro camina hacia ella dándole dinero, complacidos con su actuación. Al terminar de cantar, el público se levanta de las sillas aplaudiendo todos en uno.

«¡Todos están puestos de pie! - ¡Les gustó!» - dice Kimbí mirando a Cristy maravillado de lo que acababa de pasar. Se abrazan, ríen y brincan de alegría.

«¡Ella es todo un éxito! ¡Hoy ha nacido una estrella!» - dice Cristy.

«¡Bravo, bravo! ¡Eso es cantar!» - decía Javier con una voz flamboyante.

«¡Qué bien! Es lo que me faltaba.» - dice Tatiana - ¿Ella canta y baila también? ¿Me pregunto que más podrá hacer que no recuerda?»

Isabell baja la cabeza y saluda al público con una sonrisa amplia, contenta y emocionada el corazón le late a millón por la emoción.

«¡Gracias! ¡Muchas gracias!» Ella grita y brinca de alegría y finalmente vuelve detrás de la cortina donde todos sus amigos la esperan.

«Creo que les gustó...» - dice Isabell

«¡Bah! Pajaritos Africanos - dice Kimbí ¿qué crees? ¡Por supuesto que les gustó! ¡Escucha cómo te aplauden!»

Javier con una gran sonrisa la abraza y dice; «Escucha Isabell: esos aplausos son para ti, estuviste estupenda. Todos se han quedado sorprendidos, incluyéndome a mí. Isabell siento una gran emoción, en verdad.» Isabell sonríe de satisfacción y dice. «Creo que me puedo acostumbrar a esto.»

«Cuando termines la función hablaremos de negocios. Ahora que Celia se va, tú puedes tomar su lugar, quizás hasta podamos añadir a Puché la serpiente.» - dice Cristy.

«Qué buena idea para una nueva función.» dice Javier.

«¿Yo, tomar el lugar de Celia? Ay Dios... ¿Una serpiente? ¿No son peligrosas?»

«¿Puché? Noooo... es vegetariana no puede comer carne y es mansa.» - dice Cristy.

Al escuchar su conversación preocupado le digo al grillo:

«Eso no me gusta Rico.»

«¿Qué, no te gusta?»

«La idea de la serpiente, creo que me mantendrá lejos.»

«A mí también compadre, a mí también, sigamos escuchando.»

«Felicidades otra vez - dice Kimbí. Sabes...no te noté nerviosa. Parecías toda una experta, bien profesional. ¿Cómo te sentiste?»

«Chico mis hombros estaban tensos y sentí debilidad en las rodillas. Mi corazón latía fuertemente, parecía palpitar más rápido que mi pulso. Sentía el calor de las luces quemando mi rostro, pero en cuestión de minutos me sentí libre, me sentí volar. Fue increíble, me fascinó.» - contesto Isabell.

«Qué bueno que te gustó, ya verás que cuanto más cantes en el escenario, más fácil se te hará.» - afirma Kimbí.

«¡Yo, todavía estoy sorprendida!» - Isabell se ríe alto.

«¡Fantástico! ¿Puede cantar y bailar también? ¿Qué más puede hacer que no recuerde? - pregunta Tatiana entre sí.

«Vamos chicos tenemos que celebrar, exclama Cristy, vamos yo invito.»

«Me fascina celebrar y más cuando otro paga. Vamos, Isabell que esto no se da todos los días.»

«¿Vienes con nosotros Tatiana?» - pregunta Isabell.

«Por supuesto que viene.» - dice Javier abrasándola y caminando hacia fuera con ella. Tatiana sonríe al estar en brazos de Javier.

Esta noche es el principio de muchas noches por compartir unidos como una gran familia. El Circo añadió al programa la actuación de Isabell, y día por día ella alcanzó más popularidad, hasta llegar a ser la estrella y la atracción principal del Circo. En eso se fue un año.

La oportunidad te toca la puerta, por lo menos una vez en la vida.

Capítulo 13

El Retorno

De nuevo en la Hacienda La Ponderosa, suena el teléfono y Cotí contesta.

«Hola, residencia Vallardo... señorita Chantal, ¿cómo está?»

«Hola Cotí, muy bien, ¿cómo está todo? Estoy buscando a Marco. ¿Acaso se encuentra?«

¡No sé! Pero ahora mismo lo busco. Cotí coloca el teléfono encima de la mesa y busca a Marco, quien se encuentra sentado en la oficina de su padre.

«Marco Antonio, la señorita Chantal lo llama por teléfono desde New York.»

«Gracias Cotí - contesta con duda.»

«Marco Antonio, mi vida, ¿cómo estás?» Pregunta Chantal.

«Todos estamos bien, trabajando mucho, ya tenemos todo bajo control, de vuelta a la normalidad.»

«Ahí qué bueno, me alegro mucho - dice Chantal. Marco yo también quisiera que lo nuestro volviera a su normalidad. No resisto un día más sin ti. Ha pasado mucho tiempo y te extraño demasiado; además, no escucharé más excusas...Marco, salgo para Llebasi mañana temprano. Es mi cumpleaños y quiero pasarlo contigo.»

«Sí lo sé Chantal feliz cumpleaños, tienes razón. Sé que no te he dado mucha atención estos últimos meses... ¿Cuando llegas?»

«Puedo estar allá en cuatro días, en el tren de las seis.» le notifica Chantal.

«Ay...a esa hora todavía estoy en el Pueblo de Esmeralda, tengo unos negocios por allá. De igual manera. Si yo no puedo ir personalmente, mandaré a Raúl Valle a buscarte, ¿está bien?»

«Bueno amor mío, entonces te veré pronto. Cuento los minutos de estar a tu lado. Adiós, querido.» - dice Chantal.

«Adiós Chantal, que llegues bien.»

«Hm...Está más frio que nunca, pero no me daré por vencida, finalmente pondré en marcha el plan B. Con Rosa Isabell eliminada, será fácil conquistarle. Lo pondré a comer de mi mano y cuando tenga toda su fortuna me voy a deshacer de él y de toda su familia; no habrá quien los salve.»

Chantal detalla su plan descabelladamente. Llega a Llebasi. Como lo había presentido, a Marco Antonio le ha sido imposible llegar a tiempo a buscarla, así que Raúl va en su lugar. Chantal como siempre está vestida muy elegante. Trae un vestido de seda con colores tropicales y gafas oscuras. Está muy bien combinada.

«Bienvenida Señorita Chantal...» dice Raúl.

Raúl, ¿qué tal? - pregunta ella mirándolo de arriba abajo. - «Hum... él no está mal que digamos. Qué pena que sea solo un empleadito pobretón.»

«¿Marco Antonio sigue trabajando?» - pregunta ella.

«Si, lo está, pero no te preocupes Yo soy lo más cerca que hay a Marco Antonio, solo mejor.» Se acaricia la quijada y sonríe.

Chantal sonríe también. «Sí, por supuesto. ¡Y bien modesto!»

«¡Bienvenida, encantadora y hermosa dama! Estoy a su disposición.» Raúl le besa la mano.

«Hm...Gracias. ¿Qué comiste que estás tan galán?»

«Te confeso, que yo mismo me sorprendo a veces. Soy así, impredecible.» - dice él.

«Ya veo, bueno... ¿Nos podemos ir ya?» - pregunta ella.

«Después de ti.»

Se montan en el carroza camino a la Hacienda los dos en silencio.

Dios los crea; pero es la ambición que los une.

Capítulo 14

Pesadillas

Entre payasos y trapecistas, Isabell camina pensativa por la tierra gris de la conformidad. Busca un momento de tranquilidad, encontrando solo imágenes en su mente, como en un libro de cuentos con páginas rotas. Bosteza de cansancio y desánimo. Ha pasado por un estado emocional de desesperación y disgusto, que le provoca la oscuridad en su memoria. Está rodeada de gente que la aprecia, que le hacen reír constantemente y le dan consuelo. Aun así se siente sola e indefensa, y con un inexplicable deseo de llorar, como un Sansón encadenado y sin ojos. El ensayo ya ha terminado, busca descansar unos minutos antes de la próxima función, recuesta su cabeza y encuentra la comodidad.

«Estoy tan agotada que creo que voy hacer un hoyo en la almohada en realidad - declara Isabell con firmeza. - Cristy por favor despiértame a las seis si me quedo dormida.»

«Está bien contesta Cristy» - luego sale del cuarto.

Isabell se queda dormida. Minutos más tarde Javier entra a la sala, al verla dormida se queda en silencio al lado de ella velando su sueño. «Que hermosa se ve. . .Javier piensa para sí.»

«Marco Antonio...aquí estoy, Marco...» - grita Isabell luego despierta.

«¡Javier. . .!»

«¿Soñando con Marco Antonio otra vez ?...Llamabas su nombre desesperada. Dime amiga, ¿cuál es tu sueño?»

«Tengo siempre la misma pesadilla. Primero veo unos ojos hermosos y, como si lo estuviera dibujando, empieza a aparecer el resto del cuerpo. Me mira fijamente y con ternura, luego grita mi nombre desesperadamente... inquietando mi corazón, pues puedo sentir un sufrimiento inmenso... En el sueño nunca se menciona su nombre, pero sé que se llama Marco Antonio. Luego la imagen de su cuerpo empieza a esfumarse y yo me despierto con escalofríos, atrapada en ese recuerdo, que no sé si es un recuerdo de veras o si es un sueño de arroz y habichuela como dice Kimbí. Luego me paso el próximo día soñando despierta. Oigo su voz corriendo con el viento, la imaginación me atrapa y se detiene el tiempo. Cuando estoy así, me molesta hasta que me hablen. Isabell continúa. «Dime amigo, ¿por qué me atormenta ese sueño? Esto no es normal...Aunque sabes, ya no tengo ninguna duda que Marco Antonio tiene que ser algo en mi vida. Me molesta no poder recordar mi pasado. He perdido la magia de las memorias, arrebatándome el aroma del tiempo vivido. Aun así, de momento me llegan recuerdos, como en una película hogareña con sabor agridulce. ¡Qué ironía! Puedo adivinar el futuro de la gente y yo no sé quién soy.»

«Isabell son recuerdos grabados en tu subconsciente, que pronto recordarás, así como dijo el doctor, ya verás que todo se arreglará...Además, con tu nueva carrera tienes nuevas experiencias.»

«Javier, no es lo vivido, sino lo que recuerdas de lo vivido. Ha pasado mucho tiempo y no logro recordar nada por completo... Habré perdido la memoria para siempre, o será que estoy enferma.»

Poli la cotorra, quien escuchaba desde su jaula comenta... «Hay, boberías. Si me preguntan, son mal de amores y celos pasmaos.»

«Por supuesto que no, te has mantenido tan ocupada en estos meses que no has tenido tiempo ni de pensar. Tienes que mirarlo de otra manera, has aprendido mucho y has logrado cosas que ni te habías imaginado, así que no ha sido en vano.» - le indica Javier.

«Mira, antes que se me olvide déjame informarte que mañana mismo volvemos para Llebasi.»

«¿De veras? Llebasi... ¿Ahí fue que me encontraron?» Pregunta ella.

«Así es... allí fue qué te vi por primera vez. Estabas confusa, lastimada y débil, como un animalito abandonado...sin embargo creaste una explosión de emociones en mi corazón, algo que nunca nadie había logrado antes. "Confiesa Javier.

«Javier yo...»

«Sí..., ya sé que tienes que encontrarte a ti misma, solo quiero que me tengas en cuenta y consideres mi amor por ti. Por eso me alegro que vayamos de regreso a Llebasi, quizás alguien te reconozca y tal vez podamos saber algo de tu origen y puedas encontrar paz. Bueno ahora descansa... luego te veo.» - Javier sale del cuarto.

«Llebasi» murmura Isabell, recostada en la cama se queda pensando ¿Qué habrá en Llebasi?» Se quita la sortija y observa la inscripción al revés. Isabell y Llebasi tienen las mismas letras, wau...es la misma palabra al revés, que coincidencia...«¡Ahora más que nunca quiero ir allá!»

En ese instante, Cocó llega al circo trayendo noticias de Llebasi.

«¿Vaya mira quién llego? ¡Éramos mucho y pario la gata!»

"Coquí y Rico, por fin los encuentro. Me dijiste que les avisara de todo lo que estuviera pasando en Llebasi. Bueno Rico te diré que Sherryma la grilla ha puesto una recompensa para encontrarte y ha revuelto todo Llebasi en tu búsqueda." - dice Coco.

«Aun que se vista de seda, mona se queda.» - expresa el Grillo.

«Vaya compadre, esa la tenías bien calladito.» Le dije bromeando.

«Oh, oh pero que vaina si a mí no me importa ná esa grilla, no la soporto, a ella le falta una tuerca." - responde Rico.

«Bueno cuando el rio suena es porque piedra trae.» -le contesto yo.

«No trae piedras es el eco de tu boca, hablas demasiado compadre.»

«¿Qué?» El pillo juzga por su condición.

«¡Okey ya! déjame escuchar lo que dice Coco, compi.»

«Bueno como te decía, desde que te fuiste solo se ha concentrado en hacer ejercicios y está en la mejor condición física, así cómo te gustan...con rellenos en todo los lados.» - confirma Coco.

«¡Diantre...! ¿De veras mi amiga? ¡Interesante....qué maravilla!» -responde Rico sorprendido.

«Sí, así mismo cómo te cuento. Ah y la bruja esa de Chantal, está de vuelta, dicen las malas lenguas y la mía que no es muy buena, que tiene planes de embrujar a Marco Antonio. Lo va a atacar con todas sus armas.»

«Tranquila Cocó, tranquila.» - le dije.

«Coquí, tenemos que hacer que Marco Antonio se encuentre con Isabell, o dejarnos decirle la verdad a ella.» - dice Coco.»

«No se chicos, puede ser peligroso.» - les dije. - «Es difícil saber cómo va a reaccionar.»

«Compadre Coco tiene razón. Creo que debemos decirle toda la verdad. Mantenerlo simple. Solo dile quien es ella y quien es Marco Antonio. Es así de sencillo. Bueno así pienso yo.» - dice Rico.

«Todo esto es muy confuso y delicado pero te digo algo, estoy tan ansioso de estar en casa. Creo que será sabio adelantarnos a llegar a Llebasi antes que llegue el Circo y así planificarlo todo para que ellos se encuentren.»

En ese momento Coquí ve pasar a Isabell.

«Isabell» - le grite. ¿Te acuerdas de nosotros?» - le pregunte.

«Quizás, no sé.» - responde ella.

«Mi nombre es Coquizón, y estos son mis amigos Rico y Cocó.» - le dije.

«¿Hola chicos cómo están? - Isabell pregunta, luego mira a Cocó y ve una cara familiar. Cocó a tí de seguro que conozco.»

«¡Oh, oh!, por supuesto que te acuerdas de ella. Ella fue quien te encontró y está en todos lados en Llebasi.» - dice el Grillo riendo.

«No, ella me recuerda porque soy inolvidable.» - responde Cocó. El día que te encontré estabas bien malita.»

«Será enfermita, porque malita lo ha sido siempre.» ¡Ha, ha, ha! comenta Rico.

Isabell lo mira seriamente pero rompe en una carcajada sarcástica.

«¿Dime Coco sebes que me pasó antes de llegar al Circo? - pregunta ella con ansias.

«Bueno yo te encontré, pero ya estabas desmayada. No sé qué te sucedió. Lo siento.»

«No más que yo, créeme...» - dice Isabell tristemente y todos quedan en silencio.

«Bueno chicos les informo que mañana vamos de regreso a Llebasi.» - comenta Isabell.

«¿De veras?» Por eso es que hay tanto revolú y reguero.» - Realicé.

«Anda el dianche, y ella que todavía no recobra su mente.» - me susurra Rico.

«Siento algo misterioso cuando pienso en Llebasi. - dice Isabell. Saben, acabo de fijarme que Llebasi es Isabell al revés. ¿Acaso lo sabían?»

«No, no lo sabía. - le dije. ¿Qué raro esta eso, no creen?

«¡Yo lo sabía! - responde Rico.

«Isabell, hablando de Llebasi Cocó, Rico y yo partimos esta noche, queremos llegar antes que tú para ver si averiguamos acerca de ti.» - le informe.

«Gracias chicos; pero tengan mucho cuidado.»

«¿Cocó por qué no nos acompañas caminando de regreso a Llebasi?» - pregunta Rico.

«¡No gracias! ¿Quién quiere caminar cuando puedes volar? ¡Bueno familia yo los veo en casa! - dice Cocó y toma vuelo desapareciéndose al instante.

«Chúpate esa en lo que te mondan la otra.» - le dije riéndome.

Se despiden y por separado salen para Llebasi. Mi compadre y yo cogimos un camino corto hacía el río Bambú. Rumbo norte por la carretera estatal, pasamos pueblos, campos y residencias. Montañas verdes tendidas cual sábana de pasto gigante brillante. Pero cuando la sombra de la noche cubre la tierra se convierten en un prado verde grisón que mete miedo. Mucho antes de llegar al río, a mano derecha, hay un terreno baldío, oscuro y misterioso que pertenece a la comarca Demón. Allí donde se encuentra la vecindad de las brujas, frente por frente a un cementerio el cual está dividido por una carretera estrecha, de una sola vía. El silencio en la ciudad de los muertos es completo. La noche está sin aliento y no se oye ni un suspiro de la hierba verde, ni de las tumbas centinelas. Soldados blancos guardando una generación de huesos, historias y secretos.

«¿Rico por qué no descansamos aquí? Por la mañana seguimos camino.» - le sugerí.

«¿Qué, en esta oscuridad? Coquí esto está para dar gritos...»

«¡Sí lo sé! A mí tampoco me gusta la oscuridad. En la negrura de una noche cómo esta, pasé los momentos más horribles de mi vida.»

«Cuéntame Compadre soy todo oído.» - expresa Rico.

«Era un soldado en La Marina en tiempo de guerra y por seis meses nos mandaron al campo de batalla. Llegamos a un área donde el enemigo había plantado minas de tierras. Enrique Calderón, lo recuerdo bien, un sargento moreno quién iba adelante pisó una de ellas explotando su cuerpo en pedazos. Su cerebro cayó en mis manos. Me congele. En ese estado de choque no podía respirar y por un instante sentí mí corazón detenerse. Tengo las sienes de alguien en mis manos - pensé. Puedo destrozar sus pensamientos y sus memorias...creo que las va a necesitar. Temporalmente yo estaba delirando. Bromeaba de los nervios, parecía un sueño. ¡Fue un horror! Recogimos solo pedazos de su cuerpo y al llegar a la base el olor se nos quedó pegado de las narices y tuvimos que quemar la ropa: ya que por más que se lavó, la peste no se le iba. Fueron tiempos difíciles, desde entonces siempre duermo donde pueda ver reflejos de luz si no tengo pesadillas.»

«¿Qué clase de pesadillas?» - pregunta Rico curioso.

«Pesadillas Compadre... Veo mariposas felices quemando sus alas, abismos oscuros y la impresión de estar cayendo sin nunca tocar fondo. Veo mares cósmicos y monstruos marinos.

«¿Tú ves mariposa felices y mares cósmicos? Está bien Compadre si son pesadillas. Ya compadre no quiero oír ná en verdad es algo que no quisiera experimentar con seguridad. Gracias a Dios yo no tuve que ir a la guerra pero le tengo el mismo miedo a la oscuridad. Eso se lo debo a mi hermano mayor. En la oscuridad del bosque donde me crie él siempre me ponía en la parte de afuera de la hoja cama, mientras él dormía en el centro y mi hermanito pequeño en la esquina. ¡Fue horrible! No podía dormir pensando que el cuco (monstruo de la oscuridad) me iba a comer.»

«Monstro de la oscuridad. Es increíble como corre la imaginación cuando tienes miedo.» - le dije.

«Oye Coquí, te digo que la pasé mal...pero estoy cansado vamos a descansar.»

«Está bien yo también estoy agotado. Descansemos ya.» - dice Grillo.

Arrancamos dos hojas grandes y nos acostamos en una esquina. Rendidos de cansancio y con el sonido musical de una noche en el bosque nos quedamos dormidos.

Frutas Placenteras

La mañana siguiente, antes de la salida del sol, siguen su camino. Pasan por un hibrido de naranjas y guayaba. Rico recoge una guayaba podrida.

«Vaya que suerte la mía compadre.»

«Cuidado Grillo… está podrida y llena de gérmenes.» - le dije.

«Coquí yo respaldo la bacteria…es la única cultura que muchos insectos tienen.

«Me reí fuertemente luego tomé del jugo de algunas naranjas agrias caídas, con desesperación.»

«Mira este cerdo como come…» - dice Rico.

Me sacudí y voté un gas fuerte.

«¡Ay fó qué peste Compadre! ¡Huele a taco podrido!»

«¡Ay perdón fue la comida de ayer!» - dije sobándome el estómago.

«Oye Coquí...no seas gandío, dame un chin, se ven dulce, Hm... ¡Qué agradable están, están dulces como el melao!»

«Hm...Amigo, hablando el español correctamente, no se dice que las naranjas son agradables, sino sabrosas o gustosas.»

«¡Vaya papá esto es el colmo! ¿Tú me vas a enseñar mí? ¡Tú que usas palabras innecesarias! ¿Por qué no puedes decir simplemente que están buenas o agradables? A mí me agradan.» - dice Rico.

«Para tu información, la palabra agradable es de humanos, no de frutas. De frutas o cuando es algo de beber es sabroso, exquisito o delicioso.»

«Sólo por cuestión de discusión quiero que sepas que la fruta viene de la naturaleza y por ahí dicen que la naturaleza tiene alma y la consideran humana. Así que...en un punto del Tiempo, la fruta tuvo vida, entonces la expresión agradable es aplicable. ¿Qué crees de eso?»

«Tu mente es impresionante y no puedo discutir con un grillo loco como tú.»

«Déjame decirte Compa que muchas personas carecen de oportunidades para dialogar y así descargar las tensiones que llevan dentro, por eso yo hablo y me desahogo. ¿Qué te parece?»

«Creo que en vez de gigoló, debiste haber sido abogado criminalista. Creo que ganarías todos los casos.»

Luego seguimos el camino riendo. Media hora más tarde empecé a caminar lento.

«Rico detente; no me siento bien, estoy mareado.» - le dije.

«Compadre creo que se te pasó la mano con las naranjas agrias quizás te ha bajado la presión.» - dice Grillo.

«Por primera vez creo que tienes razón. Descansemos un poco, solo necesito descansar unos minutos y estaré bien.»

Antes que mi cabeza tocara el piso ya estaba dormido.

«Está bien mi amigo descansa, yo velo tu sueño. Aaa....yo también tengo mucho sueño...»

Con esas palabras y un gran bostezo, Rico también se queda dormido.

El segundo día está pasando y la tarde cayendo de nuevo, cuando se levantan de la siesta se encuentran de frente con el Cementerio. El velador y dos hombres trabajaban haciendo un hoyo para un entierro.

«Rico, ¿qué te parece si cruzamos por el Cementerio? Sé de un camino corto al río.»

«¡Oh Noooo! Le tengo respeto al Cementerio, después de todas las películas de horror que he visto, por ahí no cruzo...Además cuando una persona llega a tu edad debe mantenerse lejos de tumbas abiertas. ¡Anda! Coquí camina más rápido amigo.»

«Rico empieza a cantar en voz baja y mira para todos lados. Siempre canto cuando tengo miedo, me ayuda a quitar la mente de lo que sucede alrededor mío.»

«Da risa que seas tan miedoso. Sabes Rico, antes yo era igual de miedoso, hasta que una noche me perdí dentro del Cementerio, ¿te imaginas? En esa oscuridad y soledad, contemplé en mi mente a los que allí dormían, sus vidas, los sueños tronchados y la fe de sus familias. Fue en esa misma soledad y con la salida del sol, que decidí que la muerte es un proceso natural de los que viven, y que no debo temerle ni a los muertos, ni el lugar donde duermen.

«¡No me fuña! No es miedo, sino precaución.»

«Bueno tú escoge. - le dije. Podemos atravesar el pastizal que está detrás del Vecindario de las Brujas y nos tomará otro día de camino, o cruzamos el Cementerio para llegar más rápido. - ¡Tú escoges!»

Rico sonríe, vira la cabeza y mira el pastizal.

«¡Oh que ridículo estás Compadre! ¡Es para tirarte contra la pared! Está bien vamos, después no te quejes que estás cansado.» - le advertí.

La pesada humedad del verano se siente al caminar por el campo. Precipitados entre brinco y salto cogen el camino largo cuando, ¡Ahuché! Rico tropieza con un objeto cuadrado y enorme. Es de color gris mate y tiene un diseño embrocado con bordes plateados. Está lleno de botones redondos color negro, con uno rojo en el centro, con las iníciales MP5.

«¡Qué maravilla! No sé qué es, pero se ve interesante.» dice Grillo

Antes que yo pudiera detenerlo, Grillo aprieta el botón rojo y se enciende una luz fluorescente activando el objeto.

¡Bienvenidos a MP5! música popular a su gusto y sin comerciales, favor de escoger su selección.

Rico aprieta uno de los botones negros y el sonido musical de una melodía nunca oída y extremadamente alta nos sacude. Rico trata de parar el sonido apretando diferentes botones, logrando que suenen otras canciones.

«¡Oh Dios! ¡Qué grubie! huepa...este sonido está heavy... ¡tremenda bulla!»

«Apaga eso Rico, nos vas a meter en problemas.» - le grité.

«¡Es lo que estoy tratando de hacer, pero no sé cómo!»

Apreté el botón rojo y la máquina se apagó.

«Por fin se apagó que susto Compadre. Qué manía la suya de tocarlo todo.»

«Mirar, escuchar, actuar y sentir, son las reglas para aprender; además estuvo fantástico... ¿Lo encendemos de nuevo?»

«No...Tenemos otra misión en mente, Isabell... Marco... ¿recuerdas?»

«Ah....qué desabrió y aguafiestas eres chico...Está bien, pero no puedes negar que fue divertido.»

No dije una sola palabra alguna, pero sonreír y junto con Rico seguimos el camino. Tratando de evitar cruzar el Cementerio le dimos la vuelta al bloque. La hierba alta y los arbustos tapaban la visibilidad. El sonido como la cola de una cobra, corre en el viento, logrando estremecernos por dentro con terror. Sin aviso previo nos encontramos frente a frente a una enorme serpiente y nos asustó tanto que nos helamos de miedo.

«No te muevas Compadre...» - Le dije.

«Ay, Santa Mariposita cúbrenos con tus alitas.» - ora Rico. «Ups...ups... tengo hipo, cuando me asusto me da ups...ups...hipo.»

«Si yo lo sé también cantas. Silencio, que está dormida... vamos despacio alrededor de ella para no despertarla. Dale Rico corre, ni mires para atrás que todos los Santos están con nosotros y nos darán alas si es necesario.» - le dije.

Rico todavía pasmado no se movía; parecía estar enterrado con cemento en la tierra.

«¡Muévete Compadre!» - le dije con una voz firme.

«Oh, oh.... ¿Pero cómo? No necesito alas para volar Coquí, están a toda velocidad, lo que necesito es valor en las patas para el primer empuje. ¿Patitas pa qué las quiero?»

«¡Corre Grillo Corre!»

Con mucha dificultad logro moverlo y después de algunos pasos corremos como esclavos escapados hasta perdernos.

«¡Ay qué susto!...detente Coquí por favor...necesito coger un buche de aire estoy desbaratado. Tener que huir embalado...así de sopetón...me cortó el aire...Siento el corazón atragantado.»

Me tiré en la acera y el Rico se dobló recostando sus manos en las rodillas, como un atleta acabando de correr un maratón.

«No lo puedo creer - afirma el Rico me quedé embelesado y del susto por lo menos se me quitó el hipo. No tengo mucho interés en aventurarme de nuevo...Prefiero mil veces el camino del Cementerio a coger por el Vecindario de las Brujas. Tienes razón. ¡Vamos! En el Cementerio ya están muertos y nos pueden hacer daño, son los vivos a quién hay qué temerle.»

«Es lo mejor de sentido común que has dicho hoy.» - le dije.

Mientras tanto... Raúl y Chantal van todavía camino a La Hacienda. Raúl maneja y Chantal va mirando el paisaje. Llevaba un diálogo interno, planificando su próximo paso.

«Raúl me estoy jugando mis últimas cartas, tengo que lograr conquistar a Marco Antonio y lograr que se case conmigo. ¡Vengo dispuesta a todo!»

«¿Tanto lo quieres?» - pregunta con curiosidad Raúl.

«Por supuesto...» ¿Por qué preguntas?

«¿Chantal, te puedo preguntar algo confidente?»

«Sí, cómo no, ¿dime, qué quieres saber?»

«Mira, conmigo no tienes que disimular, yo sé que no quieres a Marco Antonio, yo conozco mi gente. Eres ambiciosa como yo, te interesa sólo conquistar su fortuna, quizás podamos disfrutarla juntos. ¿Qué crees? ¿Te interesa mi oferta?

«¿Cómo te atreves?» Chantal lo mira en silencio unos minutos y ríe con una carcajada maliciosa.

«Coge un pirata para conocer a otro. Pero tienes razón, me gusta mi hombre como el chocolate: mientras más rico, mejor.» - confiesa ella.

«Tranquila, mi socia, que voy a ayudarte, sabiendo que no amas de verdad a Marco, me hace feliz. Verlo arruinado y despojado de toda su fortuna, será mi venganza...Por supuesto no vendría nada mal un dinerito extra...Además, te conviene tener un aliado de tu parte...»

«¿Por qué le tienes coraje a Marco? ¿Qué te hizo?» - pregunta ella curiosa.

«Por su culpa perdí el amor de Rosa Isabell...todavía me queda esa espinita. Me necesitas…aunque no lo reconozcas.» ¿Así, que dices?

«Oh no...¿Tú también cautivado por la tal Rosa Isabell? ¿Acaso no hay más mujeres en este pueblo?»

«Por supuesto que hay muchas....pero no como ella. Verdaderamente ella es única.

Está bien, me conviene tenerte como aliado, además eres un peligro de enemigo. Cuenta conmigo.

Esta vez me voy a ganar un premio por mi actuación, pensó Chantal.

Capítulo 15

La Bruja

Muy cerca de ellos se encuentra Madame Cando, una bruja gitana del barrio que busca cualquier oportunidad de hacerle daño a la familia Vallardo. Las gitanas de la isla Llebasi se supone que sean ángeles de piedad, pero ella nunca ha demostrado tener esa virtud y de seguro no es ningún ángel.

La Madame, ahora una gatuna, es temida por la gente del pueblo, en especial por los niños. Cuentan que todos los gatos; (sus fieles sirvientes) son niños que por alguna razón u otra cruzaron le verja de la casa de la bruja y nunca más se supo nada de ellos. No se confundan con ella, cuando joven la Madame era preciosa, pero la envidia, el odio y los malos deseos hacia otras personas, la convirtieron en un ser frío, sin amor, ni sentimientos buenos. Su belleza como su dulzura se borró de su rostro. Tiene los pómulos caídos, ojeras y ojos secos e irritados habiendo ya perdido su brillo líquido. Su cabello negro rizado, el cual ha resistido la prueba de los años, ha sido invadido por las canas. Aunque tiene toda su dentadura, sus dientes están manchados entre amarillos y castaños dando una impresión de repugnancia. Herida por un mal amor en su juventud, La Madame que cuando entonces se llamaba Josefina, se alejó de amigos y familia engordando cien libras y entregándose al abandono. Ella rego su crueldad y resentimiento, un odio negro y amargo tan dañino como el veneno de una serpiente venenosa y el deseo de dominar todo ser viviente consumió su corazón dándole una larga vida nada natural.

Da pena saber que enterrada dentro en algún sitio de su ser hay una mujer o por lo menos algo que una vez fue un ser humano, un ángel de alas negras con anhelo de sangre y un águila de visión amplia.

Esa tarde La Madame se admira en su espejo, sus ojos hundidos en su propia miseria. Repetía afirmaciones.

«¡Hm...que hermosa soy! No resisto besar mi propio reflejo. Me quiero besar yo misma. Ay es tan difícil ser yo...me gustó tanto que me levanto más temprano para poder pasar más tiempo conmigo misma. Ay Cando pero mírate a ti misma... Tú no estás gorda, eres una mujer de figura completa. Tú no eres fea, tienes una apariencia única. Tú no estás desempleada, estas en vacaciones permanentes. Soy una bruja maliciosa y poderosa, muy poderosa...bien poderosa. ¿Vaya que digo? estoy que no levanto ni polvo ni sospecha.»

De repente su bola de cristal comenzó a sonar, tirando unos destellos rojos. Curiosa por saber que pasa la Madame frota la bola y prende el termostato de la ambición subiéndose la aguja hasta lo máximo mostrando una nueva portadora del polvo de duende mágicos.

«¡Ay, calavera burlona!.... ¡Mujer diabólica a la vista, otra candidata para mi venganza! ¿Quién eres? Este es el nivel de codicia que necesito. Por fin, creo que esta vez lograré mi plan de venganza contra los Vallardo. Todavía no entiendo cómo su tierra puede producir tan buen fruto y la mía es seca y estéril. Estoy prácticamente muriéndome de hambre, aquí rodeada de mis pequeños gatitos ciento como he perdido mi belleza y me he envejecido llena de arrugas y verrugas. He cambiado tanto que no me reconozco. ¡Cómo te odio Vallardo! Tu y yo debemos estar hermosamente juntos y me has hecho mal.»

¡Miau! un gato maúlla. - deseo poder decir lo mismo de tus caderas, vieja bruja. Tu misma te has dañado y que yo recuerde tú nunca fuiste linda. - dijo el gato Azabache.

Azabache es uno de tantos de los gatos de Madame Candó. Él era muy cercano a la Madame ya que él fue el primer esposo que ella tuvo hasta que de un enojo lo convirtió en gato. Azabache tiene un ojo negro y otro amarillo cristal, lo cual sucedió durante la transformación, un ojo se quedó negro como era el original para que tuviera recuerdos de su memorias y así tortúralo.

«¿No te duele la espalda al tratar de besar tu propio trasero?» - pregunta Azabache el gato.

«¡Gracioso! ¿Azabache no crees tengo un cuerpo digno de ser admirado?»

«Sí; por los arqueólogo quizás.» - contesta Azabache.

«¿Qué dices? ¡Felino desgraciado! ¡Silencio!»

«Lo que quise decir es que te puedes hacer algunos retoques ahora o esperar algunos años y el Medicare lo pagará.»

«¿Tú crees que pueda hacer que paguen por eso?» - pregunta ella.

«Tú eres bruja. Sigue fallando como estás haciendo y si Medicare no lo paga El periódico lo hará.» - dice el gato riendo.

«¡Ay silencio! Estas hablando necedades. ¿Por qué me molesto en preguntarte cualquier cosa?» - dice Ella.

«Quizás porque tengo el cerebro que te hace falta. ¡Eres lo que eres! - contesta Azabache.

De repente se oye una explosión. El gato baja la cabeza y camina casi arrastrándose y otros dos gatos cercanos también caen boca arriba temblando como cucarachas muertas.

«Esta bien Madame, olvida que dije algo.» Murmuraba refunfuñando mientras caminada alejándose de ella.

«¡Vieja loca... está más loca que una cabra! ¡La última vez que miré estaba en un país libre!» - murmura el gato alejándose lentamente.

«Abra-Cadabra, sapito de rana, que venga, que llegue, perdida a esta casa. Chantaaal....» La Madame toca una campanita frente a su Bola de Cristal, rocía eucaliptus en el aire y luego mezcla una porción que hala a Chantal hacia ella.

Chantal siente el impulso y la inquietud del embrujo y vira su cara rápidamente a un área que parece desierta.

«¿Raúl, puedes hacer derecha aquí?»

«Ese no es el camino a la Ponderosa, lo único que encontraras ahí es la Vecindad de las Brujas. No creo que sea una buena idea. Nada bueno ha salido de ahí. Ahí vive la famosa Madame Candó, y ella es un poderoso imán para las almas.

«Algo me dice que tengo que ir por allá. ¡Llévame, por favor! Tengo curiosidad, he oído hablar mucho de ella. Si quieres no entres.»

«No te preocupes, que no pensaba hacerlo.» - Raúl le indica. - después no digas que no te lo advertí.»

Raúl y Chantal pasan con la carreta volando, por el mismo camino donde están Coquí y Rico caminando, casi atropellándolos.

«¡Cuidado flaco, cuidado! Chacho, mano, por poco te aplastan como papa majada.» - le dije riéndome.

«¿Oye animal, donde aprendiste a guiar? ¡Que recojan los niños! Rico se queda mirándolos, Pero ven acá y qué es ésa vaina… ¿Esa no es Chantal?»

«Sí, es ella misma - le dije - y anda con Raúl Valle, el capataz de la casa grande.»

«¡Silencio! Mira, van para la casa de Madame la curandera, vamos a ver, aquí hay gato encerrado.» - sugiere el Grillo.

«¿Estás loco? ¿Tú quieres ir a casa de la curandera? ¡No señor! No creo... ¡Es una bruja! De ninguna manera. Una cosa es encontrarnos con una serpiente por accidente, pero ir a la casa de la bruja, no. ¡Además los gatos están afuera rondando la casa!»

«Ah...mira, pero que vaina, tiguerón. ¿Tú y qué no eras valiente? - pregunta Grillo.

«Mijo...Yo no soy cobarde, pero tampoco estoy loco. ¿Acaso no has oído el refrán que el que busca encuentra?» - le dije.

«Mira Coquí, yo también tengo miedo, todavía no me he recuperado del susto anterior, pero la curiosidad que me mata es más fuerte que mi miedo. Embúllate amigo, tú eres dichoso. Además, tenemos que hacer algo por Isabell, escucha la voz de su alma que pide ayuda.» - dice Rico

«La única voz que escucho es la de mi alma y está alta y clara que me dice que no vaya.»

«Vamos calladitos por la orilla de la acera, a ver qué averiguamos. ¡Ven! No seas cobarde. - ruega el Grillo.

«Está bien...después no digan que uno no ayuda al prójimo. ¡Vamos con cuidado!» - le conteste.

Chantal se baja del coche frente de la casa, ella se detiene y mira a Raúl.

«Por fin, ¿vienes conmigo o te quedas?» Pregunta Chantal.

«Si no te molesta, te espero aquí. No me interesa verle la cara a la bruja Candó, Eso me da mala espina.» - contesta Raúl.

Rico y Yo estamos cercan a la reja, y vemos a Chantal bajarse del coche y caminar hasta la puerta. Raúl se ha quedado atrás. Lentamente, Chantal abre el portón de la casa de la bruja, haciendo un chillido fuerte, por el óxido de la bisagra. Asustada Chantal cierra el portón detrás de ella y se queda quieta cogiendo suspiros cortos solo para no tragarse el mal olor en el aire. Chantal mira a su alrededor…la casa está llena de sonajeros que hacia ruidos fuertes esparciendo terror cerca de los vecinos. El patio está desolado y en completo abandono, con gatos por todos lados. El mal olor a humedad y a los desperdicios fecales de los felinos está concentrado en el portal. Ellos son sus guardianes, sus ojos al exterior, un sistema de protección contra gente curiosa. Gente que conoce la historia de Candó juran que todos los gatos son gente que ella ha convertido en esclavos por no estar de acuerdo con ella. Como una película de misterio el portal está decorado con cortinas naturales de telaraña y minas de hormigas bravas con caminos dispersos. Sólo la memoria de lo que una vez fueran hermosas petunias adornan el lugar. Una vista nada agradable y por supuesto dicha pocilga tampoco califica como modelo de revista.

«Mira a Raúl esperándola como todo un alcahuete silencioso.» - le digo.

«Olvídate de él es un amargado. - dice Rico. ¡Oye tiguerón…que sonido extraño, da miedo!»

«No tengas miedo es solo el viento, le digo. Ven vamos a ver.»

«¡Vamos! Ahora vas a ver a un insecto macho en acción.» - exclama Rico con pasión.

«Si como no…» - contesto sonriendo.

Con precaución y cautela, Rico y yo nos metemos debajo de la casa de la bruja para escuchar. Nos arrastramos manteniendo la cabeza baja y los hombros encogidos, tratando de evitar la telaraña y los clavos oxidados por encima de nuestras espaldas y cabezas.

«¡Fo! Qué peste a abombado.» - señala Rico.

Una araña roja sube lentamente a través de la hebra tejida. - Rico abre los ojos más anchos de lo posible.

«¿Coquí ves lo que estoy viendo? La araña se está cayendo encima de nosotros.»

«Rico me extraña que siendo araña se caiga de la pared.»

«¡Insecto! No me refiero a eso… Ella nos mira como si fuéramos su cena de las siete.» Al grillo nuevamente le da un hipo descontrolado.

«Rico solo mantén la distancia y no te preocupes, es una especie rara que sólo come plantas las conozco muy bien. - le digo con seguridad.

El Grillo que estaba verdecito cambio su color a un tono marrón igual que la madera que lo rodeaba. Lo miro y me rio del cambio.

«Por si las moscas…» - le dice el Rico.

Apretados entre piso y tierra, un calor seco aumenta la temperatura de sus cuerpos, haciéndolos sudar. Ráfagas de luz y un aire fresco, que proviene de un abanico dentro de la casa, se filtran por los espacios abiertos del piso y se escucha perfectamente la voz y los pasos firmes de la Bruja, haciendo latir fuertemente sus corazones, que como relojes suizos laten a un ritmo acelerado. Un sudor amargo enjabona la cara del Rico.

«¡UPS! Mi paladar tiene un sabor extraño a tierra, y este olor desmayante a humedad y moho me está revolcando el estómago...tengo unos deseos de vomitar.» Ulm....Ulm....

«Silencio, tápate la nariz y respira lentamente por la boca y deja ya de quejarte. Además tú fuiste el de la idea de estar aquí, así que te aguantas, ya mismo nos vamos. ¡Miedoso!»

«Oh, oh pero cómo... A ti no te perjudica en nada mi queja, ya que es de insectos quejarse. Además, soy miedoso pero flaco, no como tú, miedoso, envuelto en grasa y arropado en arrogancia.» - dice el Grillo.

«¿Qué?»

La araña sigue acercándose.

«¡Animal! ¡No es lo mismo llamar al diablo, que verlo venir! ¡Ay mamá...está como el tiburón rodeándonos para luego atacarnos! ¡Mírala se está poniendo cada vez más cerca! - dice Rico. Mi corazón está en mi garganta y me está ahogando.»

Asustado hasta el punto del bochorno - ya que los grillos adultos no deben tener miedo. Rico puede oír su estómago chillando - la humillante prueba de su miedo. Tratando de mantener su nariz tapada y así no aspirar el polvorín que le da alergia, Rico respira por la boca. Corto de oxígeno su respiración crece fuertemente creándole alergia destornudando fuerte. ¡A...Shuuu! La Madame para de hablar y pide silencio, buscando a ver de dónde procede el ruido que acaba de escuchar.

«Shuuu...No se muevan, silencio. ¿Qué fue eso? ¿No lo oíste?» - pregunta la bruja.

La bruja y todos los gatos se callan y escucha; el gato que estaba lamiendo su cola, para el oído a ver si escucha algo.

«No se escucha nada dice un gato cerca.»

«Suena como alguien ahogándose...espero que sea grave.» - dice ella en carcajada.

Le tapé la boca al grillo y sin pronunciar palabra le hice seña que mantuviera silencio. Con ojos de huevo frito y nariz mocosa, Rico contesta.

«Lo siento, la humedad me da alergia, empieza con una piquiña y enseguida me lleno de salpullido además no me gusta para nada la mirada de esa araña te lo aseguro.»

Chantal sube tres escalones, quedando frente a la puerta principal. Levanta la mano para tocar la puerta, pero ésta se abre sola.

«Adelante, entra, te estaba esperando.» - Afirma Madame Candó

La Madame está vestida con una blusa floreada y collares de diversos colores, que la hacen verse sin cuello. Argollas largas, un pañuelo envuelto por la cabeza y espejuelos pequeños en forma rectangular. Chantal observa todo a su alrededor. La sala tiene muebles de madera que una vez fueron hermosos, pero ahora sólo queda el recuerdo. Mira la cocina y ve señas de un desayuno apurado y un gran reguero de trastes amontonados. No hay un solo plato limpio.

«Adelante, siéntate...ha, ha, ha...disculpa el reguero, sólo limpio los lunes. Me llamo Madame Candó.»

«Si la famosa Madame Candó... He oído hablar de usted.» Dice Chantal.

«Sabes el refrán. Crea fama y acuéstate a dormir.» - dice Candó riendo.

«No sé porque razón estoy aquí, pero…»

«¡Ah! Todo en la vida tiene razón y motivo. El motivo de estar aquí es el correcto. Sé de tu deseo de conquistar el ricachón de Marco Antonio, también sé del trabajo que estás pasando para lograrlo. Yo puedo ayudarte a conquistar su amor y su fortuna.»

La Madame torce su boca y guiñar un ojo.

¿Usted me puede ayudar? Usted sigue guiñando un ojo. ¿Esto es en serio?

La Madame se baja los espejuelos y la mira por encima de ellos.

«¿Que si yo te puedo ayudar? La duda ofende, niña, para eso estoy aquí. Toda mi vida he estado ayudando a gente como tú, que necesitan guía y mi talento maléfico...digo mi consejo. Soy muy talentosa, ¡sabes! Todo se me hace fácil. Tengo más magia que ningún otro mago aquí en Llebasi.»

«Miau...» Azabache el gato se sisea de lado a lado.

«¿Cuál es su intención? Chantal, desconfiada, le pregunta. ¿Porque razón lo hace? ¿Qué recompensa busca?... ¿Y cuánto pide por ayudarme? No sé, quizás me perjudique en algo la conexión con usted...debe saber que en el Pueblo se dicen muchas historias de usted y ninguna es buena.»

«¿Qué?... ¡Ha, ha, ha! Jovencita son muchas preguntas juntas. Siempre he dicho, quien no arriesga no gana. La preocupación es un lujo que no te debes dar. Los dos hechos más trascendentes de nuestra existencia son nuestro nacimiento y nuestra muerte y lo peor es no tener conciencia al morir. A mí solo me quedan tres afeitadas antes de morir, tú estás cansada de esperar yo tengo hambre de venganza. ¡Odio la familia Vallardo! Es algo personal y no quiero entrar en detalles; ya que no tiene nada que ver contigo. Toma una determinación, decídete a aceptar mi ayuda, y verás lograr tu ambición de ser la dueña de todo Llebasi y tenerlos a todos debajo de tus pies. ¡Ahhh....y las habladurías de la gente son puras mentiras, chismes nada más! Por eso le llaman cuentos, si fuera verdad le llamarían noticias. Además, mis razones no te incumben, pero sí debes saberlo, me quiero ganar el premio humanitario de Llebasi que dan todos los años... Además...me caes bien, eres malvada e interesada por el dinero como yo; tú mejor que nadie debes saber las tácticas de guerra.»

Las Instrucciones

«**A** ver... ¿Qué opinas? ¿Te animas? ¿Vas a jugar el juego? Cualquier método que emplees es completamente tu decisión. Debes tomar una dosis de porción de realidad, sola no podrás y con mi ayuda el triunfo es seguro.» - dice la Bruja.

«Vamos a ver...Me vas a ayudar a conquistar a Marco Antonio. Ser la dueña de Llebasi y de toda su fortuna - ¿Y no tengo que darte nada a cambio?» - pregunta Chantal.

«Así es...como mujer de negocios sabrás que una buena oferta no se debe dejar pasar. ¿No crees...?»

«Si no es un truco, no tengo nada que perder, sólo ganar. Dígame, ¿qué debo hacer?» - Chantal pregunta inquieta.

La Madame le muestra una bolsa de tela de pana color azul marino, amarrada a su cintura.

«¿Ves esta bolsita? Pocos entienden su poder. Está llena de polvo de duendes mágicos. Sacúdela en la cara de tu pretendiente y quedará enamorado. ¡Ah!, Pero sólo tendrás tres oportunidades para hechizarlo y siete días para seducirlo y conquistarlo; si no, el encanto se esfumará y Marco Antonio no sentirá nada por ti. Acuérdate, nada es para siempre. ¡Ha, ha, ha!»

«Siete días y tres oportunidades son más que suficiente, se lo aseguro.» - dice Chantal.

«No te confíes, no te será fácil conquistarlo. Lo atormenta el recuerdo de un amor y su espíritu lindo y puro lo protege. ¡Ah! y hay otro detalle muy importante, asegúrate que seas tú la primera persona que él vea cuando lo embrujes; ya que quedará enamorado de la primera persona que vea. ¿Tienes alguna duda? - pregunta La Madame.

«No, ninguna. Bueno le diré si en verdad los cristales sirven.»

«Los cristales sirven, pero el resultado es totalmente de tu parte.»

Chantal recoge los cristales y se apura por salir, abriendo la puerta con más rapidez que cuando llegó. Mira alrededor y luego se monta en la carrosa.

«Rubia desgracia…» - Rico trata de enfrentarse a Chantal, pero yo lo detengo.

«¡Estás tenso papá! Tranquilo compadre hay que planificar las cosas bien.» - le dije.

«Vieja estúpida... ¿No estás oyendo?... Quiere robarle a Isabell el amor de Marco Antonio. Si lo logra no van a encontrar a Isabell ni en el centro espiritista.» - exclama el Grillo.

La Madame se queda mirándola detrás de su ventana sucia y observa cuando Chantal se va y comenta:

«Adiós, y suerte... ¡Ha, ha, ha, ha!...La vas a necesitar.»

«¡Qué lugar despreciable! Vámonos Raúl, esto me produce nauseas.» - dice Chantal.

«Entonces, ¿qué pasó?» - pregunta Raúl curioso.

«¡Ah! Esa vieja no sabe nada, sólo perdí mi tiempo.» - y dice para sí misma. - No le diré nada a nadie, ni siquiera a él; lo mantendré en secreto.

«Te lo dije, eso era pérdida de tiempo. ¡Arree...caballo!» Raúl grita.

Siguen su viaje a La Hacienda. Pasando por el pueblo, ven un anuncio de la llegada del Circo.

«¡Ah! Qué casualidad, cuando llegué la primera vez, El Circo estaba en Llebasi y ahora que estoy de vuelta, lo tenemos en la ciudad. Es como si estuviera empezando todo de nuevo; excepto por Rosa Isabell; ¡Esa no está por todo esto! Creo que es una buena señal, esta vez voy a la segura. ¡Mi plan no puede fallar! ¡Ahora sí que estoy loca por llegar a la hacienda!»

Rico el Grillo se rasca el cabeza, sorprendido, y se queda atrás junto a mí, mirando parados en el centro de la calle, no creyendo lo que han visto sus ojos.

Vamos Grillo tenemos que ponernos las pilas y encontrar a Marco Antonio antes que ella lo haga.

«Qué pique me da, la jeba esa, me cae pesa... se le debe caer el bemba por embustera y chivata...tiene un objetivo trazado y es de acabar con Isabell. Hay que avisar a todos los cocuyos para que estén en vela. ¡Agárrame antes que le caiga a patadas!»

«¡Tranquilo amigo! Vamos a recoger nuestras cosas y buscar a Marco Antonio antes que lo encuentre ella.» Los dos seguimos rumbo a casa, Rico hablaba enfurecido a cincuenta millas por hora, mientras yo trataba de calmarlo.

Siempre hay calma después de la tempestad

Capítulo 16

Los cristales Mágicos

De vuelta a la hacienda, Rebeca se encuentra en la cocina con Cotí, ultimando los detalles de la cena.

«Sabes Cotí, hoy llega de nuevo Chantal. No sé, no es que tenga nada en contra suya, pero me gustaba más Rosa Isabell para mi hijo. Era tan llena de vida...inspiraba admiración y respeto...Un espíritu libre, apasionado y fuerte.»

Suena el timbre. Cotí se excusa para abrir la puerta.

«Rebeca la señorita Chantal y el joven Raúl Valle llegaron.»

«Gracias Cotí. ¡Por favor hazlos pasar a la sala! ya voy a recibirles. – dice Rebeca mientras le pone un poco de pimienta a la sopa, le echa un toque de sazón al sancocho y luego los prueba. - ¡Hm… delicioso y sin chispa de grasa! Tengo que bajar aún cinco libras. ¡Ahora sí que está en su punto! Se quita el delantal blanco, se arregla el traje luego camina hacia la sala. Al entrar Rebeca al salón, Chantal sonríe y se pone de pie.

«¿Hola Rebeca, cómo está?» - pregunta Chantal.

«Hola...Chantal, Raúl, ¿cómo están? - Rebeca se le acerca y le da a Chantal un beso de bienvenida. - Tomen asiento por favor, ¿cómo estuvo el viaje?»

«Un poco agotador - dice Chantal, pero ya estamos aquí, que es lo importante. ¿Sra. Rebeca acaso Marco Antonio llegó? ¡Estoy loca por verlo!»

«Lo siento. Todavía no ha llegado, pero no creo que tarde en llegar.» dice Rebeca.

«Bueno, Chantal y Sra. Rebeca con su permiso yo me retiro. Ha sido un día largo y todavía tengo que pasar por el Establo.» - dice Raúl.

«Buenas noches Raúl. Cotí, si eres tan amable, por favor enséñale a Chantal su cuarto.» - sugiere Rebeca.

«No te preocupes Cotí, yo sé el camino. Raúl gracias por ir a buscarme. Discúlpenme pero quiero retocarme y estar lista para cuando llegue Marco.» - dice Chantal.

«Adelante siéntete como en tu casa. Pero insisto, Cotí acompáñala por favor hasta su cuarto.»

«Si señora Rebeca, con su permiso. Por aquí, señorita Chantal. Cotí recoge la maleta y la lleva a la habitación.»

«Después de usted. Con permiso.»

Con el sombrero en la mano, y un pañuelo de seda donde guarda la funda de cristales mágicos que le dio la bruja, Chantal se retira hacia el cuarto. – murmurando: ¡Vieja estúpida, cuando sea la dueña, seré yo quien de las órdenes!»

«¿Qué pasará ahora?» - se pregunta inquieta Rebecca. «Me imagino que Marco Antonio se comprometerá con Chantal. La única yerna que yo anhelaba era Rosa Isabell. ¡Espero que en verdad esta chica lo ame!»

Rebeca está ida en su pensamiento cuando Marco entra a la sala y de sorpresa le planta un beso en el cachete.

«¡Hola Mami!» - dice Marco.

«¡Ay mi hijo, que beso grosero, me vas a matar del susto!» - declara Rebeca.

«¡No mamita, sólo a besos! Cuéntame, ¿ya llegó Chantal?»

«Sí, está en su recámara cambiándose. Serviremos la cena en una hora.»

«¡Está bien! Yo voy a aprovechar para hacer lo mismo.» - dice Marco sonriendo.

«Hijo, antes de que te vayas dime... ¿Qué vas a hacer con Chantal? ¿Piensas formalizar tu relación con ella?»

«Mami, tú más que nadie sabes cómo yo me siento. El recuerdo de Rosa Isabell está vivo en mi mente. ¡Ha pasado tanto tiempo y no logro olvidarla! A menudo la sueño y al despertar siento una cosquilla fría en el cuello y la espalda; como una extraña sensación de encontrarme con ella. No logro concentrarme. Me la paso distraído todo el tiempo y es que algo dentro de mí la siente viva, y a la vez...Chantal ha tenido tanta paciencia conmigo...creo que también me ama. Quizás con el tiempo me acostumbre y logre amarla. ¿Qué tú crees vieja?»

«Piénsalo bien hijo, y no te apresures. Todavía estás joven. ¡Además uno debe casarse por amor y no por obligación o costumbre!»

«No te preocupes vieja, ya veré que hago. Oye, ¿y el viejo dónde está?»

«Llega hoy tarde, está con el compadre comprando unas herramientas.»

«¡Este viejo tiene más fuerzas que yo! Bueno vuelvo ya, voy a cambiarme.»

Marco Antonio sube a cambiarse, al llegar a su cuarto mira a su izquierda el cuarto de la esquina el cual su madre arregló para que Rosa Isabell durmiera las veces que se quedaba con ellos. Marco abre la puerta y mira el cuarto donde jugó con su amiga de niño. Observa la alcoba y todo lo que en ella está. Todo sigue igual a cuando ella estaba viva, nadie ultrajó su límpida memoria dejando la habitación igual. Las sabanas color rosado de líneas blancas y cojines de pluma y sus libros de cuentos que le leía con tanta fantasía. Camina hasta la ventana y decide abrirla dejando salir los fantasmas del pasado.

«¡Rosa Isabell como te extraño!»

Marco se queda unos minutos en frente a la ventana con su mente perdida en sus memorias. Mientras tanto, Chantal en su cuarto planificaba su próximo paso y la estrategia que iba a usar con Marco Antonio.

«No perderé ni un instante para usar los cristales mágicos. Lo tendré comiendo de mi mano. Será como comerse un pastel. - dice Chantal riendo.»

El amor no puede ser ganado por la fuerza, este nace.

Capítulo 17

El Choque

Le falta mucho al Circo por llegar a Llebasi. Los letreros anunciando la distancia de los pueblos cercanos son los únicos adornos del camino, por las largas carreteras de tierra y piedra. De lado a lado se puede apreciar prados de hierba verde limón, entre jungla de bambú y árboles inmensos llenos de diversas aves de colores vivos. Isabell observa un grupo de palomas blancas volando, como maniobras de aviones, todas unánimes en una misma dirección.

«¡Ay qué lindo sería si pudiera volar! Isabell cierra los ojos y recuesta su cabeza en la carroza que va viajando, imaginando ser una de esas palomas. Se queda dormida. Mientras ella duerme pisan tierra Llebasileña.

«¿Vaya, me quedé dormida? ¿Cuánto nos falta por llegar?» - pregunta Isabell.

«Niña, hace dos horas estamos en Llebasi. ¡Ves todo este territorio! Pertenece a la familia Vallardo.» - contesta Cristy.

«¡Por fin llegamos! – dice Isabell mirando alrededor. «¡Llebasi…! Todo se ve tan familiar.»

«Tengo el presentimiento que vas a recordar muchas cosas en este lugar. Estamos levantando la carpa en el mismo centro de la Plaza del Pueblo – como siempre, por su accesibilidad a todos.»

«No sé, pero me siento emocionada y estoy nerviosa.» - comenta Isabell.

«Tranquila, ya verás que todo va a salir bien.» - le asegura Cristy.

Cristy hala las riendas del caballo y detiene la carroza, en el centro del Pueblo. Curiosos observan de lejos, mientras que otros sonríen alegres de la llegada del Circo. La emoción en el rostro de Isabell era demasiado como para esconderla, teniendo una sonrisa de lado a lado.

«Isabell, porque no vas y recorres el lugar, a ver si reconoces algo. Yo me encargo del circo.»

«¿Estás segura Cristy? ¿No necesitas mi ayuda?»

«Por supuesto que necesito tu ayuda, pero hoy no. Además antes que tú llegaras yo lo hacía sola, así que dale y no te preocupes por nada. Javier, Tatiana y mis hombres me ayudaran. ¿Para qué crees que los tengo?»

«¡Ay qué bueno! - Dice Isabell - Está bien, vengo luego.»

Isabell camina por las calles del Pueblo, mira a su alrededor y ve una o dos caras familiares. Todo parece estar en cámara lenta. Desequilibrada mentalmente, presiente cosas del pasado. Sus ojos no están enfocados en nada específico y tiene puesta una sonrisa a media, como de alguien perdido en la selva. Camina lenta, andando como si estuviera dirigida por una fuerza inexplicable sin dar resistencia. Sin darse cuenta llega al escondite secreto, donde siempre se encontraba con Marco Antonio. Dentro del bosque, rodeada de una temperatura tibia y plantas exóticas, Isabell estaba en otro mundo. Maravillada con el paisaje y en silencio, toma fotos mentales para recordarlo al partir. Piensa: «Este lugar me da una clase de paz que en pocos sitios puedo sentir.»

Un aire frío le sopla en su oído y siente una sensación extraña y escalofrío en el cuello. Como si el viento con gran furia y a la vez pasivo, llamara su nombre. Isabell levanta el rostro al cielo y respira profundamente el aire fresco que brota de la cascada. Deseando en ese instante sólo disfrutar su gran belleza. Una ráfaga de luz solar le salpica el rostro, dejando un caluroso trazo en su piel. Nunca antes ha estado tan consciente del exterior. Mira al lado derecho y de pronto observa una inscripción en un árbol, un poco gastada por años de lluvia y sol. Una promesa de amor como copos de nieve derritiéndose: Marco Antonio y Rosa Isabell amigos para siempre. De repente le llega el recuerdo de cuando Marco Antonio le había mostrado lo grabado.

«¡Mira Rosa, escribí tu nombre y el mío! ¡Amigos para siempre! Sus piernas se debilitan forzándola a recostarse del mismo árbol. Sintiéndose estremecida.

Mientras tanto Marco anda buscando sosiego a su tristeza, así que cabalga cerca de la Cascada. Un año de estar solo ha cambiado la mirada de Marco. Se ve demacrado y flaco y las ojeras negras de cansancio han tornado sus brillantes ojos verdes en un tono color oliva. Se desmonta de su caballo y caminando por la orilla del río se encuentra frente a un charco de agua serena como cristal. Mira en el agua su reflejo, no del hombre realizado que era y que había trabajado tanto por ser, sino del niño pálido de ojos grandes que jugaba y se escondía de Rosa Isabel su amiga querida. Mete la mano en el agua y la deja correr por entre sus dedos, tratando de poner la mente en blanco, para ver si logra mejorar el sentimiento fluctuante en el cual se encuentra. El recuerdo de sus memorias calientes es como una máquina del tiempo que lo regresa al pasado y le va cambiando su realidad fría. - «El verano está cerca por el florecer del tamarindo - pensó.

Esa tarde en el campo, perdido en su pensamiento, recuerda las palabras de su amiga... «Todo el mundo tiene derecho a ser feliz...además yo puedo ver un gran gigante en ti.»

Marco siente sus defensas débiles, es demasiado lo que lleva en los hombros. La responsabilidad de la casa grande, la presión de Chantal de tomar una decisión para casarse, obligaciones que se esperaban de él que no podía tolerar. No podía imaginar una vida feliz con ella y por un instante pensó huir y nunca regresar, pero no podía hacerles eso a sus padres ya que morirían de dolor; además sería una cobardía. Buscaba excitación en su vida como se sentía con Rosa Isabell. Ya que después de su desaparición no sentía ningún lazo con Chantal, ningún acercamiento carnal, espiritual o de corazón. Solo se sentía preso. Su escape... la Cascada, su paraíso tropical, su tranquilidad y la medicina que siempre le ha ayudado a relajarse, encontrar paz y sosiego que para él es tan difícil. «¿Quizás hay algo que debo de aprender con esto? - se pregunta. Pero encontrar respuesta era cómo encontrar una aguja en un pajar. Mi paraíso ha cambiado; lo siento alrededor en el agua... lo veo en su tierra... lo huelo en el aire...lo único lindo y puro en mí vida que una vez fue… lo perdí. Nadie parece recordarla pero yo no logro olvidarla.»

«¡Rosa Isabell! ¡Cómo te extraño!...» dice él en voz alta.

En esa incertidumbre mira a lo lejos y observa una imagen que parece ser de una mujer encima de la montaña, en el mismo lugar donde siempre Rosa Isabell le esperaba. Empujado por una extraña fuerza, se acerca para averiguar si por casualidad está perdida y así, como buen samaritano, ayudarle. Isabell, por otro lado, lejos en su pensamiento brinca del susto cuando una voz familiar la sustrae del sueño en el que ha estado, volviéndola a la realidad.

«¿Se encuentra perdida, señorita? La vi de lejos y pensé que quizás esté en necesidad de un amigo.» - dice Marco Antonio.

Con un suspiro corto y la mano en el pecho, Isabell se vira hacia él sorprendida.

«¡Ay Señor qué susto!» - dice ella.

«Perdone si la asusté, solo vine a ofrecerle mi ayuda señorita.»

«Estaba perdida solo en mi pensamiento mirando este hermoso paisaje.» - contesta Isabell. Él la mira seriamente sorprendido sin parpadear.

«¡Rosa! ¿Eres tú? ¿Estoy soñando? ¡Estás viva!» Marco se restriega los ojos para ver si está viendo bien, luego se le acerca y la abraza. «¿Dónde has estado? Todos te creíamos muerta.» - le dice Marco.

Ella lo empuja, echándose unos pasos hacia atrás.

«Sí, estoy viva, pero no me llamo Rosa, usted está confundido, joven, mantenga la distancia o grito. Isabell lo mira fijamente… ¡Qué extraño!... Tus ojos...esos ojos los he visto antes...Me siento confortable contigo, como si estuviera con un viejo amigo... ¿Cómo dijo que se llama?»

Aturdido y confuso por sus palabras, él le replica.

«No lo había dicho, Marco… mi nombre es Marco Antonio Vallardo, para servirle.»

«Marco... ¿Marco? ¿Será el Marco de mis sueños?» - se pregunta.

«Discúlpeme señorita, no fue mi intención faltarle el respeto, lo que sucede es que usted es igualita a una amiga que quería mucho, excepto... su pelo es rojo y el de ella era negro… pero sus ojos...»

Isabell se arregla el cabello. «Ah, es rojo de Clairol.»

Al pasar los dedos por su cabellera, Marco observa la sortija en su dedo. Firme y de inmediato, como el agarre de un soldado, Marco le agarra la mano.

«Dígame, ¿dónde consiguió esta sortija? ¡Dígame!»

Isabell retira su mano con rapidez.

«Esta sortija es mía...bueno, por lo menos así creo. Perdí la memoria y cuando desperté la llevaba puesta...La he llevado siempre conmigo por lo menos así creo ya que no sé quién soy, no recuerdo nada de mi pasado.»

«Doce diamantes como los doce Pueblos de Llebasi y la piedra negra como tus ojos.»

Los dos terminan la oración juntos y asombrados se miran. «Tiene el nombre de Isabell inscrito por dentro, ¿verdad?» - pregunta Marco.

«¡Sí! ¿Cómo lo sabes? ¿Crees que puedo ser ella?»

«Porque esa sortija se la regalé yo a mi querida amiga Rosa Isabell».

Ella abre los ojos sorprendida...«¿Crees que yo pueda ser ella? - pregunta Isabell de nuevo.»

Mirando al cielo, Marco proyecta en su mirada el reflejo de su amada. Con voz suave y lleno de ternura le dice:

«La mujer de la cual yo hablo tiene mil maneras de reír que es un gozo escucharla, y no hablemos de su tierna y coqueta mirada. Con una fuerza espiritual que le da un poder de mando. Marco la mira a los ojos - Y tú... tú tienes los mismos ojos, su gran belleza y su atrayente elegancia.»

«¿De veras? ¿Crees que pueda ser yo?»

«Hay una sola manera de comprobar si eres ella. Mi amiga tenía un lunar en su mano derecha, parecido a nuestra isla Llebasi.»

Pasmada, Isabell enrosca la manga de su blusa y le muestra su brazo.

Oh Dios, yo también tengo un lunar en mi brazo...

Indudablemente eres tú, lo sabía...mi corazón no me podía engañar. Se le acerca y tiernamente la estrecha en sus brazos. Tranquila, ya estás en casa. Rosa Isabell mi amor, ¡cuánto te he extrañado y cuánto he sufrido creyéndote muerta!

Sin saber por qué, ella se deja llevar por el calor de su mirada y la ternura de su toque y antes que pueda decir una sola palabra, él la besa. Se produce una reacción electrificante que hace que recuerde todo su pasado, logrando que una ausencia de meses de oscuridad se convierta en la luz gloriosa de los recuerdos. Pero es tan fuerte el impacto, que quedan desmayados en el suelo los dos.

En la búsqueda de Marco Antonio Coquí y el Grillo llegan finalmente a al tope de la montaña. El Grillo respira profundo con placer y exclama: ¡Estoy encima del mundo!

«Este lado de la Cascada siempre me pone extraño. – le dije. Le tengo terror a la altura…si me amas no me empujes ni jugando; agárrame que me siento caer.»

«Debería empujarte compadre solo para verte volar pero fíjate que no; yo seré re pulsante y actuó sin pensar a veces; pero si te empujo tengo que vivir con la memoria.»

Los dos ríen por igual, cuando de repente se encuentran con los dos cuerpos tirados. Se miran el uno al otro, desconcertados y turbados con el hallazgo.

«¡Ay, qué desgracia compadre, como Romero y Chencha, por amor y con veneno, muy jóvenes murieron!» - grita el Grillo.

Intrigado, me les acerco y les cojo el pulso. «Fueron Romeo y Julieta.»

«¡Ea diantre! ¿Quién hizo esto?»

«Los protagonistas en la novela eran Romeo y Julieta, y además estate tranquilo, ellos están vivos. Tal parece que sólo se desmayaron.» - le dije.

Tiempo de rogar

Isabell despierta antes que Marco y echa su cabello hacia atrás fuera de los ojos. Levanta la cara buscando un poco de oxígeno para aclarar su mente y entender lo sucedido.

El Grillo y yo preocupados preguntamos:

«Isabell ¿estás bien?»

«Creo que sí.» Contesta ella.

Marco mueve su cabeza y hace un gemido e Isabell se le acerca para auxiliarlo.

«¿Marco Antonio, mi amor estas bien? Pregunta ella.

«¿Ya sabes quién es él?» - pregunta el grillo.

«¡Sí! Me besó y me hizo recordarlo todo.» Contesta Isabell.

Marco Antonio se despierta.

«Rosa Isabell. No puedo creer lo que ven mis ojos, estas aquí conmigo.»

Marco se sienta, la mira con dulzura, y tiernamente le toca el cabello y le acaricia el rostro. La abraza y recuesta su cabeza en el hombro de ella.

«Hm...Se me había olvidado tu olor.» - dice Isabell.

«¿A qué huelo?»

«Es difícil de explicar, es una combinación de chocolate y caramelo, con aroma de café.»

«¿De veras? Yo creo que tú lo que tienes es hambre. ¿No te suena eso familiar?»

Los dos ríen suave y con placer.

«Estás viva y aquí conmigo, es increíble. - Marco dice aun sorprendido.

«Hm....El grillo raspa su garganta.

«No lo interrumpas.» - le dije.

«Marco Antonio, estos son mis dos amiguitos, Grillito y Coquizón quienes me han cuidado todo este tiempo hasta el sol de hoy.»

«Gracias por cuidar a mi tesoro. Marco la mira y con voz temblorosa, le toma las manos. - ¿Te puedo preguntar algo que me tiene intrigado?»

«Sí, dime, ¿qué quieres saber?»

«¿Qué significa Raúl para ti?»

«¿Quién? ¿Raúl Valle?...Él es simplemente un conocido y amigo de infancia, que siempre me ha pretendido y nada más.» - contesta ella.

«Sabes, al oír a Raúl hablar de ti y lo seguro que estaba de tu cariño, sentí un arranque de celos tan inmenso, que no pude dormir esa noche... No sé cómo explicarte, siempre te miré como una niña y de momento eres toda una mujer y muy hermosa, que tiene a todos los chicos del barrio, incluyendo a Raúl Valle, detrás de ti queriendo ganar tu cariño. Quizás te suene egoísta pero quisiera que fueras sólo para mí.» - dice Marco.

«Hm...A veces se necesita el amor de otro hombre para despertar el interés o la curiosidad de otro. Marco, mi amor es y siempre ha sido tuyo.»

Dudoso, Marco fija los ojos en ella.

«¿Por qué me quieres tanto?» - él le pregunta.

«¿Por qué llueve o amanece? No sé por qué, me lo he preguntado tantas veces. Tú eres para mí como el aire que respiro, necesario para vivir. Nunca he encontrado otro ser humano con el poder que tienes sobre mí. Créeme, he tratado de sacarte de mi corazón, pero tu recuerdo me golpea aquí en el alma.» - Isabell se golpea en el pecho, sus ojos se apagan nuevamente y su voz entrecortada se oye ronca. - Es enfermiza la manera en que estoy apegada a ti, hasta me fascina repetir tu nombre. Bueno, mis hermanas me tienen prohibido mencionarte, dicen que las tengo mareadas. ¡Jajá! Se le raspa la garganta... Hm....pero...bueno, ya no importa. Todo me parece tan absurdo ahora...»

«Hablas de mí como si hablaras del pasado, ¿Acaso ya no me amas?»

«Sinceramente, estoy desconcertada, ya no sé qué sentir. ¿Acaso eres libre para amar y ser amado?»

El Grillo comenta: «¡Atácate! ¡Esto se está poniendo caliente, está mejor que la novela de las siete!»

«Silencio compadre…» Yo (Coquí) - le dije.

Preocupado por su reacción, Marco la toma de la mano y le habla suavemente.

«Ha debido ser frío estar en la sombra del olvido, sola y sin poder recordar nada de tu pasado. Una cara bella sin nombre. - Marco le acaricia el rostro. Isabell, tengo que pedirte perdón por estar tan ciego y no haber notado todo el amor que sentías por mí. Siempre has compartido conmigo, yo el niño de la casa grande que tiene todo, y tú, aun sin tener fortuna, mantuviste siempre postura y presencia como toda una reina. Aunque aparecía no haber reconocido tu fuerza y poder sobre mí, hoy te confieso que siempre lo has tenido. Todo lo lindo y todo lo bueno dentro de mí, proviene de ti. Yo creo que hay una razón para todo en la vida. Nacimos el mismo día y a la misma hora. Fuiste mi primera amiga y quiero que seas mi primera mujer y la última. ¡Cásate conmigo, Isabell! Te he llevado siempre dentro de mi corazón. Quizás no merezca tu perdón y no sé si estoy tarde, pero si me lo permites dedicaré el resto de mi vida para amarte y cuidarte. Quiero descubrir contigo los secretos del amor. ¿Crees que me puedas perdonar?»

Ella se levanta del suelo y se sacude la falda, se arregla el cabello sin decir una palabra. El corazón de Marco Antonio late fuertemente pensando en las palabras de rechazo de Isabell, sin saber que ella está tan ansiosa como él de estar entre sus brazos.

«El verdadero perdón es recordar sin dolor y yo he sufrido mucho. He tenido que ser bien fuerte y sobrevivir sin tu cariño, escondiendo ante todos mi dolor detrás de una sonrisa. Aunque yo te entiendo, sé lo difícil que es renunciar a un cariño cuando se quiere de veras. Recuerda que estas comprometido con una hermosa mujer con piel de porcelana, ojos verdes y viste de seda. Ella es delgada y proviene de un alto nivel social, aumentando aún más tu riqueza. Yo sólo soy la hija del capataz de tu Hacienda. Soy de piel bronceada, ojos negros y caderas anchas; pero soy fuerte. Sólo tengo para ofrecer mi amor y fidelidad. Hm...Recuerdo cuando era niña siempre corría detrás de ti buscando alcanzarte para estar a tu lado.» - le declara ella.

Marco se le acerca por detrás y la toma entre sus brazos. Sonriendo al recordar.

«Yo recuerdo caminar lento para que tú me alcanzaras. Además...yo también he sufrido mucho desde que tú no estás a mi lado.»

«La felicidad es una amiga voluble que a veces nos visita es exigente y precisa rodearse de aire, luz y una situación emocional estable. ¿Marco cómo puedo estar segura de tu cariño? En cuanto a amar se trata eres inestable y eso causa muchas dudas. Hoy por hoy estas comprometido con Chantal. ¿Cómo puedes cambiar de un amor a otro, como si estuvieras cambiando de camisa? No lo entiendo...creí que eras diferente.»

«Yo estaba tranquilo y seguro de mis sentimientos por Chantal, hasta que tú me besaste en la fiesta de Navidad, ¿te acuerdas?»

«Ay...la gran fiesta... por supuesto, sí la recuerdo.» - contesta Isabell.

«Ese día tuve un encuentro con mis sentimientos. Tu beso despertó en mí emociones que no sabía que existían, abriendo una grieta de confusión en ese momento, pero ya sé y estoy seguro de lo que siento. Isabell no dejes que tu pasado guíe tu presente, ni imponga tu futuro. Créeme, mi amor es legítimo y suficiente para llenar una vida.» - dice Marco

«Y Chantal, ¿qué va a pasar con ella?» - pregunta ella.

«Yo hablaré con ella, tiene que entender que no la amo, no puedo hacerla feliz, con ella yo sólo existía, contigo nací de nuevo. Estoy loco...

desesperadamente enamorado de ti, dispuesto a hacer lo que me pidas como prueba de mi amor.»

«Cuánto tiempo había soñado oírte hablar así tan hermoso, como una poesía en movimiento...pero ya es tarde. (Menea la cabeza de lado a lado) Quería ser parte de tu destino, pero fue un imposible; sólo fue una ilusión personal interna, de la cual me he tenido que resignar a no lograr.»

«Isabell, cada hombre hace lo que puede hasta que su destino es revelado. Isabell tú eres el mío, ahora lo entiendo. Tu amor es la fuerza que me guía y la esencia de mí vida. ¡Escúchame por favor! Amar y ser amado es lo más lindo que hizo el Creador y yo nací para amarte, no cierres tu corazón ni tengas miedo. Soy un hombre de palabra y hoy te hablo con el corazón en las manos. ¡Te amo! Por favor perdóname.»

Rico sin entender las palabras de Marco.

«¿Qué vaina habla este? ¿Cómo es eso que tiene el corazón en sus manos?»

«Compadre está hablando en sentido figurado.» - le dije.

«Todavía confundido y con una sonrisa loca pregunta: ¿Cómo es la cosa? ¿Tiene sentido, o lo está figurando?»

«No seas bruto, chico...tienes el cerebro de un burro y estás como mi amigo Tranquilin, que entiende al revés.»

«No importa, este burro siempre encuentra el camino a casa.» - dice Grillo.

«¿Qué?, ¡Silencio Marco está hablando!»

«Isabell, hoy te pido perdón por no haber comprendido todo el inmenso amor que de niña has sentido. Yo te puedo ofrecer una vida diferente para así compensar tu cariño y sacrificio. Te juro amar, volver a empezar, dame otra vez ese amor que un día fuera mío y perdí por no pensar.»

«¿Que te vuelva a amar, como olvidar lo vivido? Es difícil soñar si la ilusión se ha perdido.»

«Te juro amar.» - le asegura Marco.

«Me juras amar, pero es muy tarde.» - le contesta ella.

«Por favor empecemos de nuevo.»

«¿Volver a empezar...?»

«¿Qué me dices Isabell, crees que puedas perdonarme?»

«Marco Antonio, yo conozco tu esencia. Siempre me ha intrigado tu mente afilada para los negocios, tu elegancia, tu fuerza espiritual y a la vez tu sencillez. Un poco lento para algunas cosas; pero al fin siempre logras hacer algo espectacular.»

Isabell calla un instante y lo mira detalladamente. Vira la cara, mira al Coquí y traviesamente le guiña un ojo. Luego le dice seriamente a Marco:

«No me queda más remedio de aceptar la oferta de vivir el resto de mi vida a tu lado. Porque yo también, estoy locamente enamorada de ti.»

Marco la levanta en peso y le da vuelta en el aire y los dos ríen de alegría.

«No te arrepentirás, ya verás. No quiero perderme nada de ti, no quiero dormir, ni cerrar los ojos si no disfrutar viviendo tiempo completo llenándome de tu amor.» - le asegura Marco.

«Si yo hubiera sabido que mi beso iba a ser tan poderoso, te hubiera besado mucho más atrás; tú sabes...» - le dice Isabell sonriendo.

Los dos ríen y se abrazan contentos.

El Grillo no entiende lo que está pasando. «¿Qué, ya hicieron las paces? ¿Oye, y Chantal qué?»

«Silencio, no seas indiscreto, estás interrumpiendo el momento. Eso fue el capítulo anterior.» Le dije.

«Pero... ¿y entonces tigeraso explícame esa vaina?»

¿Qué va a pasar ahora? - pregunta Isabell.

«Vamos mi vida» - le dice Marco Antonio a Isabell «yo mismo te llevaré a casa de tus padres, no quiero perderme la alegría en sus rostros y la emoción de verte»

Marco va rumbo a la casa de los Rivera con Rosa Isabell. A solo cuadras de la casa se hallaba Maggie lavando ropas con sus hijas. Al ver venir a Marco Antonio a lo lejos Mayra se pone de pie y se queda asombrada mirando y a la joven que viene con él.

«Hum ese caminar lo conozco donde quiera. - De repente grita - ¡Isabell! - llevándose la mano al pecho. - es Isa mamá, es Isa» - luego corre gritando hacia ellos seguida por Mary. A Maggie los nervios le hacen flaquear las piernas, teniendo Mercy que sujetarla. Isabell recibe un huracán de emociones a su llegada, llanto, risas, abrazos todos al mismo tiempo. Maggie la toca no creyendo lo que ven sus ojos, le examina el cuerpo como lo hizo al nacer.

«¿Hija dónde has estado?» - le pregunta llorando, «mis piernas han fallado hoy de la emoción pero no he parado de buscarte. Día a día te busque con la fe de encontrarte, y hoy que te veo no puedo creerlo.»

«Mami perdí la memoria… no sabía quién era. Por largo tiempo no sabía quién era ni de donde era. Gracias a Dios que fui rescatada por un grupo de gitanos. Me cuidaron todo este tiempo y hoy llegamos a Llebasi. Me fui mirando por los alrededores y Marco me encontró. El me ayudo a recordarlo todo. Mami estoy contenta de estar en casa.»

Todos se abrazan. Bien emocionado.

«Dios te bendiga hijo por traer a mi hija de vuelta a los brazos de su familia.»

«Por nada señora Maggie, aunque fue ella quién me encontró - dice Marco sonriendo.

«Mi hija solita y perdida sin saber quién eras, qué peligro» «Vamos donde tu padre para darle la noticia, solo hay que tener mucho cuidado ya que desde tu desaparición está muy delicado con la presión alta. No puede tener muchas emociones sentimentales.»

«Isabell, Sra. Maggie, muchachas yo me voy tengo que arreglar un asunto pendiente y avisar a mis padres del regreso de Rosa Isabell, te dejo bien acompañada Rosita para que no te me pierdas de nuevo. ¿Está bien?».

«Muy bien mi amor pero no vas a tardar mucho ¿verdad?» - pregunta Isabell.

«Estaré de regreso antes de que cante el gallo».

Marco le da un beso tiernamente en la mano y parte camino a la Ponderosa. Mientras Isabell, su mamá y hermanas se van rumbo a la casa.

El corazón humano es tan impredecible.

Capítulo 18

La Noticia

Por el camino a la Hacienda, Marco va pensando cómo explicarle a Chantal del regreso de su amiga, el cambio de sus sentimientos y el anhelo de hacer a Isabell su esposa. Él es hombre de buenos sentimientos y no le falta la sensibilidad. Por el contrario, siente una gran pena por Chantal y recuerda con cariño los momentos lindos que han vivido. Pero no se siente envuelto emocionalmente con ella, como lo está con su amiga de infancia, Isabell; y no está dispuesto a renunciar a su felicidad. Una ligera tensión le sacude la mente, todavía sorprendido por el rencuentro con su amiga, que como una canción pegada la va recordando por todo el camino. Al llegar cerca del Mercado se encuentra con Raúl.

«Marco Antonio, ¿te sucede algo? Te ves un poco confuso y distraído.»

Confuso no es la palabra, atónito, mejor dicho. ¿Qué crees? ¡Acabo de encontrarme con Rosa Isabell, está viva! - dice Marco.

«¿Qué, Rosa Isabell, la hija de los Rivera?» Pregunta Raúl excitado.

«Sí, la misma que viste calza. Había perdido la memoria pero ya la recobró. Está ahora en casa de sus padres.»

«¡Increíble! ¡Esto sí es una buena noticia! ¿Y tú para dónde vas?»

«Voy para la hacienda. Estoy buscando a Chantal. ¿No la has visto? Tengo que hablar con ella.»

«¡Rosa Isabell viva, vaya, qué buena noticia me has dado, chico! Sabes, yo también tengo prisa, luego nos vemos. – después que Marco se va Raúl dice entre sí. Es imprescindible que le avise a Chantal, para que evite que Marco Antonio y Rosa Isabell se junten. ¡Ella tiene que ser mía! Creo que oí que Chantal iba para la Plaza, la buscaré allí primero. - dice

Al llegar Raúl a La Plaza, ve a Chantal sentada en uno de los bancos, con gafas oscuras, tomando sol y limonada.

«¡Chantal, al fin te encuentro!» - exclama Raúl.

«Ella se baja las gafas y lo mira por encima de ellas. «¡Raúl, eres tan común como el arroz blanco! ¿Qué pasa? ¿Sucede algo?

«¡No me vas a creer, pero Rosa Isabell, la hija de los Rivera, acaba de aparecer!»

«¿De veras? Chantal se pone en pie. ¡Qué fastidio, otra vez la muerta de hambre!»

«Me acabo de encontrar a Marco Antonio y está como un loco buscándote, no creo que para nada bueno. Chantal, tienes que lograr que él se case contigo y yo me encargo de Rosa Isabell.»

«Acariciando los cristales, Chantal contesta. No te preocupes tengo todo bajo control, esta vez no se me escapará. Chantal se levanta y va rumbo a la hacienda para encontrarse más pronto con Marco Antonio.»

De vuelta en La Ponderosa, Marco entra a la casa. No siente hambre, a pesar del rico olor que sale de la cocina, que vencería la fuerza de voluntad de cualquier monje en penitencia de ayuno.

«¡Nana, Nana, encontré a Rosa Isabell, la encontré!» - grita Marco abrazando a Cotí

Cotí quien embarrada de harina en un cachete, ríe y brinca de emoción. - Jesús niño que me matas de emoción. «¡Ay, qué alegría, Dios santo! ¿De veras? Cuando este la suelta se seca las manos con una toalla roja y blanca de cocina que tenía cerca. Por favor cuéntamelo todo, donde estaba ella metida.»

«Te contaré todo luego con detalle pero ahora tengo que encontrar a Chantal? ¿La has visto?» - pregunta Marco.

«Señorito, creo que la oí decir que iba para La Plaza del Mercado.» - le dice Cotí sacudiendo aun el polvo de harina de su cara.

Rebeca oye el alboroto y entra en la cocina.

«¿Qué sucede, por qué gritan?» - pregunta Rebeca curiosa.

«Mami Rosa Isabell está de regreso, ¡ella está viva! ¿Lo puedes creer? Esta viva...Yo lo sabía, lo sentía en mi corazón.» - comenta Marco.

«¡Hijo, eso sí es una buena noticia! ¿Qué sucedió? ¿Dónde estuvo metida todo este tiempo?» - pregunta con curiosidad

«Yo hice la misma pregunta.» - dice Cotí.

«Todo este tiempo había estado en El Circo.»

Sorprendidas, Rebeca y Cotí preguntan a dúo. ¿El circo?

«Sí. Perdió la memoria cuando el tornado y unos gitanos la recogieron, bueno, es una larga historia. Después les cuento en detalle. Ahora estoy buscando a Chantal. Por primera vez en mi vida se exactamente lo que quiero.» - dice Marco con seguridad.

Rebeca le da unas palmadas en el hombro y sonríe.

«Sé que tomarás la decisión correcta, escucha a tu corazón.» - dice ella aun sonriendo.

«Te veo luego vieja, voy a ver si encuentro a Chantal.»

Saliendo de la casa, Marcos ve a Chantal frente al establo. Su imagen es difícil de confundirse con cualquier otra, por su estatura, cabello corto y rubio y su esbelta figura. Chantal tiene los cristales mágicos listos para usar. Sonríe con maldad. - «Hum…aquí viene.»

Marco viene con la cabeza baja, como un niño cuando tiene que confesar una maldad o sabe que va ser reprendido.

«Hola Chantal, ¿cómo estás?» El pregunta.

«Marco Antonio, cariño. ¿Dónde has estado metido todo el día?...Te he estado buscando.» - dice ella acariciándole el rostro.

«Si supieras, Chantal, hoy ha sido un día de grandes acontecimientos y yo...»

«Cuidado Marco, un mosquito…»

Antes que Marco pudiera decir nada más, deliberadamente le da por la cabeza con la bolsa de cristales mágicos, cubriéndolo por completo, hechizándolo a él y también a una ardillita que pasaba cerca.

La ardilla se estruja los ojos los abre y observa otra ardillita que estaba cerca.

«Cecilia... ¿qué te has hecho? Estás preciosa y arrebatadora. Te quiero, déjame abrazarte y apretarte hasta hacerte pedazos.» - dice la ardilla masculina apretándola y besándola, pero ella logra escaparse de sus brazos. Se va corriendo y él se le va detrás.

«¡Cecilia! ¡Espera...!»

El polvo de los cristales también le nubla la vista a Marco Antonio, quien se estruja los ojos tratando de lograr que las lágrimas le quiten el tapazón de su vista.

«Oh, lo siento mucho cariño, ¿estás bien? Chantal sujeta el rostro de Marco con las dos manos, asegurándose que sea a ella la primera persona que él vea. Marco, mírame, ¿estás bien?» - pregunta ella.

Con los ojos aguados, él la mira con ternura produciéndose el embrujo.

«Hola cariño, que hermosa estas hoy,» - comenta Marco Antonio.

Ella sonríe, satisfecha de su logro.

«Ven cariño, te decía que tenemos que hablar de lo nuestro. ¿No crees que sea tiempo ya que planifiquemos nuestra boda? Te amo tanto. Chantal le acaricia el rostro. Quiero ser tu esposa y estar unidos siempre. Estoy tan segura de mi sentimiento, que si por mí fuera me casaría mañana mismo. ¿Qué crees querido?»

«Creo que es una buena idea...para qué esperar más tiempo, nos casamos mañana.» Chantal y Marco Antonio llegan a la casa grande para dar la noticia de su decisión. Al llegar encuentran a Raúl, Rebeca, Guillermo y Cotí en la sala, conversando y reposando de la cena.

«Familia, qué bueno que están todos juntos, ya que queremos decirles lo que hemos decidido. Bueno, tienen que felicitarnos: ¡mañana nos casamos!» - anuncia Chantal.

En medio de la reacción audible de los congregados, Chantal le guiña un ojo a Raúl y se le acerca.

«Raúl, espero poder contar contigo para que me entregues ya que mi padre no puede estar presente.»- pregunta Chantal.

«Por supuesto, con mucho gusto, para mí será un placer; allí estaré para ser testigo. Sonriendo piensa... esta boda no me la pierdo yo. Esto no se ve a menudo, uno de los solteros más codiciados de Llebasi echándose la soga al cuello; dime Chantal. ¿Cómo lo lograste?»

Sonriendo Chantal contesta... «Es secreto militar...no fue fácil convencerlo, pero por fin vamos a estar juntos para siempre. Sabes Raúl, sería buena idea que le informaras a la familia Rivera que mañana Marco Antonio y yo nos casamos.»

«No se preocupen, esta misma noche lo sabrán. - dice El.»

«Pobre Rosa Isabell… por favor Raúl deja que se entere de la boda mañana, no va a ser una buena noticia para ella, además deja que su familia disfrute su llegada.» - dijo Rebecca triste.

Marco Antonio se ve aturdido, distante y con una mirada fría. La noticia le ha revolcado el estómago a Rebeca, quien, escéptica y con cara de asombro, le cuestiona a Marco la abrupta decisión de casarse.

«Marco Antonio, hijo, ¿estás seguro que eso es lo que quieres? ¿Qué pasó con lo que hablamos hoy? No has pronunciado palabra.» Rebeca mira a Guillermo y le hace señas con la mirada para que diga algo.

«Definitivamente es un lugar hermoso. - dice Guillermo. Bueno, se hará como ustedes desean. Haremos lo mejor posible en el corto período de tiempo que tenemos, aunque a mí me hubiera gustado tener mucho tiempo para hacerlo todo mejor.»

«Si, ya hemos esperado mucho tiempo. -dice Chantal, me quiero casar ya antes que se eche para atrás. - Chantal dice riendo. Don Guillermo queremos que sea frente a la cascada, uno de los lugares más hermosos de Llebasi.» dice ella.

«Sí Mamá, mañana mismo nos casamos, lo hemos decidido ya.»

«Lo que no entiendo es la prisa, no tengo tiempo para preparar todo.»

«Chantal lo quiere así y la quiero complacer. No queremos nada grande...sólo nos casaremos y ya.»

«¿Nada grande? ¡De ninguna manera! Esto hay que celebrarlo, aunque sea en familia.» - dice Guillermo.

«Raúl ya sabes lo que tienes que hacer.»- le dice Chantal en voz baja.

«No te preocupes, será un placer. Gustosamente le daré la noticia.» -le contesta Raúl.

«Correrá como una perrita con la cola entre sus patas, en derrota, como lo hizo la última vez.» - dice Chantal.

Raúl se despide de la familia y se dirige a casa de los Rivera. Al llegar, encuentra a José en el portal de su casa sentado en su silla mecedora favorita, tomando café. Raúl desciende del caballo, se quita el sombrero y limpia el sudor de su frente, luego llega a donde José.

«Don José, me he enterado de que Rosa Isabell está de regreso. ¿Será posible verla?»

«Increíble, Raúl, pero cierto. Imagínate, lo emocionados que estamos, después de tanto tiempo de creer que estaba muerta, aquí esta Rosa de nuevo.»

«¡Isabell hija! – José la llama: Te buscan.»

«¿Quién está ahí, Marco Antonio?»

«No, hija, no es Marco Antonio sino Raúl Valle.»

El semblante en el rostro de Isabell cambió al saber que era Raúl y no Marco.

«Ah...Raúl, ¿cómo estás?» - Isabell lo saluda con cara seria y manteniendo distancia.

«¿Yo? Ahora mejor que te veo. Raúl mirándola con picardía y sin quitarle la mirada de los ojos, le agarra la mano y la besa. Te ves impresionante, diferente, ¡Vaya...más hermosa que nunca!»

Isabell se mantiene seria y contesta sólo por educación y porque es lo apropiado qué hacer.

«Gracias, muy amable, aunque... ya no soy la misma de antes. Raúl, ¿cómo supiste que estaba aquí?»

«Marco Antonio me lo dijo.» Se vira y mira a Don José. «Hablando de Marco Antonio, recuerdo. . .el propósito de llegar hasta acá. Don Guillermo me mandó a extenderles la invitación para la boda de Marco Antonio, que será mañana.» Raúl no puede evitar sonreír al decirlo.

«¿Qué? ¿Cómo que se casa mañana?» El estómago de Isabell se le revuelca, y siente debilidad en las piernas.

«Sí, se casa con Chantal; lo decidió hoy algo un poco extraño y rápido. Se casarán en frente de la Cascada mañana. La ceremonia empezará a las cuatro.»

Para Rosa Isabell la noticia es un golpe fuerte en el pecho, como el puño de un boxeador. Sus ojos se aguan y su voz entrecortada se le pone ronca. Pero suprime su sentimiento tratando de mantener su dignidad, la cual está siendo arrastrada por todo Llebasi.

«¿En la Cascada? - pregunta ella. ¡Nuestro escondite secreto! ¡No puede ser tan cruel, tanta insensibilidad no es posible!»

José mira a Isabell turbado y confuso, por las palabras de Raúl. «Pero no entiendo. . . ¿Qué relajo es este? No me acabas de decir que. . .»

Ella toca el brazo de su padre con fuerza y no lo deja pronunciar palabra alguna.

«Tranquilo Papi, yo tampoco entiendo nada, pero esta vez no correré. Raúl, gracias por informarnos, dile a Don Guillermo que con mucho gusto iremos.»

«Isabell, yo te puedo recoger mañana si quieres, para mí será un placer.»

«No te preocupes Raúl, nosotros llegaremos, pero gracias por tu oferta. Allá nos vemos.»

«Bueno hasta mañana entonces...Isabell quiero que sepas que estoy a tu disposición, para lo que necesites. Don José buenas noches.»

«Gracias otra vez, Raúl, buenas noches.»

Raúl se pone el sombrero, monta su caballo y en cuestión de segundos, satisfecho de haber revuelto el avispero, dejando a Isabell inquieta y en confusión, se desaparece en el pastizal.

«Pude notarle en la cara a Isabell el dolor que le ha causado la noticia... pobrecita...que sufra un poco...quebrantarla es necesario para que venga llorando rendida a mis pies pidiendo consuelo...¡ha, ha, ha!. Entonces va a saber quién soy yo - Raúl Valle.»

La Hija de Papá

«**I**sabell, ¿qué vas a hacer con respecto a Marco Antonio?» José respira profundo. «No sé si es que ha cambiado su manera de ser, pues él siempre ha sido recto, íntegro, honrado y hombre de palabra. Nadie cambia de la noche a la mañana su personalidad, a menos que esté loco, sea bipolar o esté embrujado. Creo que lo debes olvidar y seguir adelante, esa es la mejor venganza.»

«No sé, Papi, pero si él no lo está, me está volviendo loca a mí... Ha herido mi orgullo de mujer, se supone que se case conmigo, no con ella. ¿Por qué no me quiere como esposa? ¿Qué tiene ella qué no tenga yo?» Se sienta en la escalera al lado de su padre, se recuesta en su hombro y se echa a llorar.

«Ese ha sido mi sueño desde pequeña y nunca ni con el pensamiento le he sido infiel.» - de momento Isabell se separa de su padre y seca sus lágrimas. Tengo que averiguar qué pasa, por qué cambió de idea. Lo estarán forzando a casarse con ella a causa de su nivel social...o simplemente él es cruel y esto es una pesadilla que no tiene fin.» - dice Isabell.

«Isa, el orgullo no es exclusivo de los ricos, pero sí el casarse entre ellos, para mantener su nivel social. Tal vez soñaste muy alto hija y Marco no era para ti, aunque tú bien sabes que yo personalmente no creo en nada de eso de niveles sociales, ni de ser juzgado por lo que llevas puesto. Siempre te he dicho que lo que en realidad cuenta es el amor. ¿Por qué no le preguntas a tu madre, quizás ella pueda aconsejarte mejor que yo?»

«¡A mamá!...no, Papi, con lo impulsiva que ella es, es capaz de golpear a Marco o tratar de hacerlo razonar a golpetazo limpio.»

«Hm... Tienes razón, ella no es fácil no.»

«Papi, algo que siempre me ha intrigado es, ¿Cómo pudiste convencer a mami para que se casara contigo, cuando son tan diferentes?» - Isabell pregunta curiosa.

«Por ser diferente y ella tan difícil, fue que me casé con ella. Ahora no, puesto que estoy viejo y retirado de todo eso, pero cuando joven yo era tremendo. Era un picaflor empedernido. Seducía a las muchachas y después de conquistarlas, dejaba de ser un reto. Cuando más enamorada estaba de mí...la dejaba y buscaba otra conquista. Con tu madre fue diferente, ella me rechazó, fue la única que no cayó rendida a mis pies con mis encantos; por lo contrario ella fue la que me conquistó a mí. Ya vez...me gustan tanto las mujeres, que Dios me bendijo con cinco...» José acaricia el rostro de su hija y sonríe suavemente.

«Isa, desde pequeña tú has actuado como una mujer y ahora que lo eres, puedo ver la dulce niña en ti. Sabes que puedes contar conmigo siempre. No quiero que sufras ni que aguantes desprecios de nadie, ni siquiera de Marco a quién quiero como a un hijo, no le voy a permitir que juegue contigo. Tú tienes familia y un padre que te puede defender, no estás sola. - Un velo de ternura cubrió el rostro de José. Por más grande que estés, siempre vas a ser mi niñita.»

«¡Gracias Papi! - Isabell le da un beso en el cachete. Tengo que definir mi vida. Por primera vez me siento aturdida y sin saber qué hacer. No sé si pelear por su cariño o dejar que todo se pierda e irme lejos. Esta vez consciente y sin boleto de regreso.»

«Hija, ¿tú lo amas?»

«Lo amo con toda mi alma, nunca había amado así.»

«Entonces no te conformes aceptando la vida y sus situaciones. Lucha por su amor hasta el final sin dejarte vencer. Acuérdate que de los cobardes no se ha escrito nada, sino de los valientes.»

Ella baja la cabeza, pone la cara entre sus manos, y se acomoda el cabello hacía atrás. De repente hace un puchero y grita, tratando de sacar la presión de ansiedad que lleva adentro. «¡Dios mío! ¿Qué hago?»

«Hija el mejor consejo te lo da la experiencia. Desafortunadamente, ésta siempre llega demasiado tarde, cuando has pasado ya por el problema. Yo puedo hablarte hasta que amanezca, pero...el mejor consejo descansa bien hondo dentro de ti, como una perla en el mar...Busca y verás.»

«Sabes papi...voy a llegar al fondo de todo esto. Puede que pierda esta batalla, pero no me iré sin pelear. Luego regreso no te preocupes por mí Papi ni hagas nada, yo misma resolveré este problema. Padre no te preocupes por mi regreso, esta vez encontraré el camino a casa.» - le asegura ella.

«Está bien, que el Señor te guarde. ¡Ten cuidado!»

«Iré a la Cascada primero, tengo que encontrar mis amiguitos, ellos me ayudaran. ¡No tengo tiempo que perder!» - Con esa última palabra se va caminando.

En el amor y en la guerra: ¡Siempre enfrenta al enemigo con coraje, valor y un plan!

Capítulo 19

Isabell va en busca de sus amiguitos. El sonido típico del campo pone su mente en blanco buscando en su oscuridad los recuerdos. El frio de la tierra que por partes aún está húmeda y el olor extraño de las diferentes matas del camino se le pega en la piel y ropa. A la distancia se escuchan voces conocidas. Al llegar a la cascada, Isabell se encuentra con Rico y yo sorprendiéndonos.

«¿Isabell qué haces aquí? Preguntamos sorprendidos, te hacíamos en tu casa descansando.» - le dije.

«Coquí, Rico, ¡qué bueno que los encuentro!»

«¿Te sucede algo?» - le pregunte. «¡Te ves pálida!»

«Lo siento chicos, no me siento bien. Mañana se casa Marco Antonio y no conmigo, ¡sino con Chantal!» - dice Isabell.

«Levanté mis brazos y grité.

«¡Ay bendito! ¡Vamos pa'trás como los cangrejos!»

¡Los cristales! Rico y yo estábamos presentes cuando la bruja le dio una porción a Chantal de Polvo de Duende Mágico para embrujar a Marco Antonio.»

«Es verdad, tiene que haberlo embrujado.» - dice el Grillo.

«¿Chicos por qué no me lo dijeron antes? ¡Pudimos haber evitado que lo hechizaran!»

«Lo sentimos Isabell. Con tantos acontecimientos se nos olvidó.»

En eso llega Cocó. «Hola chicos, ¿Qué novedad hay?»

«Ah, ¡pero cómo! La que salió a dar la ronda para averiguar fuiste tú. ¡Anda al dianche! Si te gusta el chisme el chismoso lo primero que tiene que tener, después de un hermoso cabello es vista y buen oído.» - dice el Grillo sonriendo.

«Oye...Yo no soy chismosa, vuelo por la cuidad todo el tiempo para vigilar y protegerla, no para recoger chismes. No confundas la magnesia con la gimnasia, no es lo mismo ni se escribe igual. ¿Por qué siempre te metes en mi vida?» – dice Cocó.

Técnicamente eso no es verdad…tú no tienes vida. Estás como la cola del perro. - dice el Grillo.

«¿Cómo está la cola del perro?» - pregunto curioso.

«Siempre atrás. ¡Ha, ha, ha! - contesta el Grillo. Reímos ambos, pero Isabell y Cocó se quedaron serias.»

«Compadre, tú si eres travieso.» - le dije.

«Caballero, a la verdad que esto no se ve en Cuba. Te fijas Isabell, lo que tengo que aguantar. Todos los días es el mismo bembé, sí, seguro, si siempre me dejan atrás, ¿cómo voy a aprender?» - pregunta Coco.

«¡Déjenla tranquila, bendito!» - dice Isabell.

«¡Sólo estamos bufeando con ella, la queremos mucho! Rico le tira un beso y le guiña un ojo. ¿Verdad sapo?»

«Sí por supuesto Lucecita Viajera, no te enojes.»

«Mira, Cocó, Marco Antonio se casa mañana. Estamos convencidos que está embrujado. Así que no es tiempo de relajo, tenemos que pensar claramente y planificar algo ingenioso con acción positiva. Voy a necesitar de ustedes mis amigos para rescatar a Marco Antonio o conquistarlo de nuevo si es necesario. Cocó, ve a la casa grande a ver qué averiguas.»

«Ahora mismo parto para allá.» - Cocó da media vuelta y se va volando.

«Amigos por favor mantengan la vigilancia cerca del rio y la cascada, tengo que ir al Circo para hablar con mis amigos para ver qué me aconsejan y a la vez para que sepan que estoy bien. ¡Deben de estar preocupados!» - dice Isabell.

«Vete tranquila, estaremos aquí pendientes. – Contestamos - recuerda que Dios aprieta pero no ahoga.

Mientras Isabell va al Circo, Cocó llega a la Hacienda y entra en la recámara de Chantal. La encuentra riendo de felicidad. Cocó se esconde detrás de una butaca, cerca de la ventana. Chantal da vueltas, admirando su traje y festejando su victoria.

«¿Con que difícil, no? ¡En solo horas seré la Sra. Vallardo! ¡Ha, ha, ha! Se tira en la cama y mira a su izquierda, en la mesa de noche, una foto de Marco. - la recoge, sonríe y canta

Resbaloza (Rosa I. Colon)

Quizás sólo en tus sueños debiste encontrarme
Tonto, caíste a mis pies embrujado con mirarme
Creíste cuanto te juré (y sin saber)
Diste todo tu querer (loco quedó)
Mírame y podrás ver, soy peligrosa
Resbalosa, que tú debes temer.
Mira, es verdad, cuidado que te quemas
Es que lo debe saber, mi cuerpo quema
Mira, es verdad, que yo soy candela
Con curvas e interesada, no soy ingenua

Perdón, nunca otro amor te había llegado al alma
Pues yo, con esta poción, conquistaré tu casa
Estarás en mi control (lo digo yo)
Destruiré tu corazón, no importas, no
Por eso te digo hoy (que te llegó)
Mi veneno y mi ambición hoy te tocó.

Con una sonrisa de satisfacción y los cristales en mano, Chantal ríe descontroladamente, cantando y bailando.

«¡Ha, ha, ha, ha!...Fue como comerme un pastel. Rosa Isabell no tiene un chance y Marco Antonio, un escape. ¡Ha, ha, ha, ha!»

«¡Ah, rubia desgraciá! ¡Perversa, vampiresa, tramposa y embustera!» - dice en voz baja.

Del coraje, sus ojos se alumbran. Chantal se vira al ver el reflejo de luz, pero Cocó se esconde detrás de una enorme cortina de la habitación. Al salirse Chantal del cuarto, Cocó logra escaparse y vuelve al río en plan de batalla.

Luces, Hombre y Agua

En otro lado de Llebasi... Isabell se devuelve al Circo buscando el consuelo de su amiga Cristy. La noche está fresca y aunque no se ve una sola estrella en Llebasi, el cielo está claro. Muy cerca de ella había un grupo de hombres asando carne, haciendo chistes y comiendo juntos al sonido de las llamas de una fogata enorme que prendieron para ahuyentar el enjambre de mosquitos bravos en el área. Perros ladran en la distancia. Sin ignorar la rareza de la noche y su alrededor Isabell camina hacia la carreta de Cristy observándolo todo. Al llegar se encuentra con Javier.

«! Hola Isabell! pregunta Javier. ¿Te sucede algo? ¡Tienes la nariz roja y los ojos hinchados! ¿Acaso estabas llorando?»

«Javier, amigo...» Isabell lo abraza y se echa a llorar en sus brazos. Javier corresponde con ternura y cariño disfrutando el acercamiento de la mujer que ama. Tatiana llega y los encuentra abrazados.

«¿Qué pasa? ¿Por qué lloras?» - pregunta Tatiana. Isabell corre a los brazos de Tatiana y llora descontroladamente.

«Discúlpenme amigos estoy tan desconcertada sin saber qué hacer.» - dice Isabell.

«¿Dime qué puedo hacer por ti? Sabes que estoy a tu disposición para lo que quieras.» - dice Javier con sinceridad.

«Ya sé quién soy y la razón por lo cual quería olvidar tiene nombre... Marco Antonio.» - revela ella.

«¿Por fin; qué tiene que ver contigo ese hombre?» - pregunta Javier ansioso.

«Es el ser que amo.» - contesta Isabell.

Sus palabras hicieron sentir a Tatiana cómoda y la hizo sonreír.

«Le diré a Cristy que estas aquí.» - dice Tatiana y se va.

Enterrando su amor Javier pregunta desesperado.

«¿Qué has decidido, piensas volver con él?»

«No sé estoy muy confundida, disculpa no quiero herirte sé lo que sientes por mí. Buscaba hablar con tu hermana Cristy a ver si me ayuda aclarar mis pensamientos.»

«Isabell no pienses así...ante todo soy primero tu amigo.» - le contesta ahogándose de celos. Javier se pone de frente, le coge las manos. Trata de ser valiente y consolar a su amiga pero por primera vez no puede. Me hierve la sangre de celos porque te quiero...pero está bien, solo puedo esperar y desear que puedas ver el gran amor que ciento por ti y me dejes hacerte feliz. No te pregunto más. Te dejo sola para que aclares tú mente, sabes dónde buscarme.»

Javier sonríe pero es el peor día de su vida. Besa la mano de Isabell suavemente sin dejar de mirarle a los ojos, luego se retira de su lado.

«¡Cristy! Soy yo Isabell. ¿Dónde estás?»

Al entrar en la carroza Isabell empuja la cortina de cristales en forma de lágrimas de mil colores que divide el camerino. Cristy tiene música relajante puesta, velas encendidas y las luces están tenues.

«Ya salgo Isabell, me estoy bañando.»

«Está bien coge tu tiempo.»

Poli, la cotorra que está cerca limpiaba su plumaje.

«Estás bella Poli, créeme no necesitas tanto brillo.» - dice Isabell

«Ay gracias niña, ya sé que soy hermosa... pero la verdad es que estoy cansada. Tuve que modelar todo el día este plumaje, ya me pesa tanta pluma. Cuando llegas a cierta edad recomiendan que mantengas el plumaje corto. Creo que estoy vieja para tener las plumas de mi cabeza tan largas.»

«¿Vieja tú? ¡Nada que ver!» - dice Isabell mientras acariciaba las plumas de Poli.

Cristy sale del baño con la cabeza envuelta en una toalla todavía secándose el cabello.

«Isabell qué bueno que llegas nos tenías preocupados, ven siéntate te voy a preparar un poco de café ¿Cuéntame qué ha pasado?»

«¿Sabes qué? Recobré por completo mi memoria. Ya sé quién es Marco Antonio.»

«Qué alegría mi amiga.» - dice Cristy.

«No Cristy todo anda mal. - Isabell se echa a llorar. - Mañana Marco se casa con Chantal y no conmigo después de haberme pedido ser su esposa. Estoy tan confundida. No está claro, presiento que aquí hay gato encerrado.»

«¿Cómo va ser? ¿Se sanara el corazón de una mujer? Va de un corazón roto a otro, pero tu tranquila. Si solo con llorar se fueran los problemas. Sería bueno que solo con dormir cambiara todo en una noche. Pero no es así. . .nosotras nacimos por amor y es por amor que casi siempre sufrimos.» Cristy aclara la mesa y esparce las cartas del tarot.

«Vamos a ver... Hm. . .»

«¿Dime Cristy, dime que dicen?» - pregunta Isabell ansiosa.

«Hm...Salen tres cartas. Un lucero, un hombre y agua cristalina. Está bien claro...el lucero, es luz divina...el hombre definitivamente tiene que ser Marco Antonio y el agua cristalina... bueno el agua es el disolvente universal que lo purifica todo. Mi amiga, tus enemigos te empujaran más lejos que tus amigos. Porque es en el dolor que encontramos el verdadero significado de la vida. Dios en su sabiduría nos puso la solución en nuestras manos, dejando huellas bajo su paso visible para aquellos que sepan dónde mirar. Isabell, eres inocente y pura de corazón, si tan sólo pudieras mirarte por dentro, verías el reflejo de quién en realidad eres y lo que puedes lograr. No dejes que la inseguridad o el resentimiento influyan en tu decisión. El amor brilla con luz propia y es capaz de romper barreras que no imaginas. Despierta el gigante dormido; ya que la magia para romper el hechizo saldrá de tu interior. ¡Anda! termina tu café y ve a descansar que mañana te espera un largo día.» - le dice Cristy.

«Gracias Cristy te mantendré informada. Me voy, mi familia me espera.»

Isabell se vira y acaricia la cabecita de la cotorra. «Adiós Poli.»

«Cuenta conmigo dice Poli, que aunque estoy vieja, aún se dar mis peleítas.»

Isabell sonríe. «Gracias Poli, voy a necesitar toda la ayuda posible. Me está dando técnicas de guerra.» - le dice Isabell a Cristy.

«¿Quién poli?» Cristy mira la cotorra y sonríe con Isabell.

«Ten mucho valor y suerte mañana, piensa bien lo que vas hacer y hazme saber enseguida, no me dejes aquí comiendo de ansias. Ya sabes que el show tiene que continuar y tremendo hueco que hay sin ti, pero no te preocupes nos las arreglaremos.»

Cristy la abraza fuertemente, le da un beso en la frente luego le echa la bendición y la deja ir.

Veinte minutos para la media noche Isabell y toda la familia Rivera es despertada por el sonido de un *Mariachi.* Javier está descargando todo su corazón. Todas las hermanas de Isabell están emocionadas con la serenata y suspiran de emoción.

«¿Quién es ese joven tan guapo?» pregunta Mayra.

«Es mi amigo Javier.» - contesta Isabell. Javier canta desahogando su corazón.

A Donde Iras Sin Mi (Rosa I. Colon)

Solo fui un triste escondite, un refugio al fin
Un escape y una almohada donde descansar.
Un lugar donde taparse de un invierno gris
Evitando enamorarte no fui nada más.

En tu silencio pude hallar una amargura
Un sufrimiento y un dolor y alguna duda.
Llegaste herida y confundida a mi vida
Buscando en mí de alguna forma una salida.

A donde iras sin mí,
Quien comprenderá tus llantos por un desamor.
Quien arropara tus sueños con ese calor,
Quien compartirá su vida con tu desamor
A donde iras sin mí.
Quien espera todo y nada como espero yo.
Quien tiene la paciencia de esperar tu amor,
No cabe duda y tú lo sabes solo yo.

Las hermanas de Rosa Isabell estaban excitadas con la serenata, Ellas reían al ver a Javier y los mariachis detrás de la pared al lado de la ventana, escuchando las líricas de su canción.

«¿Isa, vas a salir a hablar con él?» - pregunta Mercy.

«¡No! No puedo verlo ahora, necesito tiempo para pensar.» - le contesta Isabell.

Javier espera un rato frente de la ventana de Isabell. Al realizar que ella no saldría para hablar con él, se va caminando.

Capítulo 20

El día de la boda

Por fin amanece. En el campo, como en el hospital, el desayuno viene después de la aurora, porque los dos trabajos, sanando o sembrando, son laboriosos y requieren largas horas de faena para conservar la especie humana. La hacienda no es excepción, especialmente hoy con la boda de Marco Antonio. Nadie ha dormido. Todo está preparado para el gran fiestón. A lo lejos se siente el olor a comida criolla, haciéndoles agua el paladar a todos y abriéndoles el apetito a los trabajadores.

«Okey...vamos a ver...Tenemos arroz con gandules, lechón asado, fricasé de pollo, ensalada de papas, mofongo, asopado, Hm...El toquecito final, vino añejo y pan sobado, ya está. ¡Ay, que cansada estoy! - dice Cotí. ¡Café, necesito la cafeína para que me de las fuerzas de llegar a mi cama!

Cotí había trabajado diecisiete horas corridas tratando de tener todo listo para la boda. Estaba sin energía pero todo lo hacía por el joven Marco Antonio a quién quería tanto. Se olvidó qué una boda tiene mucha demanda de detalles y del factor tiempo lo cual su cuerpo y a su edad la dejaba agotada. A las ocho de las mañana el sol había salido por completo, los pájaros cantaban y se oían las voces de algunos hombres a lo lejos. Cotí se sienta en el comedor de la cocina cerca de la ventana, solo necesitaba un momento para ella sola. La mañana es joven y el sol se siente calientito en su rostro, pero ella se siente de mil años sentada allí. Eleva los pies en la silla y se toma un buche de café, cuando entra la Señora Rebeca.

«Buenos días, Cotí. ¿Pudiste dormir algo?»

Cotí baja los pies de la silla, con dificultad se levanta a cámara lenta y enderezando su cuerpo y delantal.

«No mi niña, pero ya todo está listo para empezar la boda a las doce.» - contesta Cotí.

«Gracias, Cotí que me haría sin ti. Ve y descansa para que puedas disfrutar de la fiesta luego. ¿Cotí, ya sabes que vestido te vas a poner?

«Sí mi niña, quería usar una falda corta bien sexi, pero después de varias pruebas decidí usar una blusa de seda con falda larga; ya que mi barriga y piernas no están cooperando. *Las dos ríen...*

«Se me olvida a veces lo cómica que sueles ser.» - Cotí, le dice Rebeca. «¡Bueno ándale ve y descansa!»

«Está bien, señora.» - Cotí se quita el delantal. - «Con su permiso señora descansaré unas horitas y aquí estaré de regreso.»

«Está bien, Cotí.»

Vestida en su bata de casa, Rebeca se sienta en el comedor a tomar un poco de café, que Cotí acababa de colar cuando oye unos pasos...

Esos pasos me son conocidos - Rebecca piensa sonriendo.

«Hola cariño, el olorcito a café me trajo hasta acá.» dice Guillermo halando una silla del comedor y se sentándose a su lado.

«Sabía que eras tú, mi vida ya te sirvo tu cafecito.» - dice Rebeca. Guille, ahora que no hay nadie quería hablarte. Se trata de Marco Antonio tu hijo, mira a ver si hablas con él. Esta boda tan aprisa no me gusta, todavía queda tiempo. Nuestro hijo nunca ha tenido ningún problema en expresar lo que siente y ahora no está hablando, está muy raro. Es obvio que él le pasa algo y esa chica la encuentro tan extraña.»

«Quizás Marco no tenga nada que decir además creo que deberías darle una oportunidad a Chantal.» - Guillermo menea la cabeza y se ríe.

«¿Por qué te ríes? Ves algo que yo no veo.»

«Mujer, la verdad es que me haces reír. Cuando no logras convencerlo, Marco Antonio es mi hijo y cuando quieres salirte con la tuya, es tuyo. Rebe, él es bastante grandecito y además ha tenido mucho tiempo de pensarlo. Yo no me meto, respeto su decisión. Y a ti, sólo te queda como a mí darle tú bendición.»

Con tristeza en su mirada Rebeca comenta: «Todo sería diferente si no supiera que Isabell está viva. Pero tienes razón, respetaré su decisión.» Sólo quiero su felicidad.

Marco entra en el comedor, le da un beso en la mejilla a su mamá.

«Buenos días, Mamá. ¿Cómo amaneció? Papá, ¿qué tal?» Luego se sienta. Una sombra malévola le cubre el rostro y sus ojos están rojos y con ojeras de cansancio, mostrando su agotamiento. Lleva puesta una media sonrisa prestada, algo confusa, como alguien perdido en la selva, pero con pensamientos agradables.

«Muy bien hijo, estamos como coco.» – dice Guillermo

«Sí, como un coco caído de la palma. Si casi no ha dormido y con el día que tuvo ayer está molido.» - Rebeca le soba la cabeza y le sirve el café.

«Hm...Gracias cariño, tu café siempre revive muertos. No hay nada como un cafecito calientito en la mañana. - Guillermo se queda mirando a Marco - Hijo no te vez muy alegre que digamos, acaso estás nervioso. ¿O no te sientes bien?»

«No sé por qué me siento tan cansado. Será la emoción de la boda.»

Rebeca mira a Guillermo, dudosa de hablar; no pensaba comentar nada en relación a la boda pero tenía la esperanza de que Marco razonara.

«¿Marco, hablando de la boda, sabes que amar y ser amado es una gran responsabilidad? Por última vez hijo, ¿Estás seguro que eso es lo que quieres?»

«Mami ya hemos hablado de eso antes, no me gusta repetir las cosas. Se hará como Chantal quiere.

Está bien, lo que tú digas hijo. Descansa que sólo faltan horas para la boda. Nosotros nos encargamos de todo. - Bajando la vista, Rebeca no comenta nada más.

Como Padres no queremos que nuestros hijos sufran o se hagan daño.

Capítulo 21

El sonido de las campanas

Por falta de aceite, las campanas de Llebasi chillan con el roce del hierro. Ellas siempre han resonado en el Pueblo, anunciando la misa del domingo, o el peligro de tornado o de guerra, pero en especial la unión de dos almas enamoradas. La noticia de la boda de Marco y Chantal ha corrido como pólvora encendida en Llebasi. Al repicar de las campanas la gente se aglomera a la orilla de la Cascada buscando tener un lugar perfecto para ver la boda más famosa en muchos años. Isabell y su ganga no son la excepción, todos están alertas en sus puestos. Coquí preocupado se haya nervioso y camina de lado a lado medio escondido tratando que nadie lo vea.

«Compadre te ves regio…estas como león rondando su presa.» - dice el Grillo.

«Me veré como león pero soy gallina - le contesté. No sé en qué va a parar todo esto.»

Tan verde como el pasto que me rodeaba, escondido entre los arbustos, yo me le acerqué a Isabell, que también estaba escondida detrás de un árbol. Ella está cansada por el desvelo y el corazón herido. Cada latido empuja un pulso de dolor a su cráneo, haciéndole hervir la sangre. Cierra los ojos y se pincha a sí misma. Luego suspira profundamente, al darse cuenta que la pesadilla es realidad. Marco se va a casar embrujado y ella no tiene idea como deshacer el hechizo.

«¿Podré deshacer el embrujo? Tengo que ser directa y precisa.» - dice Isabell en voz alta.

Crucé por la orilla de la Cascada. El aullido del viento me hace mirar con miedo el precipicio debajo de mí y con pasos rápidos llego a donde está Isabell.

«¿Isabell cómo está la situación? ¿No estás nerviosa? Yo estoy nerviosísimo y tengo dolor de pansa… tienen que ser gases.»

«Coquí, casi no te puedo ver...estás del mismo color del pasto...Estoy muy nerviosa Coquizón, siento el estómago alterado y los cachetes en candela...Tienen que estar rosados, me pasa siempre que me emociono, es uno de los regalitos que heredé de mi abuela. Oh Dios...es mi intención detener esta boda, dame la sabiduría para lograrlo y cúbreme de valor Señor.» - oraba ella.

«¿Isabell qué puedo hacer? ¿Cómo te puedo ayudar?» - le pregunto.

«Amigo, preciso que estés pendiente de mí y me cuides la espalda, necesito saber que no estoy sola. ¿Puedo contar contigo?» - me pregunta ella.

«Siempre puedes contar conmigo amiga; aquí estamos todos solo esperamos tu señal.» - le dije.

Yo siempre ha mostrado ser un buen compañero y amigo, pero tengo un pequeño defecto, el cual solo se nota al ponerme nervioso. Tras de llenarme de gases, los nervios me dan por reírme y decir lo que no debo. Tratando de entender bien las instrucciones, le pregunto pausadamente: «¡Entonces! Solo esperamos tu señal. ¡Está muy bien! Okey...

Pestañe como si tuviera un corto circuito. Con una sonrisa en los labios y la voz entrecortada le pregunto: «¿En resumidas cuentas Isabell cuál es tu señal?» La incertidumbre de Isabell me puso aún más nervioso.

«No tengo idea, lo que estoy pensando...quisiera poder tener una varita mágica y romper el hechizo que mantiene a Marco embrujado.» - dice Isabell.

«¿Cómo? Ay bendito...con la boca es un mamey, es ponerlo en acción.»

«Tranquilo chico ya se me ocurrirá algo.»

Al lado derecho de la Cascada, gustosamente y con una gran sonrisa en los labios, Raúl se prepara para entregar a Chantal.

«Por fin, voy a quitar a Marco del medio, entre Isabell y yo.» - Pensaba Raúl.

La oposición

Empieza la música de la Marcha Nupcial. Chantal va del brazo de Raúl y en su mano derecha, apretando fuertemente, lleva la carterita blanca con los cristales mágicos. Caminan hasta la orilla de la montaña y Raúl, como si fuera un hermano orgulloso se coloca al lado de Marco Antonio.

«¿Quién entrega a la novia?» - pregunta el cura.

«Yo la entrego - dice Raúl.» Él muy feliz le pasa la novia a Marco, luego se para a su derecha.

El Grillo mira la cara de angustia de Isabell y le hace señas a Cocó.

«Pobrecita...qué pena, mira cómo sufre nuestra amiga, es duro por lo que está pasando. Se parece tanto a mí, solo una verdadera alma seductora como yo puede entender la intensidad con que se ama.» - exclama Cocó con ojos aguados.

«Somos igualitos...no soportamos bien el rechazo.» - dice Rico el grillo en voz baja.

Empieza la ceremonia.

El matrimonio es algo hermoso y sagrado y hoy Chantal Clara Halm y Marco Antonio Vallardo, delante de todos estos testigos, hacen sus votos de amor. Y lo que Dios une, que no lo separe el hombre. Si hay alguien que crea que estas dos personas no deben unirse en matrimonio, que hable ahora o calle para siempre.

Antes que Isabell pudiera decir palabra alguna, Yo grité:

«¡Isabell se opone y nosotros también!»

Los únicos que podían entender lo que yo decía entre los humanos, eran Marco e Isabell. Chantal y el resto del pueblo solo veían una ranita, que alborotada brincaba y gritaba como una trastornada.

«¡Ay Grillito! ¡A nuestro amigo se le fue la lancha! ¡Has o di algo!» - dijo Cocó.

Asombrado, con la quijada caída y la boca abierta, el Grillo se queda sin palabras.

En ese momento Isabell sale de su escondite.

«Yo me opongo Padre.» - grita Isabell acercándose a los novios.

La gente presente grita sorprendida y empieza el murmullo entre los presentes al ver a Isabell. Fue un asombro para todos, ya que todo el pueblo la daba por muerta.

«Marco Antonio no está emocionalmente estable como para casarse.» - dice Isabell.

«¡Oh hell no.... tu otra vez! You again… ¡Maldita isleña condenada! ... ¡No me vas a dañar mi plan! - grita Chantal alterada.

La voz de Isabell sacude a Marcos, debilitando el embrujo y dejándolo un poco mareado.

«¿Isabell...?»

«¡Se fija, Padre!»

El murmullo de los espectadores se puso alto... ¡Es todo un escándalo!

Rebeca, que estaba parada al lado de Guillermo, sorprendida busca refugio bajo su brazo.

«Tenemos una situación en nuestras manos.» - le dice Guillermo pero Rebeca sonríe al ver a Isabell luchar por su amor.

Chantal agarra la bolsa de cristales para golpear a Marco, cuando Cocó la enfoca con la luz que le sale por los ojos, dejándola ciega unos instantes.

«¡Cuidado, Marco!» - Isabell le grita.

El Rescate

Isabell se lanza encima de Marco, tratando de evitar que sea embrujado de nuevo. Al ser empujado Marco se cae y se golpea fuertemente la frente con una enorme piedra que había en la orilla de la barranca, dando varias vueltas por el precipicio antes de caer inconsciente al agua e Isabell con él.

Al caer al río Isabell siente la presión del agua como el golpe brusco de una fuerte cachetada. La temperatura fría en el fondo de la Cascada sacude su cuerpo, dejándola desorientada. La necesidad de oxígeno y su instinto animal de supervivencia la impulsan a salir a la superficie. Asustada y jadeante, patalea fuertemente, tratando de mantenerse a flote y no ser arrastrada por las aguas. Hubiera querido que fuera un mal sueño, pero era toda una realidad y bastante lejos de la orilla del rio como para todo un desastre. Marco todavía inconsciente, está siendo llevado por la corriente. Ella lo alcanza y desesperadamente trata de rescatarlo, entrelazando su brazo con el de él, manteniéndole la cabeza fuera del agua.

«¡Auxilio por favor!» - grita Isabell.

Marco e Isabell están siendo arrastrados por el río, sin que nadie pueda evitarlo. Chantal no logra golpear a Marco, pero al echar su brazo hacía atrás, le da con los cristales a Raúl, cayendo todo el encanto sobre él. Raúl se estruja los ojos y la primera persona que ve es a Chantal, mirándola con afectuosidad y deseo...

«¡Chantal! ¡Qué hermosa estás! ¿Cómo es que nunca había notado la belleza de tus ojos? ¡Olvídate de Marco y cásate conmigo ahora mismo y seré el hombre más feliz del universo!» - sin perder tiempo Raúl la sujeta por la cintura.

«¡Noooo! ¡Suéltame, idiota!» - le grita ella.

«Lo siento mucho, pero estás arrestada, presa y detenida por alterar mi paz. Me siento extraño, creo que estoy enamorado.» - dice Raúl.

Mientras Raúl trata de conquistar a Chantal, las vidas de Isabell y Marco peligran en las aguas del Río Bambú.

Guillermo y José al igual que muchos de los espectadores presentes corren por la orilla del rio buscando una oportunidad de sacarlos del agua; - mientras Cocó volaba por encima de ellos tratando de dirigir a Isabell a salir del agua.

«¡Isabell! Le croqué aterrorizado frisándome de terror. ¡Anda pal si rete! Debería estar con ella, protegiéndola como prometí. ¿Pero qué puedo hacer? Pensé por un segundo buscando cada uno de mis sentidos, estremeciéndome de escalofríos, solo de pensar en el agua fría del río, volví a croar. El grito de Isabell pidiendo ayuda me conmovió, acelerando mi corazón. Sin más demora brinqué al río y me desaparecí entre las aguas turbulentas.

«¡Diablo… míralo Cocó! Coquí sí es valiente, está fajado como un toro.» - dice Rico el grillo. ¡Sálvalos compadre!...tú que puedes. Tengo un pique conmigo mismo, nunca aprendí a nadar.

A Rosa Isabell le está sucediendo la pesadilla que desde niña la ha perseguido, el horror de sus sueños: Isabell está frente a frente con sus demonios...las turbulentas aguas del Río Bambú. La corriente los sigue llevando adelante. Enfocándose en mantener sujetado a Marco, Isabell deja de pelear contra el agua. Resistirse es inútil y plenamente tonto, ya que el río es muy grande y ella muy pequeña. Inhalando con fuerza, inhalando explosivamente, resopla como una buena yegua, tratando de no tragarse el agua que constantemente le salpica la cara. Pero le sobrecoge el pánico al notar lo lejos que está la orilla. Su traje pesa una tonelada y sus piernas ya cansadas no logra moverlas con la misma facilidad ni rapidez de antes. Marco empieza a hundirse rápidamente, jalándola a ella con él.

¡Isabell….! ¡Agárrate!» - le grita Cocó.

Cocó volando a la misma velocidad del río y peleando en contra del viento trata con todas sus fuerzas de ayudar a Coquí con el rescate. Cocó le pasa la rama de un árbol, pero del primer jalón se quiebra, dejando a Isabell y Marco en la misma situación. Con los rayos de luz de sus ojos Cocó rompe algunos de los árboles y los empuja al rio.

«¡Dios mío, ayúdame a salvarlo!» Isa, tú puedes, Isa, tú puedes - se decía a si misma repetidas veces, dándose el valor mental para salvarse. En ese instante se encuentra un tronco caído y una voz casi angelical.

«¡Agárrate del tronco Isabell, ya estás llegando al pedregal! ¡Dale, amiga!» - le grite.

Yo venía montado en un tronco caído. Isabell patalea con las últimas fuerzas que le quedan. De pronto sus pies pisan algo que la asustó pero realiza que es un banco de arena y pedregal, logrando salir del agua, rescatando a Marco y salvándose ella misma. Sofocada aun Isabell respira fuerte tratando de restaurar su respiración. Se acuesta al lado de Marco Antonio cierra los ojos y respira un aire de alivio relajando sus músculos quedando sin fuerzas, luego me mira a mí a su derecha.

«¡Lo logramos, amigos...! ¡Nunca había estado tan contenta de verlos, Cocó y Coquí! ¡Gracias, nos han salvado la vida!»

«De nada...fue un placer le dije. Tosí fuertemente luego deje caer mi cabeza en la arena casi sin oxígeno. Ay esto estuvo brutal pero ya estoy muy viejo para estas aventuras.» - dije en voz alta.

«Ay...tanta acción me trae recuerdos de Cuba.» - dice Cocó sonriendo y emocionada.

Mientras tanto en la casa de la bruja la Madame miraba todo desde su Bola de Cristal.

«¿Pero quiénes son y de donde salieron estas cucarachas con guille de héroes que le ayudaron?» De la bola de cristal se esfuma la imagen. La Madame le da golpes y la sacude. ¿Qué le pasó…? Se fue la señal. Madame Candó coge uno de sus gatos y lo pone teso agarrando la pata de la mesa para que hiciera tierra.

Marco todavía está inconsciente. Su cuerpo está tirado inmóvil en la tierra, el brazo izquierdo cruzado por el pecho y la mano derecha extendida por encima de la cabeza, como si estuviera diciéndole adiós al cielo. Isabell le endereza la cabeza, le mueve el brazo izquierdo del pecho y mueve el cabello fuera de la cara. Acaricia su rostro mirándolo tiernamente.

«¡Marco mi amor, por favor despierta...Marco por favor reacciona no me dejes sola, no puedo vivir sin ti!»

Isabell nota que Marco no está respirando.

«¡Oh Dios, no espira! ¡Sus pulmones tienen que estar llenos de agua!» Isabell le empuja la cabeza hacia atrás, le cierra la nariz y boca con boca le da respiración artificial. Una y otra vez y aun así Marco no reacciona.

«¿Hay papá, tanto nadar para morir en la orilla?» - le pregunté decepcionado.

La imagen vuelve de nuevo a la bola de cristal...

«¡Ha, ha, ha...! ¿No puede respirar? ¡Pobrecito no puede salvarlo! - dice la bruja Cando. Sus pulmones se han llenado con la esencia de oscuridad, el soplo de vida salió. ¡Ha, ha, ha! Murió como yo quería. Te digo niña tu sueñas bien grande pero estas muy tarde. ¡Por fin mi plan funcionó!... ha, ha, ha...El que ríe último, se ríe mejor.»

Isabell hace todo en su poder para despertarlo, pero no logra hacerlo. Ella se sienta a su lado y sacude a Marco, al no poderlo despertar se echa a llorar encima de su pecho. Sus lágrimas caen en la medalla, dándole vida a la prenda. Los adornos de la medalla, el sol, la luna y la tierra sobresalen de su forma plana, a una elevada mostrando una inscripción en el aire, como una pantalla transparente con letras blancas, donde se leía una adivinanza:

«Doce luceros, tres lunas llenas,...siete letras invertidas, es un nombre, es un pueblo.»

«¿Quién soy?» - ella lee en voz alta.

Isabell con sus ojos llenos de lágrimas y nublados recuerda las palabras de su abuela...«Esta medalla un día te puede salvar la vida.» Luego lee en silencio por unos minutos... **¿Doce luceros?** Son los doce meses del año o los doce pueblos de nuestra isla. **Las tres lunas llenas** son meses, el tercero siendo marzo, hm...El mes en que nací. **Un pueblo con siete letras,** Llebasi. **Y Llebasi al revés es Isabell.** Que soy yo. La respuesta soy yo.»

De la medalla sale expulsado un viento en forma de remolino, envolviendo a Isabell por completo, quedando blanca e iluminada, como un ángel del cielo. En su nueva forma angelical, Isabell se acerca a Marco y expulsa un soplo de aire frío por la boca, de lo más profundo de su diafragma, como un suspiro de bestia devolviéndole la vida a Marco. Luego ella cae al suelo sin fuerza. Marco tose y eructa, botando agua por boca y nariz...finalmente abre los ojos. Isabell se sienta a su lado, todavía un poco mareada.

«¿Mi vida, estás bien?» - pregunta ella.

Marco balbucea: «Creo que sí, Isabell... ¿qué pasó?»

«Descifré la adivinanza...ahora lo entiendo: es el amor...la fuerza más grande del Universo. Nuestro amor es más fuerte que cualquier embrujo, el hechizo está roto. Vas a estar bien cariño.» - ella lo abraza sonriendo.

Marco mira a su alrededor, tratando de entender lo que está pasando.

«¿Qué embrujo? ¿De qué hablas? ¿Dónde está Chantal y todo el mundo?» - pregunta Marco.

«¿Chantal? Oh no, el no preguntó eso. ¿El acaba de preguntar por ella?» - pregunta Cocó.

«Chantal se quedó atrás con el resto de la gente.» - dice Isabell cambiándole la expresión de su cara de alegría a desilusión. Perdón quizás me equivoqué. Fue una incoherencia mía, tratar de rescatar a alguien que quizás no deseaba ser rescatado.»

«¿Qué? No cariño, lo último que recuerdo es... que estábamos todos juntos y al lado de Chantal y ahora estoy aquí contigo ¿Qué paso? - pregunta Marco de nuevo.

(Yo) el Coquí comento:

«Marco, estabas hechizado por la bruja. - le dije. Te fuimos a rescatar y en el revolú caíste al rio e Isabell se cayó detrás. Tremenda maroma el rescate...pero al fin Isabell logró salvarte.»

Isabell se levanta, le da la espalda a Marco y camina unos pasos. Él sonríe, se para delante de ella y la sujeta en sus brazos, recostando su cara lado a lado con la de ella.

«Gracias por rescatarme cariño... te debo la vida.»

«Por nada... cualquier persona hubiera hecho lo mismo...Volviendo al tema... te puedo buscar a Chantal, si así lo deseas.»

Marco mira el río a su lado izquierdo y observa la gente que quedó atrás.

«Para qué tontita, si es a ti a quién amo y sólo contigo quiero estar. Además, acabo de dejar una tierra de confusión y cruzar un río de amargura, para arribar a una tierra prometedora llena de amor.»

«¿Qué quieres decir con eso? Pregunta Isabell confusa.

«Que estoy donde debo estar y con quién quiero.»

«¿De veras, Marco Antonio? ¿Estás seguro? No quiero que tengas ninguna duda.

Marco se queda mirándola tiernamente a los ojos y con voz tenue le susurra:

«Ajá…»

«¿Seguro? ¿Segurísimo? ¿Sin ninguna duda que es a mí a quién quieres? Porque...»

«Marco no la deja pronunciar una palabra más, la besa y luego le pregunta. ¿Qué crees? ¿Todavía tienes duda?»

«¡No sé!» Isabell con los ojos cerrados simplemente suspira. «Hm...Qué rico el sabor a ti... tu beso es tibio y dulce como guarapo de caña, limpio y lleno de promesa de amor.»

Como gatita reconociendo su cría, Isabell huele a Marco. Le besa suavemente en el labio superior y luego toda la cara. Bajo la sombra de los arbustos, su piel blanca se ve tierna. Marco tiene las pestañas y el cabello todavía mojado, los ojos irritados, llorosos y los cachetes están rosados de la emoción...

«Marco Antonio quiero que sepas que desde niña nació en mí esta ilusión de amor por ti, que me hizo soñar y luchar por tu cariño. Pero ahora que tú me has declarado tu amor, té prometo cuidarte el resto de mis días y darte siempre lo mejor de mí.»

«Isabell, te quiero tanto...Quisiera retroceder el tiempo, volver al lugar donde me amaste primero y así poder corresponderte, cada beso, cada pensamiento y tu cariño sincero. Bajo este cielo azul, con nubes de algodón te entrego hoy mi corazón, que desde hoy latirá solo por ti. Mientras tenga vida y el agua corra libre en la Cascada, te amará mi alma. Ésta es mi promesa de amor.»

La sonrisa lentamente se riega en la mirada de Isabell y con ojos humedecidos de gozo y satisfacción ella lo besa una y otra vez. Cocó vuela y alumbra el lugar, mientras los demás gritan de emoción.

«¡Qué lindo.... maravilloso... divino!» - exclama Cocó.

«¡Chacho mano por fin, esto está empepao!»

Con una sonrisa de ojo a ojo yo festejaba. ¡El reírme me quita treinta años de mi cara y me pone como una ranita de nuevo! Al otro lado del río, el pueblo también grita de alegría al ver que Marco e Isabell se habían salvado.

«¡hu-hu-hu-rrá!...Oye nene, cómetela ripia.»

«¿Rico, qué dices?» le pregunto.

«¿Qué?...Estoy hablando de comida.»

El fallo del embrujo

Chantal observa de lejos el rescate y la reconciliación entre Marco e Isabell. Raúl todavía la tiene agarrada entre sus brazos. Su traje de novia está estrujado y el arreglo floral despeluzado, como su cabello. Chantal está enojada, tiene la cara roja y está acalorada.

«A ver qué dices, Chantal, ¿aceptas casarte conmigo?»- pregunta Raúl.

«¡Prefiero estar muerta! ¡Terco! ¡Patán! ¡Tosco! ¡Estúpido! ¡Ordinario! y ¡Rústico! ¿Pero es que no me vas a soltar? ¿Por favor, Raúl estás loco? ¡Reacciona! ¡Me has hecho perder a Marco Antonio!»

«¡No importa, aquí estoy yo y me tienes loco por tu amor! ¡No te dejaré ir, estoy deslumbrado con tu belleza! ¡Además siempre se ha dicho que un clavo saca otro clavo!

«¡Ugh! ¡Suéltame, idiota…te odio!»

«Tus ojos son luz en la oscuridad de mi vida...además, ya he logrado que sientas algo por mí. El odio también es una clase de afecto, ya que es amor al revés.»

«¿Qué dices? ¡Estás delirando! Del coraje, Chantal le da otro golpetazo con la bolsa de cristales a Raúl y al echar su brazo hacía atrás se da ella misma, cubriendo a los dos con el embrujo. Raúl la suelta y Chantal retrocede unos pasos se estruja los ojos y al abrirlos se miran fijamente frente a frente, quedando hechizados el uno del otro. Por primera vez Chantal mira a Raúl con ojos diferentes. Ella se queda mirando a Raúl unos minutos observándolo.

«¿Raúl qué tienes que te ves tan guapo hoy...? Nunca te había visto de esta manera...»

Chantal, la sangrienta cazadora, en cuanto a seducción se trata, ha caído en su propia trampa, siendo cautivada por su amigo y cómplice de crimen, Raúl. De momento el capataz insignificante se ve varonil y guapísimo. Su cuerpo muscular, muy bien proporcionado, le robó el aliento, esfumándose de ella como el humo de un dragón.

Con mucha cortesía Raúl le besa la mano.

«Aquí estoy a tu disposición para lo que quieras, belleza. Sabes, eres como un par de zapatos viejos gastados por el lado, que se sienten tan bien al usarlos.»

Chantal baja la cabeza y le sonríe coquetamente. «¿De veras? ¿En verdad me amas, O solo hablas por hablar?

«No, yo intento casarme contigo.» - le asegura Raúl.

«Entonces no dejes que el olor de los pies se interponga entre nosotros.»

«¡Por fin! He encontrado la horma de mi zapato.» - Raúl se le acerca y casi como un murmullo le habla al oído. «¿Crees que estos labios mentirían? Sinceramente, eres encantadora.»

«¡Pues sí, verdad!» - Chantal dice sonriendo.

«¿Chantal qué opinas si aprovechamos, ya que estás vestida de novia, para casarnos? Mis intenciones son buenas.»

«¿Casarnos? Eso es una locura, sería otro escándalo, un disparate.» Lo mira y sonríe. «Aunque me gusta hacer locuras.»

«Vamos, sé diferente, seamos aventureros.»

«¡Está bien!» Chantal se arregla la corona, se sacude el traje y endereza el cuerpo.

«Padre, no lo conozco pero por favor, ¿Puede casarnos?» - pregunta Raúl.

«¡Ésta es la boda más loca que he visto en todos mis años de cura! ¡Alabado sea el santísimo! ¿Hay alguna persona que se oponga a que estos dos se casen?»

Solo hay silencio.

«Entonces prosigamos: Lo que Dios une que no lo separe el hombre...»

La Madame, que lo está observando todo por su bola de cristal, al ver lo sucedido se enfurece violentamente. Rompe los envases llenos de porciones de diferentes hechizos afuera de su ventana creando una explosión que se oyó a millas fuera de Llebasi.

«¡Ingrata!... ¡Niña torpe e inútil, no supo valorar el poder de los cristales! ¿Pero es que nadie puede hacer nada bien? ¡Caramba, Chantal enamorada también, pero qué plaga! Es una epidemia, este extraño sentimiento que se llama amor...Me voy a dar un despojo con romero y yerbabuena, para no contaminarme, ya que esos aires de cariño y afecto cursi son perjudiciales para mi perversidad y malevolencia. Para mi desgracia fue otra estupenda oportunidad perdida. Tengo que encontrar la manera de hacer un embrujo que no me falle y otro candidato efectivo para llevarlo a cabo...sí...eso es, no debo precipitarme, actuaré con cautela para la próxima.»

El gato Azabache está tirado en el piso, riéndose.

«Miau... ¡ha, ha, ha!... ¡Pero es qué es bruta la Madame! Fue todo un desastre, nada le sale bien. ¡Ha, ha, ha!... ¡Borra con los pies lo que hace con las manos!»

De momento observa que la Madame lo está observando. «Ups...»

«¿Y se puede saber qué te causa tanta risa? Gato azaroso...» - Le pregunta la Madame.

«Este...lo siento, Madame es que todo te sale mal. Hay que cambiarte el nombre de Madame Cando a Madame Embarra.» Y ríe descontroladamente.

«¡Gato confianzudo e igualado! Si supieras que todavía hay cosas que me salen bien... ¿Quieres ver?»

«No, Madame, lo siento no fue mi intención burlarme. No se enoje ni coja rabieta, que le salen arrugas. Yo puedo ayudarle, tal vez es solo un desbalance hormonal.»

La Madame coge la vara y le echa un embrujo convirtiéndolo en ratón.

«¡Oh-oh...!» Todos los gatos le caen atrás, y él, corriendo, grita: «¡Madame!»

«¿Dime quién se ríe ahora? Mira la bola de cristal. «Ya tendré otra oportunidad para vengarme, siempre hay otra oportunidad.»

Su cara se hunde en la oscuridad lentamente y la bola de cristal se apaga.

Después del rescate, Cocó regresa al Pueblo como parte de velar el vecindario. Llega hasta la Marina y se para a ver los pescadores y La Costa. Volando bajo Cocó observa algo que se asemeja a un cuerpo tirado y aves curiosas volando sobre él se acerca para averiguar.

«Es un Goldie masculino.» - Ella se queda sorprendida de ver uno de su raza. Lentamente lo vira y se queda sin palabras. ¿Palmeri? - dice Cocó sorprendida.

Palmeri tiene cualidades similares a Cocó, velocidad y una luz potente, pero él es cincuenta por ciento más fuerte. Él es alto, de ojos verde claro y piel unos tonos más oscuros que ella, haciendo ver misterioso.

«¿Cocó, mama eres tú? ¡Tengo que estar soñando!» Las piernas de Cocó se debilitaron tanto que cayó de rodillas a su lado.

«¿Qué haces aquí? ¿Cómo llegaste?» - pregunta Cocó sorprendida.

«Vine en una balsa hecha de madera y Bamboo con dos hombres locos. Ellos pelearon todo el camino hasta acá. Lo único que me mantuvo vivo fue la esperanza de verte otra vez y sucedió, te encontré. Escuché todos los mensajes de luz que mandaste con el viento. No podía soportar la idea que estabas sufriendo; así que vine tan pronto pude.»

«¿No sé qué decir?»

«Solo dime que estas contenta de verme también. – (lo dijo todavía sintiéndose débil.) ¡Cocó te extraño tanto! He terminado mis estudios, y tengo un futuro prometedor para ofrecerte una mejor vida.» - dijo él.

«¡A mí no me importa eso!»

«Es importante para mí. Es mi sueño hacerte mi esposa y tener hijos contigo.»

«¿Ese es tu sueño? - pregunta ella. Yo creía que tu querías viajar por todo el mundo.»

«Si quiero, pero no solo. Quiero pasar el resto mi vida animal contigo. Cocó, mi diva femenina. Nadie puede mover mis alas, levantar mis antenas y encenderme las luces como tú lo haces.» - dice Palmeri.

Cocó no puede dejar de sonreír.

«¿De veras? Está bien, puedo entender lo que dices ya que tiendo a inspirar esa pasión en el sexo opuesto. Te confieso que yo me siento igual.»

Palmeri suspira aliviado. - «Que alivio porque estoy muy débil para rogar.»

«No te preocupes cariño contigo soy fácil.»

Esa noche se quedaron juntos sentados en la arena hablando por horas adelantando el tiempo perdido.

Marcha nupcial.

Suenan las campanas de La Catedral. Todo el pueblo, familia y amigos, están reunidos afuera de la Iglesia esperando que los recién casados salgan. Marco e Isabell salen del templo felices. Ella tira el ramo de novia a las chicas solteras y éstas lo destrozan, tratando de agarrarlo y una flor cae sobre Cocó.

«¡Qué vivan los novios!» - gritó Cocó.

«¡Felicidades, chicos!» Rico el grillo y yo gritamos. Yo miré a Cocó y ella estaba brillando.

«Niña necesito gafas para verte. Tu brillo es tan fuerte que enciendes.» - le dije.

«Es el brillo después de...» dice Rico el grillo y felicita a Palmeri.

«Es de felicidad... me emociono mucho y me pongo sentimental en las bodas y ahora que me cayó esta flor tengo esperanzas...» - mira a Palmeri y sonríe.

«¿Y tú por qué lloras?» - le pregunto.

«¡Bah! ¡Sentimentalismo femenino! - dice el grillo. Si yo fuera tu Palmeri me fuera corriendo.»

«¡No! Yo no me voy, me quedo aquí.» - Palmeri dice con seguridad.

«¡Grillo mira quien está a tu izquierda!» - le señalo a la grilla Sherryma.

«Observa y aprende, me dice Grillo. ¡Mira al maestro en acción! - Rico raspa su garganta y se acerca a Sherryma. La mira de arriba abajo. - «Ay mujer...»

«¿Me estás escarbando?» - pregunta Sherryma.

«Te estoy escarbando como se escarba una tumba. Escuché que me buscas dice Rico con actitud. - ¿Aquí estoy que quieres de mí? ¿Qué necesitas? O mejor dicho ¿Cómo te puedo ayudar?»

Sherryma le da un frenazo en seco... «¡Insecto, por favor...! No hay nada en que tú me puedas ayudar, que yo quiera o que necesite de un grillo flaco e inmaduro ridículo como tú.»

«¿Qué? Estas tremenda y contestona...pero estas guapísima. Así es que me gustan las hembras pá dominarlas y ponerlas mansitas. Nena ven acá, diabla bestial... estas más grandes que Egipto.

Sherryma da la vuelta y se va y el Grillo va detrás de ella.

«He, he... ¡Echa pá c nena que te voy a decir un cuento! - dice mientras caminaba suave detrás de ella.»

(Yo el Coquí comento)

«¡Estas brutal! Me imagino que le enseñaste. Ha, ha, ha, ha...me reí tan fuerte que casi me ahogo.

La Felicitación

«¡Cristy...Tatiana, Javier! ¡Hola! Marco mira, estos son mis amigos.» - dijo Isabell, mientras ellos se daban las manos.

«¡Felicidades Marco Antonio! ¡Finalmente nos conocemos! - Mejor es que la haga feliz es una chica muy especial.» le dice Javier.

«No te preocupes está en muy buenas manos.»

Se abrazan entre si e Isabell le pide a Marco unos minutos con sus amigos. Marco se disculpa y Javier no gasta un segundo para hablar con ella.

«Isabell te deseo toda la felicidad del mundo. Te amo y siempre te amare. Siempre estaré a tu disposición.»

Javier la besa con ternura como se besa una hermana, pero la abraza como se abraza su primera novia. Luego da la vuelta y se va.

Cristy sonríe y la consuela. «Ay no te preocupes él es un nene grande ya se le pasará, nosotras nos encargamos de eso ¿verdad Tatiana?»

«¡Así es! - contesta Tatiana con una sonrisa de oreja a oreja. Amiga decidí luchar por el amor de Javier.»

«No sé yo tiendo a ser inolvidable...ha, ha, ha...solo bromeaba. Creo que es fantástico Tatiana me alegro mucho por tí y por Javier, nadie lo va amar más que tú.»

«Todas estamos de acuerdo.» Las tres damas se ríen y se unen a los demás.

En otro lado de la fiesta, Don José ríe y Maggie llora de emoción. Guillermo y Rebeca están satisfechos con su nueva nuera y también celebran. Isabell y Marco se acercan a sus padres.

«¡Mami y Papi, no se preocupen, estaré bien! - se abrazan y luego ella mira a sus suegros.»

«¡Don Guillermo, Señora Rebeca, gracias por su cariño incondicional!»

«Isabelita, quiero que sepas que cuentas conmigo para lo que necesites. Siempre te he querido como una hija y hoy lo hicimos oficial: no hemos perdido un hijo sino que hemos ganado una hija.»

«La verdad, Isabell, ustedes nacieron para estar juntos. Marco tú siempre has sido un buen hijo y mereces saber que estamos muy orgullosos de tí. ¡Rebeca y yo te tenemos un regalito de boda, espero te guste!»

Guillermo le entrega un sobre con una soga dentro y una adivinanza:

Soy hermoso desde popa a proa.
Soy veloz, tengo alas y mis remos no reposan.
Vivo suspendido en un cuerpo de sal.
Entre el ancla y esta soga, que me amarra con cadenas,
Para así no naufragar y perderme a la deriva, en las olas de este mar.
¿Qué soy?

«¡No! ¡No puede ser! ¿Acaso es un barco? ¡Esto es increíble!»

«¡Así es… tu barco soñado!»

«Pero no entiendo... ¿Cómo supiste? Si nunca te dije nada.»

«¡Más sabe el viejo por viejo, que por sabio! No tenías que decir nada, cada vez que íbamos al Puerto tus ojos hablaban por si solos. Además, un pajarito me lo confirmó.»

Guillermo mira a Isabell discretamente.

«¡Isabell, tú eres tremenda! ¡Gracias papá, mamá, los quiero con el alma!» - dice Marco lleno de felicidad.

«Isabell, estoy tan orgullosa de todos tus logros. Felicidades hija, siempre supe que saldrías victoriosa. ¡Marco cuida mucho a mi pequeña! ¡Ella es y siempre será nuestro tesoro!»

«¡La cuidaré con mi vida!» - dice Marco y le agarra la mano.

«Isabell... lo único que siento es no habernos casado al lado de la Cascada como lo habías soñado.»

«¿Marco creo que esta semana he tenido más que suficiente de La Cascada, el rio y sus alrededores... no crees?» - los dos se ríen.

«Marco se alegra de verla sonreír. Reconoce lo fuerte de espíritu que ella es, fue lastimada, estuvo sola, aun así no fue perturbada. Está llena de vida, había gozo y fuego en su alma tan indestructible como un gigante. Marco la mira amorosamente, agarrándole las manos todavía.

«¿Eres feliz?» - pregunta Marco.

«Toda mi vida he soñado con ser tu esposa y finalmente sucedió. Estoy feliz.»

«Esto no es un sueño sino una realidad.»

«¡Aunque eres una soñadora, este sueño es realidad!

Los tambores empiezan a sonar. Isabell mira a Marco y sonríe. Empiezan a bailar y descienden por la calle, seguidos por la corte nupcial. La gente se asomaba por los balcones y otros salían de sus casas, uniéndose al Festejo. Como Carnaval en Verano, todos bailan y celebran la felicidad de los novios.

Y este fue el principio de una larga vida llena de cariño, respeto, amor y felicidad.

Canción: Baila Conmigo

Si es que estás cansado
De estar en la casa
Y has decidido las penas olvidar.
Si es que traes el ritmo, pegado en las venas
Ven y baila conmigo mi bien, cause it's party time
No creo poder resistir, quiero ir a bailar
Una salsa, un baile pegáo, please don't stop me now
Coro
¡Quiero!
Bailar hoy con alguien
¡Quiero!
To dance here tonight
¡Quiero!
El calor de tu cuerpo
¡Baila!
Déjate llevar

¡Baila!
Sí, baila conmigo, ven siente este ritmo
Come on shake your body now...
¡Guepa!
Las botas de baile tendré, y mi minifalda
El cabello suelto, quiero enloquecer
Déjate llevar, tú también, por la fiebre loca
Ven y baila conmigo mi bien
Cause It's yours tonight

Súbeme la música, que esta noche curaré
La tristeza de mi vida, solo quiero alegría
Esta noche es pá bailar
Esta noche es pá gozar
Ven, ven, sí baila conmigo.
¡Její!
Quiero que lo baile, quiero que lo goce usted...

Epílogo

Vuelven otra vez a la orilla del río.

«Bueno así fue como pasó. Por lo menos así lo recuerdo».

«¡Compadre, todavía te funciona la memoria! ¡No se te olvidó nada!» - dijo Grillo.

«La ranita todavía hambrienta de historia y pensativa actúa como si no entendiera.»

«¿Tienes alguna pregunta, mijito?»

«Sí...Abuelito, ¿qué pasó con Chantal y Raúl y todo los demás?»

«Bueno...»

Chantal y Raúl: Se mudaron para Francia, tuvieron tres niños y viajan frecuentemente por todo el mundo, recogiendo cristales todo el año para cultivar su amor.

Cocó y Palmeri construyeron juntos un faro de luz de guía para todos los Goldies perdidos en el Caribe.

Javier y Tatiana: Tatiana finalmente conquisto a Javier y juntos siguieron la función del circo.

Rico: Bueno... a Grillo no le fue muy bien con Sherryma al final. Ella se cansó de esperar y termino con él. Pero quedaron como buenos amigos...

Kimbí: Trajo a su mamá y a sus hermanos de África y está de lo más feliz.

Cristy: Se casó con un millonario y las únicas cartas que tira son la de los Casinos en Las Vegas.

Poli: La cotorra, ahora más viejita que nunca, se cambió el nombre y se mudó para Hollywood y es crítica de artistas.

Madame Candó: Bueno eso es un misterio… nadie la ha visto ni ha oído de ella desde la gran boda. Alguna gente del Pueblo murmuran que finalmente su magia funciono: ¡Ella desapareció!

Terminada 5/29/2012.